U0484897

2019年阜阳市重点文艺作品项目

农村我的根

刘安文 ◎ 著

时代出版传媒股份有限公司
安徽文艺出版社

图书在版编目（CIP）数据

农村我的根/刘安文著. --合肥：安徽文艺出版社，2021.5
ISBN 978-7-5396-7141-3

Ⅰ.①农… Ⅱ.①刘… Ⅲ.①长篇小说－中国－当代 Ⅳ.①I247.5

中国版本图书馆CIP数据核字(2021)第006222号

出 版 人：段晓静
责任编辑：汪爱武　　　　　　装帧设计：张诚鑫

出版发行　时代出版传媒股份有限公司　www.press-mart.com
　　　　　安徽文艺出版社　www.awpub.com
地　　址　合肥市翡翠路1118号　邮政编码：230071
营 销 部　(0551)63533889
印　　制　合肥创新印务有限公司　(0551)64456946

开本：700×1000　1/16　印张：12.75　字数：220千字
版次：2021年5月第1版
印次：2021年5月第1次印刷
定价：49.80元

（如发现印装质量问题，影响阅读，请与出版社联系调换）
版权所有，侵权必究

引　子

　　邵锋坐在宽大明亮的办公室里,看着鞋厂的各种报表,觉得鞋厂今年又迎来了一个开门红。鞋厂不断推出新款式,订单不断飞来,效益逐年上升。这应归功于姐姐精心具体的管理。春节是工人跳槽的时间节点,许多厂子为了留住工人而扣发工资,邵锋从来不这样做。他认为工人来去自由,想不让工人跳槽,关键是改善工人的生活条件,提高待遇,给予尊严,让工人自愿留下来。今年春节后,工厂的老工人不但不跳槽,还引荐了一些有技术的新工人进厂。厂里有跟上时代步伐的新产品研发队伍,有源源不断的订单,有忠诚的员工,所以,他的厂能在皖阳开发区领跑其他的企业,许多企业纷纷到他厂里考察学习。现在,厂里的绿化区,桃花鲜红,梨花粉白,广玉兰郁郁葱葱,都在为他的厂增色。

　　邵锋从椅子里站起来,走到宽大的透明玻璃窗前。除了几个绿化工人在明媚的阳光下、在和煦的春风里栽树种花浇水外,其他人都在车间里忙碌着。看着规模越来越大的厂区,看到厂区中越来越美的绿化,邵锋觉得,一个农村人,能在城市里立住脚,能在城市里干一番事业,其中的酸甜苦辣是他人难以体味的啊!他作为一个考学未中的学子,作为一个外出打工的农民,怀揣着城市梦想,经过十多年的辛苦奋斗,终于立足于城市,创业于城市,成为一个小有名气的成功人士。家乡的人经常看到他跟市领导一起出现在电视上,认为他能通天入地,神通广大,有什么事都请他帮忙。孩子上学的事、当兵的事、两家打架被公安拘留的事、做生意办证照的事,往往都找他帮忙解决。他也尽力帮这些老乡解决问题。那些受他帮助的人,总在村人面前夸他有本领,有善心。虽然这些事花费了他不少时间和精力,有时还让他心烦,但一想到他能帮助家乡人解决困难,想到家乡人对他是那么尊敬和崇拜,他还是很满足和欣慰的。

站在窗前,邵锋想着薛良久今天找他会有什么事。薛良久是他的小学语文老师,住在他家东边的一个村庄薛寨。薛寨和他的老家邵庙一直属于一个行政村。按照辈分,他该叫薛良久大哥。他小时候见着薛良久都是喊老师,现在见着喊大哥。薛良久该有六十了吧?也该退休了。他在教自己时还是一个民办教师,后来转为国家公办教师。前几年在老家过春节时,自己还抽出时间到他家坐坐,说说话。这几年没怎么见他了,他从来没找自己办过事。也许是他没事可办,也许是他怕麻烦自己。但没想到,今天自己在来办公室的路上,却接到了他的电话,说要找自己说说话。说什么话呢?有什么话说呢?

薛良久来了,在门卫的引领下已经走到办公楼下。邵锋忙下楼迎接。

邵锋下到一楼,门卫引着薛良久也到了一楼大厅。看到下楼迎接的邵锋,薛良久笑着大声说:"哎呀!你这么忙,下来干吗?我直接上你办公室就行了。"邵锋嘴里说着不忙,手里递着烟。薛良久不抽烟,邵锋也不抽烟。邵锋把烟给了门卫,领着薛良久上楼。

到了办公室,邵锋给薛良久泡茶。他打开装有铁观音的茶叶盒,准备往水杯里放茶叶。薛良久忙阻止:"就喝白开水。习惯。"

薛良久在邵锋办公室里上看下看,左瞅右瞅,在办公桌与窗户之间来回走了一趟,弯腰摸着沙发的皮子,说:"邵锋,你这办公室够气派的啊!"

邵锋端了一杯白开水,放在茶几上,让薛良久坐下说话。

薛良久坐在宽大、富有弹性的黑色真皮沙发上,端起水杯喝了一口水,放下,看着邵锋,郑重地说:"邵锋,你是不是党员?"

邵锋很奇怪,也很迷惑:"不是。大哥,你问这干吗?"

薛良久摇摇头,很遗憾地说:"不是党员,不能当村书记,只能当村主任了。你以后要入党。"

邵锋被搞得莫名其妙。他搞房地产开发,办厂搞企业,已经从农村迈入城市,他的梦想已经在城市生根开花结果,他与村书记、村主任有什么相干呢?

薛良久看邵锋愣怔了很久不说话,就继续说:"我代表村里的老少爷儿们,请你回去当村主任。村委会就要换届了。"

邵锋惊诧道:"大哥,我干我的,村里干村里的,你怎么让我去蹚那个浑水呢?再说,我这么忙,不可能回去干什么村主任的。"

薛良久沉痛地说:"我问你,薛良好的儿子传业怎么死的?"

"听说被炮炸死的。"

"邵长庚的儿子怎么死的?"

"听说是淹死的。"

"事情多着呢!跟你说一天也说不完。你现在是城里人了,也是有钱人了,但你真正的家还在农村,你的根还在农村。农村落后,城市也发展不起来。现在国家提出建设新农村,就需要你这样的有能力的人带领大家发展生产,建设家园。我是一个教书匠,光有思想,但没有能力改变家乡的现状。你是个好学的人,能跟上形势,又会干事。我琢磨着,你要当村干部,肯定能改变咱们村的面貌。我跟大家一商量,没有一个不同意请你回去的。"

邵锋了解家乡的一些情况,知道农村人很难,大人、孩子和老人都苦,但他好不容易从农村来到城市,怎么还回农村呢?虽说村干部还受到一些人尊重,但也是苦差事。年轻人没有愿意当村干部的。年轻人出门一年挣的钱抵得上村干部在家几年挣的。邵锋沉默着。薛良久端着茶杯,嘴贴在茶杯口却不喝水。他望着邵锋,等待着邵锋说话。空气像冬天的冰,又冷又硬。在薛良久放下茶杯深深叹了一口气后,邵锋犹豫着说:"大哥,农村的情况我知道一些,只是我这么忙,走不开啊。"

薛良久端起水杯喝了一大口水,重重地放下杯子,说:"你先别说走不开,等我把村里的情况,还有发生的大大小小的事给你讲细了,你再做决定。"

邵锋摇摇头,笑着说:"好吧!大哥,你说。"

……

第一章

1

那是秋末冬初的一天下午,太阳已经钻进了西山,但它的余晖还在西边天空燃烧,留下红灿灿的一片火焰。枯黄的树叶像遭抛弃似的不情愿地从枝头上无精打采地落在地上。风似有似无。漫步在田间,不见风的踪影,但若要骑上自行车就有了被风扯的感觉。如果骑上摩托车,那耳边的风就会呼呼向后刮去。学生早已走完。嘈杂的校园沉寂下来,疲惫地睡去。薛良久把作文批改完,锁好办公室门,推着自行车走出校园。

刚骑上自行车,薛良久就听到东北天空咚的一声,紧接着看到浓烟滚滚。那浓烟像原子弹爆炸后的蘑菇云一样,在天空弥漫着。起火了!很远都能看到火光。留守在家的老弱病残出门张望,发现是村东北角薛长荣家出了事。等到薛良久骑着自行车奔到薛长荣家时,院外已里三层外三层围满了人。有人从压水井中不停地压水,有人在提水端水,有人在泼水灭火,有人在坍塌的房屋中扒救号哭的孩子。薛良久看到,薛长荣家坐北朝南的三间瓦房,中间的堂屋屋顶被彻底掀掉,后墙倒塌,燃烧的爆竹在噼啪作响。满头血污的薛长荣已经没有了气息。薛长荣的老婆苗金英瘫坐在地上,木然不语。哭喊的孩子,一个是薛长富的儿子薛永利,被压在房椽与断墙之间;另一个是薛怀贵的女儿薛兰兰,被压在门板下。还有两个孩子,血肉模糊,已经死去。一个是薛长荣的儿子薛满意,一个是薛良好的儿子薛传业。院子里弥散着硫黄和氯酸钾的气味,爆炸产生的纸屑散落一地。

薛良久让人从邻居家拿来被子,浇上水,让救火的人和抢救孩子的人披上湿棉被。他又让人给乡政府和乡卫生院打电话,然后自己也披上湿棉被,抢救那两个哭喊的孩子。

薛传业的爷爷奶奶跑来了。他们看到血肉模糊的孙子,瘫坐在地,手乱抓着孙子的身子,哭喊着:"传业啊,我的孙儿啊,你咋能跑到这里啊?你咋会被炸死啊?这是造的什么孽啊?你没有了,让我们咋活下去啊?"薛永利和薛兰兰的爷爷奶奶一来到院子里,就哭天抢地的。此刻,苗金英也从木然哑语变成号啕大哭。她用高昂而悲凄的声调哭喊着:"长荣啊,满意啊,咋在我做饭的时候就炸了呀?要炸,咱们一家三口一齐炸了才好呀!你们不该丢下我!你们走了,我咋活啊?"苗金英哭着哭着,一口气没上来,昏了过去。几个老年人上前给苗金英捶背、拍胸、掐人中,弄了半天,苗金英才慢慢睁开眼睛。可是,刚清醒过来的苗金英又手拍着地号哭起来。

村支书张振华领着乡长和几个乡干部来了,还有几名穿着制服的派出所干警。他们一到现场,就加入灭火救人的队伍中。火很快被灭了,孩子也被抢救出来了。两个哭喊的孩子,手上和脸上都有不同程度的烧伤。派出所的民警从不同角度拍了现场照片,请示乡长后,就把还在哭喊中的苗金英带走了。哭喊声和杂乱声淹没了救护车的笛声,以致人们浑然不知救护车什么时候停在了村路头。几个穿着白大褂的医生匆忙赶到院里,人们才发现医院也来了人。几个乡干部指挥着医生和村民,把两个受伤的孩子抬到救护车上。薛永利和薛兰兰的爷爷奶奶紧跟着上了救护车。

乡长安排张振华找几个村民,把薛长荣和薛满意及薛传业的尸体抬到乡民政办的殡仪车上。薛传业的爷爷奶奶一见自己的孙子被抬走,便猛扑向前,死活不让抬。几个乡干部拉着他们的手,阻止他们向前扑。他们跪在乡长和几个乡干部腿前,哭喊道:"乡长啊,你要为俺们做主啊!俺们孙儿被炸死了,俺们咋活啊?"乡长和几个乡干部把薛传业的爷爷奶奶拉起来,一番安慰。乡长要求村干部把薛传业的爷爷奶奶送回家,分成两组轮番看护好,又让张振华联系在外地打工的薛传业、薛永利、薛兰兰的父母,催他们快点回来。

半夜了,围观的和参与救助的村民逐渐散去。薛良久这时感觉肚子瘪瘪的,却不想吃东西。乡长认识他,他也认识乡长。乡长叫李玉峰,四十多岁,刚调到三水乡工作没两年。李乡长到学校检查工作时,认识了薛良久,知道他教了一辈子语文,语文课教得不错,乡里几次让他当校长他却不干,只干教导主任。李乡长还知道,薛良久虽是教师不是村干部,却比村干部有威望,许多村民有解不开的疙瘩都去找薛良久,而不是村干部。今晚,薛良久带着村民在现场抢救,这让李乡长很感动。李乡长一来,跟薛良久什么也不说,只是紧紧地握了一下他的手,算是对他的慰问和敬佩。现在半夜了,薛良久判断李乡长和几个乡干部还没吃晚饭。但是,他们谁都不提吃饭的事。乡长神色凝重,没有了到学校检查时的谈笑风生。薛良久和村书记张振华让李乡长及其他几个乡干部回到乡里休息,这里有他们处理。李乡长坚持让薛良久回去休息,因为第二天他还要给学生上课。李乡长把村干部和乡干部分成两组,轮流看护现场,等待市安监局和公安局进一步调查。

李乡长把薛良久送到薛长荣家院门外,沉重地说:"薛老师,薛长荣非法生产爆竹,自家遭难不说,怎么还有其他家的孩子在里面呢?"

薛良久摇摇头,叹口气:"李乡长,说来话长。"

2

薛寨村有做鞭炮的历史,据说明清时就开始做鞭炮了。在抗日战争时,薛寨村里的人曾用鞭炮吓退过日本鬼子。在淮海战役时,薛寨村的人曾用鞭炮壮大过解放军的枪炮声势,也用鞭炮欢迎过凯旋的解放军战士。新中国成立后,特别是割资本主义尾巴时期,薛寨村人除了逢年过节自己做些鞭炮燃放外,其他时间就停止生产。土地承包后,薛寨村的人仿佛是脱离了老师管教的学生,甩开了手脚。他们家家户户做起了鞭炮生意。大人忙完地里的活就在家擀炮,小孩放了学就在家干些力所能及的活。

夜晚,你可以听到擀炮机咔啦啦的声音此起彼伏,仿佛乡村小夜曲那般迷人。晴天,他们利用农闲时间;雨天,他们更是足不出户。根据不同季节和时间，他们进行着制作鞭炮的不同工序。

秋季之前，主要擀炮筒子。他们把买来的土黄色的粗糙的炮纸，用明晃晃的半圆形大钢刀切割成不同尺寸的纸片。这些纸片，有用来擀成小炮筒的，有用来擀成大炮筒的，还有用来擀成雷子的。做成的雷子炮，有擀面杖那么粗，有一拃那么长，药量是几十个小炮的药量。捻子有两根，一拃多长。在放雷子的时候，右手捏雷子头部，左手点燃捻子，待捻子哧哧燃到三指长时，右手先低下去，再用力往上甩出，雷子便在高空中炸响。那响声，就像六月的霹雳，几公里之外都能听到。擀做雷子炮筒的钢棍（炮针子）特别粗，有手指头那么粗。大炮和小炮所用的钢棍就比雷子的细了很多。在擀炮筒时，把切割好的炮纸，缠在直直的光滑的钢棍上，用擀炮机碾压。如果碾压后的炮筒不紧，比较泡松，还要继续碾压。碾压坚硬的炮筒，还要在纸边上抹一些糨糊，再碾压一次，合住纸边。大炮筒制成炮时需要另外粘贴上红纸外衣。小炮筒可以直接把红纸外衣碾压在上面。把擀成的炮筒几百个或上千个捆扎成等边六角形盘炮，放置在干燥的地方。

进入秋天，用切纸刀把盘炮从中间切分成两半。被切光的一头做炮头。在炮头上涂抹一些糨糊，使通过切割挤压还没合紧的炮筒嘴合上，避免漏药。另外一头做炮屁股。在炮屁股上糊一张纸，晒干后打通屁眼，上炮药。炮药上好后，再上一层混有石灰的潮湿碎土，之后用炮錾子把炮屁股弥合打实。在打实炮屁股的时候，有些炮受到强烈冲击会爆炸。这个危险还不算大，最大的危险是给炮筒灌药。灌药人坐在小矮桌旁，把装有配制好的炮药坛子放在脚边，给一盘盘炮筒上药。灌药人要把盘炮上下颠动，使药灌满灌实。这个时候，如果有火星，或者特别巨大的震动，都可能引起坛中的炮药爆炸。

前几年，有人在灌药时被炸伤。那几年配制的药没有现在配制的药力大，所以即使出现爆炸也不会炸死人。现在都是用硫黄和氯酸钾配制，比原来的药力大了好几倍，所以制成的爆竹特别响。如果上药的环节不出问题，余下的环节就安全多了。上过药的炮筒，就可以在炮头上安捻子了。先用锥子扎开炮头成炮眼，再把捻子插入炮眼中，最后用錾子打击炮眼弥合。弥合炮眼是大人的技术活，插捻子是老人小孩齐上阵的轻松的手工活。

放学后，孩子们会把扎开炮眼的一盘炮放在矮桌子上或双膝上，左手拿着一把截好的长短适宜的捻子，右手一根一根地从左手抽出炮捻子插进炮眼。上好捻子的炮，就可以编织大小不同的鞭炮。大炮小炮按照一定比例编织，这样就编织成了五百头的、一千头的、五千头的、一万头的，等等。鞭炮编织好，卷成圆盘包装后放入纸箱，等到腊月时出售。

土地承包后，薛寨村家家户户都擀炮。每年腊月，他们便拉着板车或骑着自行车到处卖炮。那时候，每年卖炮能赚一两千块钱。一家人除了地里的收入，额外又能挣一两千块，日子过得越来越红火。但与外村出去打工的人一年能挣一两千块钱相比，他们挣得还是少了点。因为卖炮是一家人只要能干活的都要参与的生意，而一个人的打工收入就抵得上全家人擀炮的收入了。所以，后来很多青壮年劳力都外出打工了。尽管有些人在外打工一年两手空空地回家，甚至有的饿着肚子扒车回来，但打工的诱惑还是远远大于擀炮的。加上几年中出现过几次人炸伤、房子着火的事故，政府对手工制炮进行了严格限制，要求制炮除了办工商营业执照外，还要办理特种行业经营许可证、爆炸证、安全证等。所以，薛寨村的鞭炮生产人员越来越少，产量也越来越小，最后只剩下几家在坚持生产。后来政府又取缔了手工鞭炮生产。那几家人都不干了，只有薛长荣家在偷偷地生产。

薛长荣今年不到四十岁。他有两个孩子。大孩子是女儿，叫薛梅，在城里上高中。小孩子是儿子，叫薛满意，在村小学上五年级。薛满意聪明伶俐，每年都能获得奖状，一家人也把他看作宝贝疙瘩。可没想到在这次爆炸中他与父亲一起失去了生命。多可爱的小生命！多可惜的小生命！一家四口去了两口，真不知道薛梅和她妈以后的日子怎么过。

物以稀为贵。产得少用得多，薛长荣偷偷擀炮挣了不少钱。他在村东头路边盖了上下六间楼房，打了一个大院子，立了一个很气派的门楼。仅从房屋上看，薛长荣明显是薛寨村的首富。平常闲时或来客时，薛长荣都在新房里。他没有把老宅子上的砖瓦房扒掉，一直把老房子作为生产爆竹的秘密地点。碰到政府检查，他便锁门走人。不检查时或深更半夜时，他便偷偷生产。他现在已经改进了生产技术,切纸、撵炮筒子、切炮筒子、编炮开始用机器,灌药、插捻,还是用人工。

几天前,薛良久一连几日都发现,薛传业、薛永利、薛兰兰上午放学后,总是在校外小卖部买一些薯条、虾圈、山楂饼吃。偶尔一次两次,薛良久也不怎么在意。可是,一连几天他们都买这些东西吃,薛良久生起戒心。他怀疑这些孩子买零食的钱是从家里偷的。他知道,这些孩子的父母在外打工,是不会留钱给他们的。即使留钱也是给他们的爷爷奶奶,数量也是少得可怜,因为要攒钱盖楼房。不要说这些孩子吃零食的钱没有,就是平时该交给学校的杂费也没有,所以学校收杂费只能等到孩子的父母春节打工回来。他们的衣服也很少添新的,都是他们的父母打工回来时捎买的。他们的爷爷奶奶只管他们吃饱穿暖,不会给他们买新衣服,因为爷爷奶奶手里没有什么钱。他们的爷爷奶奶病了,实在熬不过去了,才到村里诊所看病。看病的钱只能记账,等到春节儿子打工回来时才能结算。在外打工的人节俭,在家生活的人节省。爷爷奶奶不舍得上集买菜,不舍得花钱,孙子孙女想吃想穿没有钱。老人孩子一年四季很少吃荤菜,吃的都是爷爷奶奶种的辣椒、茄子、豆角、萝卜等。有时爷爷奶奶也会用粮食换一些豆腐、马铃薯炒炒给孩子吃。不是家里来客人,很难吃上肉。所以,孩子们的嘴特别馋,如果给他们每人一碗肉,相信他们转眼就能吞完。

这天上午放学,学生走得没几个了,薛良久推着自行车走出校门,又看到薛传业、薛永利、薛兰兰在小卖部买东西吃。他们这次吃的不是薯条、虾圈,而是火腿肠。他们花钱越来越多,越来越厉害。必须制止他们,必须教育他们!薛良久走到他们跟前,几个孩子看到薛良久,忙把东西藏在身后或装在裤兜里。他们用害怕的目光看着薛良久。薛良久不想责怪他们吃东西,只想责问他们钱从哪里来。他神情严肃地说:"你们吃东西我不追究,但要告诉我钱从哪里来的。"

几个孩子你看看我,我看看你,又看看薛良久,都不说话。

"你们不说我也能猜到。是不是从家里偷的?"

几个孩子异口同声地说:"不是!"

"不是？不是,那钱从哪里来的？你们不说实话,我就告诉你们的爷爷奶奶,还要给你们的爸爸妈妈打电话。"

几个孩子嗫嚅着说:"我们没有偷,我们挣的。"

"挣的？怎么挣？你们这么小,到哪儿挣钱？"

薛兰兰说:"薛老师,我们在薛满意家安炮捻子,安满一盘给两毛钱。我们真的没偷家里的钱。"

"怪不得你们一放学就急着往家跑,怪不得你们的作业总是完不成。以后不要去了,有危险。你们要把心思用在学习上,不要光想着挣钱买零食吃。"

薛传业说:"回去写完作业,除了玩就是玩,不如挣点钱。"

薛永利说:"我们还想着,挣点钱到元旦给你买礼物呢。"

薛良久心里一颤:多么可爱的孩子！但他仍然严肃地说:"礼物我不要,只要求你们不要去了。耽误学习不说,还有危险。听到没有？"

"听到了!"几个孩子齐声回答。

"赶快回家吧,爷爷奶奶该等急了。"

几个孩子撒腿往家跑。

薛良久决定抽时间找薛长荣谈谈,不能让孩子去插炮捻子了。尽管插炮捻子本身没有什么危险,但生产鞭炮过程中总是有一些危险的。薛良久知道,薛长荣是偷着生产爆竹,像这种插炮捻子的轻活他也不敢让老人干,他怕老人说出去政府会派人查他、罚他。

这天下午放学,薛良久开完教务工作会议,就骑着自行车向薛长荣做炮的老宅子赶来。虽然是一处老宅子,但房子的规模不小,除了三间堂屋,还有三间东屋、三间西屋。生锈的铁皮大门和斑驳的外墙给人的感觉这是一处破旧的老房子,让人想到这是主人多年外出打工无人居住无人照料的荒废的房子。但是,一进到院子,你就感受到它的生机,闻到浓浓的爆竹特有的气味。东屋除了一间做厨房外,其他两间和三间西屋里都堆满了装满箱子的成品炮,三间堂屋的东、西两个暗间都放着机器,堆着半成品炮,当门的明间是用来装药做炮的地方。

薛良久费了很大的劲才进到屋里。他在门口拍门,拍了很长时间无人应答。他以为有机器声,薛长荣听不到。等到院内静悄悄时他再拍门,还是无人应答。他喊薛长荣,说明是自己,不是外人。薛长荣这才答应着,开门让他进到院里,来到屋里。

薛良久在堂屋里还没坐下,就听到外面有慌乱的跑步声。他扭头一看,发现是薛传业、薛永利、薛兰兰弓着腰向院外跑去。薛良久在堂屋靠门的凳子上坐下。薛长荣的老婆苗金英给他倒了一杯水后,又回到东屋去了。薛长荣的儿子薛满意看到薛良久来到他家,放下手中正在插炮捻子的盘炮,准备回村东头家中写作业。堂屋里堆放着插好炮捻子的盘炮,等待着薛长荣把炮眼弥合。

薛良久喝了一口水,清了清嗓子,还没说话,薛长荣抢先说道:"大哥,我不知道是你,知道是你早就开门了。你知道,我怕有人捣鬼。"

薛良久感觉芒刺在背。这不是担心他告密吗?或者暗示他不要捣鬼。他吐出一口粗气,平复一下情绪,温和地说:"长荣小弟,你这是违法的。政府不让你生产你却偷偷干,万一出了事怎么办?"

"能出什么事?都是自家人,出了事,自家担。"

薛良久感觉自己的话让薛长荣不高兴了。他缓和一下语气:"你放心,我不会告密的,也不会过问你的事。满意帮你做炮,我不好干涉,毕竟那是你儿子,在你家里给你帮手。但其他的几个孩子,就不要让他们来了。"

薛长荣说:"大哥,不是我让他们来的,是他们自己来的。一个孩子一天能挣一块多钱呢。他们要不来,哪有钱买零食吃?"

薛良久严肃地说:"你这么说,就是雇用童工!你违反了《劳动法》,知道不知道?如果处罚起来,你吃不了兜着走。所以,你让满意帮帮手,我也不好硬反对,但刚才那几个孩子就不能再让他们来干了!"

"刚才一听是你,他们就躲到东屋里去了。我不让他们来,他们非要来。"

"你不给他们钱,他们会来?"

"他们那么小来干活,我要不给他们钱,还有良心吗?"

"你要为他们好,就不要给他们钱!"

薛良久显然生气了。薛长荣觉得不能太逆了薛良久。薛良久虽然是个教师,但在村里的威信很高。他虽然没有害人的心,但也不能得罪他。薛长荣向薛良久表态说:"听你的,大哥,我既不给他们钱也不让他们来干活就是了!"

薛良久满意地走了,没想到几天后出现了爆炸事故。

3

事故发生后的第二天上午,分管安全生产的副市长徐凯旋带着安监局局长、公安局局长、工商局局长、质检局局长等一大帮人到了薛寨村薛长荣家的爆炸现场。李乡长汇报了爆炸后乡里、村里所做的各项工作。徐副市长听完汇报,当即要求李乡长务必做好爆炸后的安置和安抚工作,要帮助受害者讨要经济补偿。工商局局长和公安局局长已经确认薛长荣是非法生产爆竹,所以薛长荣和他儿子的死亡责任完全由薛长荣承担。同时,他们向徐副市长承认自己有监管查处不到位的地方。徐副市长脸色沉重地说:"现在不是划分责任的时候,应该查明爆炸原因,安抚伤者,处置善后。"徐副市长看着爆炸后的房屋、燃烧的灰烬、几处明晰可辨的血污,那神情就像阴霾的天气,凝重而黑暗。听说市里领导来了,一些村民围满了院子。

安监局局长和公安局局长带着人进一步勘查现场。他们从爆炸的冲击力判断,爆炸物在地面,并且是药物爆炸,不是鞭炮燃烧所致。堂屋正中一间房顶掀开倒塌,前后墙向外倾倒,小矮桌炸碎着火,说明爆炸点在房子的中间位置。中间位置残留着碎裂的坛子底座,坛子四壁的碎片散落在周围很远的地方,这说明坛子里装有大量的炮药。爆炸前,装着炮药的坛子应该是放在了小矮桌下面。薛长荣应该在小矮桌上给盘炮灌药。这个时候他不会抽烟的,就是烟瘾再大的人这个时候也会憋着,因为他们知道这个时候的危险性。从派出所询问苗金英的情况来看,薛长荣这个时候从来不抽烟。那么,引起爆炸的最大的可能性是,薛长荣给盘炮灌药颠簸时产生了较大振动波，或者矮桌腿撞击了炮药坛。所以，这不是一场人为的爆炸案，而是一起非法生产操作不当引起的爆炸伤亡案。主犯薛长荣已被炸死，从犯苗金英被拘押在派出所。

工商局局长和质检局局长指挥人把薛长荣家东西厢房的成品、半成品爆竹，全部搬到他们开来的车上，准备集中销毁。一些村民看着这些戴着大盖帽、穿着蓝制服的人来来往往搬炮，累得额头冒汗，就主动帮着去搬。因为他们知道，薛长荣的这些炮是卖不成了。一家四口人死了两口，剩下两个都是女的，一个在派出所里关着，一个在城里念书。可怜梅子这孩子，没爹了，以后还怎么念书啊？

现场勘查结束，储存的鞭炮也搬运完毕，徐副市长便到被炸死了儿子的薛良好家看看。

薛良好家只与薛长荣老宅屋隔了几户人家。薛良好有两个孩子，大孩子薛传业，这次被炸死了；二孩子叫男男，才四岁，是个女孩。薛良好在生了第一个孩子后，还想要个儿子，因为他家已经五辈单传，到了他这一辈，既然第一个孩子是儿子，再生一个说不定还是儿子，是儿子心想事成，是女儿也不多。结果，生了一个女儿，起名叫男男。薛良好父母身体不好，父亲有哮喘病，母亲有风湿病。老两口在家侍弄着庄稼，一年的收成还不够缴上面的各种款项，还需儿子儿媳打工寄钱回来。他们现在还住在薛良好结婚时七拼八凑借钱盖的青砖瓦房里。

徐副市长来到薛良好家。薛良好家的三间青砖堂屋已经陈旧，前墙和墙角有几处裂缝。院子东边是两间低矮的青砖厢房。其中一间做了厨房，一间是薛良好父母的卧室。厨房前面打了一口压水井。厢房南侧的山墙堆着一堆树枝和树叶子。院子西侧堆着一大堆麦秸和豆秸，两棵碗口粗的泡桐树挺立着。院子没打院墙。一个小女孩坐在麦秸垛前自顾自地撕扯着麦秸秆玩。

一群人进到院里，薛良好的父亲才从东厢房里走出来。村支书张振华走上前说："老哥，市里徐副市长看望你来了。"

薛良好的父亲喘着粗气，哽咽着："徐市长，俺们这咋办啊？我不想活了,活着也没意思了。"

徐副市长握着薛良好父亲干柴棒一样的手,劝慰道:"老人家,出了这样的事,放在谁心里都难过。你要把自己照顾好,还要把小孙女照顾好,可不能有其他的想法。"

薛良好父亲心中的悲伤像开了闸的洪水一样奔泻而出,痛哭道:"我就这一个孙儿呀!我孙儿没有了,俺老两口也不想活了。"

薛良好的母亲从厢房里的床上爬起来,大声哭着走出厢房:"俺们咋恁倒霉呀?我的孙儿呀,那么小就没有了,这让俺咋跟儿子儿媳交代啊?"

老两口哭着说着,越哭越痛,越痛越哭。小孙女跑过来,抱住奶奶的腿,吓得哇哇哭。徐副市长想再劝慰几句,可是那种痛彻心扉的哭声,让他无法说出劝慰的话,甚至让他神情凄然,几欲落泪。李乡长见此情景,急忙转移话题:"徐副市长,还有两个受伤的孩子在医院。我们到医院看看吧。"

村支书张振华对还在痛哭的薛良好父亲说:"老哥,别哭了,你儿子最迟明天一早就到了。徐副市长还要到医院看看两个受伤的孩子。"

薛良好父亲松开了徐副市长的手,对张振华说:"他叔啊,你要给俺们做主啊!不然,俺们真没法活了。"

徐副市长盯着村支书张振华,严肃地说:"这两天,你们村里要派专人陪护两位老人,绝不能让两位老人有什么意外。"

"放心,徐副市长!从昨晚上开始,我们就让村妇女主任陪着这老两口了。老两口早晨不吃饭,也不做饭,还是村妇女主任做了饭,端来喂饱了他们孙女。"

"要多陪陪两位老人,要想办法让两位老人中午吃点饭,还要照顾好他们的孙女。"不等村支书表态,徐副市长转身对薛良好父母说,"老人家,想开一点,要想着还有一个小孙女要照顾,不要有不好的想法。你们先歇着吧,我到医院看看。"

两位老人哭着把徐副市长一行人送出院外。

徐副市长到了乡医院,看望薛永利和薛兰兰。永利和兰兰分住在两个相邻的病房。永利的房间里,住着他的爷爷奶奶,还有他三岁的弟弟铁蛋。

兰兰的房间里,住着她的爷爷奶奶和五岁的妹妹花花。病房里没安排其他病人,这是院长按照李乡长的要求做的。他们的病房只住着自己一家人,免得有外人打扰。

永利的左胳膊断了。医生给他接上了断骨,打了夹板,缠上了绷带。他的手背、额头、面颊均有小面积烧伤,医生已经给他敷了药,包了纱布。他的头部被白色纱布包裹得只露出眼睛、鼻子、嘴巴,看上去就像一个雪人的头。弟弟铁蛋认为他好玩,围在他的床边总要闹着跟他玩。这时,他的爷爷就会朝铁蛋头上拍一巴掌,让铁蛋老实一点。有心脏病的爷爷,有胃病的奶奶,看着不成人样的孙子,除了伤心流泪外,不知道说什么好。爷爷奶奶看着躺在病床上的孙子,看着瓶里的水在一滴滴地往孙子的身体里流着,默默不语,茶饭不思,连他们自己的药都想不起来吃。

兰兰的头被白纱布裹着。她的头被砸破了两个口子,但头骨没有大损伤。医生给她包扎了伤口。她的额头上有块鸡蛋大的烧伤,已经贴上了膏药。她的两只手背都有灼伤,但程度很轻,医生只是给她敷了些药。她没有骨折的地方。

据兰兰说,她当时在门口靠着门框给盘炮插捻子,只听咚的一声,像一声炸雷,她就啥都不知道了。等她醒来时,她发觉自己被夹在门板和墙之间,鞭炮在噼噼啪啪地响,烟火在熏烤着自己,大人们在救火,自己吓得哭喊起来。

虽然兰兰受的伤比较轻,但她的爷爷奶奶心里还是很难过。他们不知道兰兰的额头将来会不会留下疤。如果脸上留疤,那就是破了相,长大后就难看了。

兰兰虽然只有十二岁,但已长得像个大姑娘了,个子比她奶奶还高,圆圆的白白的脸蛋上长着一双水灵灵的大眼睛,见了她的人都说像她妈妈一样漂亮。她很懂事,放学回家,不是帮奶奶烧锅做饭,就是带着五岁的妹妹花花玩,有时还教妹妹识字数数。现在,她开始爱美了,前几天花了五毛钱买了一个发卡。爷爷奶奶以为她偷了家里的钱,审问她半天才知道是给薛长荣插炮捻子挣的。不要说爷爷奶奶没有钱,就是有钱也不舍得给她们买吃的穿的用的，因为爷爷奶奶要长期服药，家里也等着攒钱盖房子。

今天一早，爷爷大方一次，从街上买了两根油条给兰兰吃。兰兰让爷爷奶奶吃，爷爷奶奶不吃，她就把另一根油条给妹妹吃。兰兰吃完油条对爷爷说："爷爷，满意爸还欠我两块钱呢。两块钱可以买二十根油条，够咱们吃两天的，还够我买好几个发卡的。"兰兰似乎没被爆炸吓住，想起自己能挣钱，有些兴高采烈。爷爷怒道："没见过钱？就知道钱。不好好上学，插什么炮捻子！这回好了吧？"兰兰被吓得脸色瞬间由晴转阴，不敢说话，几欲流泪。奶奶忙打圆场："你看你！兰兰才被吓了一回，你又吵她。你不能好好说吗？"爷爷没再说话，兰兰此时眼中含着晶莹的泪珠。

徐副市长看望了永利、兰兰和他们的爷爷奶奶。对于他们的爷爷奶奶提出的问题，徐副市长当着他们的面对李乡长说："玉峰，他们的医疗费，乡政府先垫付。赔偿问题，等他们的父母回来，乡里牵头，村里协助，尽快解决。你是安全生产责任第一人，这件事的发生，你是有责任的。"李乡长慌乱地答道："我有责任！我有责任！"

在永利和兰兰爷爷奶奶的千恩万谢中，徐副市长带着一行人离开了医院。

4

天亮了，空气清新，凉意微微。以往，天刚亮时，张振华就走出院门在村中溜达，可此时他还在迷迷糊糊地睡着。连续两天的操劳、熬夜，让他这个年过半百之人疲惫不堪，他坐下来打瞌睡，躺下来睡不沉。虽然爆炸现场已经清理好，薛传业的爷爷奶奶由村妇女主任孙海棠陪护，两个受伤的孩子在医院由村干部和他们的爷爷奶奶看护，但当想到薛长荣被炸现场的惨相、伤亡孩子的爷爷奶奶的悲伤可怜时，他总是难以入睡，眼能闭上，心难关闭。可他一坐下来就瞌睡摔跤。他与村妇女主任孙海棠陪伴薛传业爷爷奶奶到半夜，感觉头晕心慌，有些撑不住了。在孙海棠和传业爷爷奶奶的劝说下，他决定回家躺一会儿。

张振华回到家,躺下没多久就做起梦来。老婆把他摇醒,问他是不是做了噩梦。他睁开了眼,转动一下眼珠,清醒过来,发觉身上出了一层冷汗。他翻了一下身。这时,他听到院门被拍得啪啪响:"张书记,张书记,快开门!出大事了!"

张振华老婆嘟囔一句:"又是孙海棠,大清早的!"

张振华瞪了老婆一眼:"肯定有事。"说着,忙起身穿衣服。

张振华打开院门,只见孙海棠一脸惊恐,忙问:"啥事?"

"张书记,不好了,薛良好拿着铁锹到苗金英家里去了。他要拍死苗金英,还要烧了她的家。"

"混账!我这就去。快叫薛良久老师,还有派出所的人。"

张振华气喘吁吁地跑到薛长荣家。他看到薛长荣家的大门已被砸开,很多人围着看热闹。薛良好把薛长荣家的电视机、洗衣机、饭锅、盆盆罐罐砸得稀巴烂,并把碎片扔得满院都是。摩托车也被砸毁了。薛良好正在用瓷盆接摩托车油箱里的汽油,准备把汽油倒在薛长荣家的家具上,把他的家烧光,变成灰烬。围观的人不敢上前阻拦,看到张振华时,他们立刻闪开一条道,七嘴八舌地说:"书记,快!良好疯了!"

张振华几步跨进院里,厉声喝道:"干什么?良好,住手!"

薛良好头也不抬,边放汽油边回道:"我要拍死苗金英,烧毁她的家。"

看来薛良好真是疯了,必须稳住他的情绪。张振华想到,苗金英还在派出所里,这要是在家,非让薛良好打死不可。苗金英真是命大,爆炸没炸着,又躲过了挨打的劫数。不能让薛良好烧房子,汽油一旦泼洒到家具上,点燃后就很难扑灭。张振华稳稳神,平静地说:"良好,冤有头债有主。长荣死了,你要找苗金英算账。走,我带你找苗金英去。"

薛良好抬起头,吼道:"苗金英在哪?我非把她撕烂,拍成肉泥!"

张振华想缓解一下薛良好的疯劲,平静地说:"你啥时候回来的?李娟回来没有?昨天在你家等到半夜也没有等着你啊。"

薛良好不再放汽油,站起身,压抑着满腔的怒火:"天没亮就到了。"

薛良好和李娟接到孩子炸伤的电话后就往家赶。他们坐火车,乘汽车,半夜到了皖阳,又包了一辆面包车往家奔。他们不知道孩子究竟伤到什么程度,只听说被炸伤了,伤得很厉害。"伤得很厉害"这句话让他们心急如焚,提心吊胆,寝食难安。他们一路没停,到了家,发现村妇女主任孙海棠在他们家待着。天还没亮,父母和孙海棠都是和衣而躺,像一夜没睡觉似的。薛良好和李娟还没来得及问父母薛传业的事,父母便哭了:"良好啊,你终于回来了。传业呀,我的孙儿呀,没有了呀!"孙海棠边劝说两位老人,边把爆炸的情况跟薛良好和李娟简单地说了一下。李娟一听儿子被炸死,尸体在殡仪馆,大叫一声就昏死过去。薛良好来不及发怒,急忙与孙海棠一起捶打李娟的后背,捏掐李娟的人中,搓揉李娟的胸脯。李娟的喉咙里发出咕噜噜的声音,清醒过来的李娟开始放声痛哭。薛良好此时怒火中烧,不顾虚弱和哭泣的李娟,抄起一把铁锨冲了出去,要到苗金英家算账。孙海棠安慰了几句薛良好的父母和李娟,急忙到书记家报信。

张振华仍然平和而冷静地说:"良好,走,既然李娟回来了,跟我一块看看李娟。"

"她没事。我找苗金英!"薛良好的怒气仍然很大。

"苗金英被关起来了,你上哪找?你还是跟我一块看看你父母吧。你父母这几天茶水不进,绝不能出啥问题!"

"不!我找苗金英算账!"

"账肯定要算的,也不是你一个人跟她算,好多人都要跟她算。"

两人正说着,薛良久到了。薛良久看到院子里狼藉一片,被砸坏的摩托车旁还有半盆汽油,汽油味充斥着整个院子。薛良久想到,这要是一把火把薛长荣的家烧了,薛良好可是犯下大错了。张振华看到薛良久,忙打招呼:"薛老师来了?"

"嗯,听说良好回来了,我来看看。"薛良久回应张振华后,又对薛良好说,"良好,出了这种事谁都痛心。事情等村里、乡里、市里慢慢处理。你爸妈身体不好,这两天总是哭,饭不吃觉不睡的,如果他们病倒了,男男怎么办?走吧,一块看看你爸妈。"

薛良好好像被触动了伤感的神经。他也觉得父母一辈子不容易,身体又不好,他们又特别疼爱传业,因此他们更伤心。他们不吃不喝不睡能受得了吗?儿子没有了,父母再倒下,谁来照看男男?谁来伺候父母?出不了门打不了工,钱从哪里来?薛良好伤感起来,眼泪滚出,突然间失声痛哭。薛良久见状,忙拉着薛良好的手:"走,回家看看你爸妈去。"

张振华把苗金英家的门关上,找一根铁丝把两扇大门的门环扎好,驱走围观的人群,然后与薛良久一块陪薛良好回家。

到了薛良好家,李娟正哭着数落薛良好的父母:"两个老的一点也不中用!看个孩子都看不好!难道传业不是你们的孙子?你们咋让他跑那去?他去挣钱你们不知道吗?平时给你们打的钱你们不给他吗?现在传业没了,你们说咋办?"

薛良好的父亲流着泪,不说话。薛良好的母亲哭着说:"都怪俺们。俺们老了,不中用了,看不住孩子。我和你爸也不想那样啊!你们打的钱都存着,平时谁舍得花?你们也不让孩子花零钱啊。孩子长着腿,放了学不知他跑哪去了,谁能想到他会安炮捻子挣钱啊!"

李娟继续怒撑道:"他挣了钱买东西吃你们不知道?他放学回家晚你们也不知道?你们要是多操些心能有这事?"

薛良好的父亲低声下气地说:"谁都不怨,怨命。出事前,我总是做噩梦,梦见传业浑身是血。这可能是咱家的命。"

李娟抢白道:"命!命!命!啥时候了,还信命?!你既然做梦了,咋不防一防?"

薛良好的母亲说:"这事都怪我,你爸跟我说这事,我说他净想一些不吉利的事,不让他胡思乱想。你爸身体不好,我是老的小的都要管,都要伺候,哪一点操不到都要出岔子。我不中用了,操持不好了,也不想活了。"

"不想活了?没人拦住你!"李娟气愤地说。

"我伺候你们最后落到这个地步,活着还有啥意思?"薛良好的母亲痛哭起来。

薛良好不知如何是好。他本来也是一肚子怨恨想发泄到父母身上,可眼前的情景让他不知所措。他想阻止李娟,但他知道李娟在气头上;他想安慰父母,但又心存怨恨。他伤心,父母也伤心啊!他出外打工不容易,父母在家也不容易啊!

薛良久劝道:"李娟,你的心情可以理解,谁碰到这样的事都是痛不欲生。其实,你爸妈的心情与你一样,都很伤心。他们已经两天没吃东西没睡觉了。大人在家照顾孩子不容易。在这个时候,我们要考虑活着的人,不能痛上加痛啊!所以,伤害人的话咱不能说。往后还要过日子呢。"他又转向薛良好的母亲,"婶子,刚才李娟说的都是气话,咱可不能跟自己的孩子一般见识。他们在外辛苦打工挣钱,我们还得给他们操持好家,不然他们在外打工也放心不下啊!总之,都是为了家,都要往好里想,往好里过。"

薛良好的母亲哭道:"我没操好家呀!我对不起孩子呀!我真想和传业一块去了呀!"

"婶子,话不能这么说。世事难料,一块砖头也能绊倒一个人。马上弄点饭吃,良好和李娟还饿着肚子呢。咱们要往前看。"

薛良久正劝着李娟和薛良好的父母,孙海棠与派出所所长吴林来了,后面跟着薛长富和薛怀贵。薛长富和薛怀贵一看到村书记张振华,就迫不及待地带着怒气问:"书记,我们这事咋处理?"

张振华平静地说:"放心,该怎么处理就怎么处理。"

家里一下子多了几个人,连派出所所长都来了,李娟觉得此时不宜与薛良好父母继续争吵。大家有坐的有站的。

吴所长四十多岁,中等身材,平头,穿着一身警服,威风凛凛。他清了清嗓子,说:"你们三家主要的人都在这里,我正好先跟你们说一声。首先,出了这样的事,放在谁身上都难过,但事情既然出了,我们就想办法处理事情,不能互相伤害。不要说自家人不能伤害,就是苗金英家的人也不能伤害。你们想想,薛长荣死了,薛满意死了,对于苗金英来说,丈夫和儿子一下子全没有了,她不比你们伤心吗?她现在还在所里关着,将来可能还要判刑。她正在上高中的女儿怎么办?她比你们伤心!所以,薛良好到苗金英家砸东西是不对的,说严重点,是犯法的!"吴所长停顿一下,看着薛良好,继续说道,"幸亏苗金英没在家。如果在家被你薛良好弄出个三长两短,你可就犯大错了,后悔都来不及了!现在,她家里的东西被你砸毁那么多,考虑到你当时的心情,我们就不追究你的责任了。"

在吴所长重点教育薛良好的时候,孙海棠悄悄地告诉张振华:"她和吴所长赶到苗金英家时,发现薛长富、薛怀贵也在那里。吴所长看到满院子被砸的东西,还以为是他们俩干的。薛长富和薛怀贵也很吃惊,他们半夜回来,到了卫生院看望一下孩子,一大早就想到苗金英家讨个说法,但没想到苗金英家已被人砸得乱七八糟。他们俩在院子踅摸时,她和吴所长到了。"她猜想,薛良好可能被张振华劝回了家,就跟吴所长带着薛长富和薛怀贵往薛良好家赶来。

薛良好有些不服气地对吴所长说:"我孩子都没有了,她不能就这样啊!"

吴所长郑重地说:"你放心,苗金英的刑事责任有法律来追究,对你们几家的伤害她还得进行经济赔偿。"

李娟哭着说:"我儿子没有了,她咋赔偿?"

薛长富和薛怀贵都说自己孩子的伤留下后遗症怎么办,光医药费就花了很多。

张振华说:"叫你们回来就是处理这些事的。大家商量商量。"

吴所长说:"马上都到村部。李乡长快到了。乡里、村里、派出所,还有你们三家,我们共同商量,把后面的事处理好。"吴所长又对薛良久说,"薛老师,你是我们的社会矛盾调解员,更是我们的社会稳定协助员,有劳你也参加。"

薛良久说:"应该的。学校的课我都调整好了。"

吴所长要求,每人都吃点早饭,九点钟在邵庙村村部集合。

5

村部院子里里外外挤满了人。这些人很少见到这样的阵势:村部开来了好几辆小轿车,有两辆警车,一辆警车的顶灯在闪烁着耀眼的红光。警车开到村部时,这些人看到两个警察架着苗金英进了村部的会议室。

从几辆黑色的轿车上下来几个当官模样的人。这几个人走到村部会议室后,村书记急忙跑到院子里,把看热闹的村民赶到了院外。于是院墙上便满是大大小小的人头,他们的眼睛不停地搜寻着院内的一切,耳朵也静静地监听着院内的细小动静。

会议室里,乡长李玉峰主持会议。他先向大家介绍了徐副市长,说徐副市长的到来说明市政府对爆炸事故处理的重视,说明对受伤害家庭的关心。徐副市长表示了对受伤害家属的同情和安慰后,讲了几条意见:一是严惩违法者,二是继续做好安抚工作,三是赔偿要切实可行。徐副市长讲完话后,李乡长说:"为了贯彻市政府意见和徐市长的讲话精神,公安局把苗金英带了回来,让她与大家面对面,听听大家的想法。"

薛良好气冲冲地说:"我儿子被她炸没了,她得赔十万块钱,还得她坐牢!"

苗金英面无表情地看了一眼薛良好,沉默不语。

李娟含着泪气愤地说:"坐牢不坐牢我不管,钱得赔!"

薛长富和宋春香,薛怀贵和邵美英,也都满腔气愤地说,要赔钱,孩子以后残了还要找苗金英算账。霎时间,会议室里充满着火药味。

派出所吴所长插话道:"你们的心情可以理解。咱们说话一个一个来,别激动。市、乡两级领导就是来处理这些事的。所以咱们还是一个一个慢慢地说。"

三个孩子的父母憋着气,低着头,不再说话。苗金英看了他们一眼,始终一言不发。

李乡长环视了他们几个后说:"通过调查和苗金英的供述,我们了解到:苗金英家的存款有一万五千元;承包地有八亩;老宅子上的堂屋被炸坏不能住了,厢房还有三间;新宅子上的楼房是花了十多万盖的。有一个正在上高中的女儿薛梅。虽然苗金英和薛长荣违法生产爆竹,但他们的女儿也像你们的孩子一样,是无辜的。薛梅也要有住的地方,有饭吃。这些情况,你们三家看看怎么处理?"

薛良好忽地站了起来:"一万五千块钱归我,楼房卖掉后再给我八万五。"

薛长富也忽地站了起来,急忙说:"先赔偿我孩子的医药费、伤残费。我孩子要是留下伤残,别说一万五,就是十个一万五也不够!"

薛怀贵和邵美英两口子一齐站起来,争着说:"那不行!我们的孩子怎么办?得先赔我们!"

李乡长抬手往下压了压,说:"都坐下,都坐下。赔偿也要讲究轻重缓急和苗金英的承受能力。"

村书记张振华望了望李乡长,李乡长示意他可以讲话。张振华说:"我来说两句。咱们都是乡里乡亲的,出了这样的事谁都不情愿看到。现在摆在咱们眼前的只有一万五千块钱。这一万五千块钱,苗金英还要把长荣的丧事办了。虽然说楼房是花了十多万盖的,但你要卖掉,在咱们村就是八万块钱也找不到买主。都是乡里乡亲,同宗同族的,谁愿意趁火打劫呢?城里人更不可能跑到乡旮旯里买这房子。如果你们愿意的话,我看这样办:楼房给良好,一万五千块钱一家五千,八亩承包地一家分两亩,留下两亩地给苗金英和薛梅她们娘俩过活。她们娘俩就住在老宅子上厢房里。"

薛良好说:"不行!楼房我不要,我就要十万块钱。"

张振华说:"你现在就是把苗金英剥吃了也没有十万块钱啊!你总不能要她的命吧?"

薛长富和薛怀贵也想像薛良好一样提出反对意见,但听了村书记的话不知如何是好,只好默不作声。

张振华看看三家人都不说话,接着说:"事情已经发生了,不可能再扭转过来。咱们还得给苗金英和她女儿留一条活路。要不然,这样办……"

张振华话没说完,苗金英便哇的一声号哭起来,说自己要不是惦记着女儿当晚就一头撞死。哭声振动着会议室里的人,更是惊动着院外人。他们趴在墙头上或门缝上,窥视屋内的情况。

苗金英的哭声让三家人不好再作声。徐副市长看看李乡长,李乡长看看张书记。张书记会意,接着说:"苗金英,你不要哭了,他们比你还伤心呢!"苗金英哭声小了一点。"这样吧,一万五千块钱,每家五千,地每家二亩。薛长富、薛怀贵,每家再给一万,让苗金英先欠着。楼房给薛良好。"

薛良好急忙说:"我不要楼房!"

张振华说:"你不要楼房可以。让苗金英赔你八万块钱,同样是先欠着。另外,你现在只有一个女孩了,村里给你申报生育指标,你可以再生个孩子。"

三家人都不再说话。张振华看看李乡长、徐副市长,徐副市长李乡长对张振华点点头。张振华知道两位领导的态度后,继续说:"当着市、乡领导的面,我还有一个想法,苗金英能不能不判刑?就是判刑也不要让她坐牢,让她在家里挣钱还账。"

三家人听着让苗金英挣钱还账,就不再坚持让苗金英坐牢。他们沉默着。苗金英听后又大声哭了起来。

徐副市长清了清嗓子。李乡长知道徐副市长要讲话,就说:"苗金英,不要哭了,听徐副市长讲话。"

徐副市长铿锵有力地说道:"村里的意见比较切合实际,可以按村里的意见办。不过,苗金英不判刑不可能,争取缓刑吧。"

李乡长扫视一遍大家,看看大家没意见,说:"不看死的看活的,以后的日子各家还要过。如果三个家庭没意见,就按振华书记说的办。乡里和村里做证,监督赔偿。尤其是村里,要做好各方面的工作。如果没有其他意见,今天的会到此结束。"

徐副市长和李乡长走出会议室。苗金英被架着走出院子,上了警车。张振华、吴所长、三对父母走到大门外,看着领导的小车和警车绝尘而去。

第二章

1

邵锋推掉一些事务,请薛良久吃饭。从上午十一点半到下午五点半,从醉江南酒店到大唐茶馆,邵锋都热情地招待着薛良久,耐心地倾听着他的像河水一样的叙说。当太阳由怒目刺眼变成温和微笑时,邵锋还想请薛良久吃晚饭,薛良久坚持回家。临别,薛良久拉着邵锋的手,满眼期待:"如果你能回去,我这一趟就没白来!"

薛良久一走,邵锋就急忙赶往等待他参加的另一场饭局。饭局结束,邵锋摇摇晃晃到家已经十点了。李芳接过他的包,摆上拖鞋。邵锋脱掉外套,一屁股坐在沙发上。李芳把外套挂在卧室的衣架上,到客厅里给邵锋冲一杯葛根茶。邵锋喝了一杯温热的葛根茶后,浑身舒服。李芳挨着邵锋坐在沙发上,两手轻轻地按摩着邵锋的头部、肩部,幽幽地说:"有邵伟在,你就少喝点。"邵锋好像用鼻子吐出一句话:"不喝不行啊!"

邵锋享受着李芳的温柔按摩。他觉得李芳真是天下难找的好妻子。两个老的,不让他操心;两个孩子的学习,不让他问事。而鞋厂里的事、公司里的事,李芳也很少插手。如今,他们住着别墅,成为城市里的有产阶级,身上的乡土气息早已风干,这正是他们结婚前的梦想。可是,薛良久让他回去,李芳能答应吗?村干部算什么官呢?又不是真正的国家干部。而且如果回去当村干部,他能否带领父老乡亲发家致富?能否搞好新农村建设?如果干不好,会让父老乡亲唾骂、嘲笑的。

这个薛良久,真是多事!

洗漱后躺在床上,邵锋觉得酒意跑光了。李芳躺在他的臂弯里,絮絮叨叨两个孩子的学习。媛媛上了高二,转眼间就要到高三了。牛角也上了七年级。牛角有些调皮,还不知道用功。媛媛天天用功到深夜,成绩在班里前十名,年级前五十名,如此下去,985考不上,211绝对没问题。两个孩子,一个爬坡期,一个上路期,都是关键时候,都不省心。邵锋轻拍几下李芳的肩头,深情地说:"两个孩子都考上名牌大学,你是最大的功臣!"李芳像是久渴者喝到了甘泉一样,心胸荡漾开了:"两个孩子都考上大学,也圆了我们俩的梦。"

邵锋觉得没能考上大学是人生的遗憾。这个遗憾是再也无法弥补了。虽然有企业家MBA班,但它与全日制大学总是无法比拟的。社会上的各种班带有严重的功利性,而大学却是纯粹学习熏陶、修身养性的地方。

他现在不缺钱,也不缺名誉。但是,除了钱和名誉,他还缺什么?其实,上大学是一种名誉和价值,打工挣钱当老板也是一种名誉和价值。二者殊途同归。生活就是为了名誉、自尊和价值,而这些,皖阳人给了他很多。这种自尊和价值好像离家乡的父老乡亲很高远。因此,他们想给自己一种名誉——村主任,让他在家乡人面前体现出自尊和价值。回家当村主任,钱嘛,花不多少;时间嘛,也该耽误不了多少。鞋厂有姐姐负责,房产公司有弟弟负责。小事他们决断,大事电话沟通,况且不是每天在村里,也不是路远回不到城里。万事开头难。村里走上发展道路的初期,肯定花费他一些时间和精力,等到步入正轨,他就可以撒手了。

是啊!自尊和价值。不让乡亲走上富裕幸福之路,还怎么回家见父老乡亲呢?薛良久说的那些情况,确实让人痛苦啊!

邵锋往上提提身子,李芳仰头看看他。邵锋说:"你坐好。我想跟你说个事。"

"啥事这么正经?"

"我想回村当村主任。"

李芳忽地坐直身子,两眼圆睁,瞪着邵锋:"你疯了?这是要唱哪出戏?

谁要你当村主任?"

"你不要急,听我慢慢说。"

李芳听了邵锋的想法,仍然反对:"你都不是那村里的人了,还蹚那浑水干啥?村里修路打井,花多少钱我都同意,就是不同意你回去当村主任。村干部有啥干头?"

"人过留名,雁过留声。那里毕竟是生养我们的地方。人无论多发达,走多远,都不能忘了自己的根!"

"你的事,我不管!"李芳一翻身,给邵锋一个脊背。

两个孩子上学早走了。父母和李芳都在等着邵锋吃早餐。早餐时间是邵锋陪父母最好的时光。一天时间,邵锋也只有早餐时能够与父母坐在一起。中午吃请,晚上请吃,如果碰到出差,邵锋就要好多天不能陪伴父母。他一番收拾后坐在餐桌边。餐桌上早摆了杂粮粥、咸馍、煎蛋、牛奶。父母和李芳早坐在桌边等他。

邵锋看了一眼父母,扫了一眼李芳,说:"爸,妈,你们吃啊,别等着我。"

邵锋给父母每人夹一个煎蛋。他很佩服李芳的手艺,鸡蛋煎得嫩而黄,少油不腻,正合父母的口味。咸馍蒸得香软,牙口不好的父母几口就能吃下一个。

早餐临近尾声,父亲望着正在喝牛奶的邵锋,说:"锋啊,你要回村当村干部?别蹚那浑水了。薛良久退休没事干,让他干去。你天天忙得要命,我跟你妈都捉不到你的影,哪有时间当那破主任?再说了,农村里的事乱七八糟的,像兔丝丝缠豆秧,难弄!"

母亲在旁边附和着父亲。

邵锋又扫视了一眼李芳。李芳得意地望着他。这个女人,乱告状。今天夜里非好好收拾她不可!他放下牛奶杯,心平气和地说:"爸,妈,薛良久说了那么多村里的事,让人揪心啊!咱们是那里的人,逢年过节回去,你们看他们对咱们那个亲热劲儿,让人忘不掉啊。如果村里变得比现在好,咱们回去不是更光彩吗?我开始也不想回去,薛良久说动了我。我再看看情况吧。"

"你不知道村里有些人多难缠,合他心意的就干,不合的就不干,总想占人家的便宜。邵连宇你知道吧?地边、沟边、路边,没有他不占的,动不动还讹人。有些人,你十次对他好,一次不好就得罪了他。你最好不要回去当什么村干部。"

"听你爸的劝。老少爷们儿难管,一不称心就咬你舌头根子,嚼你也是干瞪眼。"

邵锋想当村主任的火苗还没烧起来就几乎被浇灭了。他开着奥迪车带上李芳到仁和地产公司。李芳负责仁和地产公司的后勤工作,上班时间比较自由,因为她要照顾父母和孩子。

十点半,邵伟跑到邵锋办公室,劝他不要回去当村主任。快到十二点时,姐姐邵彩虹打电话,也劝他不要回去。邵锋被搞得心烦意乱,一点也不想出去吃午饭,就让秘书从食堂里给他搞一碗酸汤面送到办公室。

一碗酸汤面进到肚里,他感到特别舒服,就走到里间休息室午休。

2

邵锋驱车行驶在回乡的路上。从道路的宽窄平整、两侧的树木房屋来看,那就是从发展走向停滞,从繁荣走向穷困,从生机走向寂寥。

邵锋清晰地感受到城乡的落差。郊区的农民,在国道两旁盖上了整齐划一的起脊琉璃瓦的三层小洋楼。集镇上,纵横交错的街道,盖上了两层半的楼房,楼房下面是宽敞的门面,上面是独立成间的居室。三水乡早已改为三水镇。从镇里往邵庙村的水泥路已经破损,有些地方凹着肚子张着嘴。路两旁的白杨树虽比不上国道两旁的松树、柏树常青,但它们的挺拔和飞快的生长速度,在春夏季节里,却让人感受到它们的不屈不挠与生机勃勃。现在,白杨树的叶子已经长成孩子的手掌那么大,在稀稀落落地鼓着掌,像是迎接邵锋的归来。麦子还没打苞,仍在咔吧咔吧长个儿,把不多的坟头淹没起来。麦地里展现的都是青青的庞大整齐的受阅一样的麦子队伍。

邵锋路过薛寨村。村东头的薛长荣家的楼房显得那样破旧落伍,跟新冒出的十多家三层小洋楼站在一起，是那么格格不入和落寞。当初，薛长荣可是村中的首富，惹得多少人眼红。邵锋看到村中坍塌的砖瓦房、荒废的宅基地被村边沿路而起的楼房包围着。不能怪农民啊！村边是水泥路，出行方便，路边有包产地的人家就在地里盖房，挡都挡不住。农村啊，什么时候能踏上城市发展的步伐？

村书记张振华家就在邵庙村大路边。邵锋把车开到张振华家门口。院内听到车声，早有人开门看动静。

张振华老婆刚出门，孙海棠就跟上来。邵锋称呼着她们，问候着她们。孙海棠的出现令邵锋意外。孙海棠笑嘻嘻的声音像唱大戏的丫鬟："哎哟！邵锋弟，什么风把你吹回来了？"

邵锋呵呵一笑："嫂子家的龙卷风。"

"你在开我玩笑？！"

"哪敢，想嫂子嘛！"

二人说笑着，张振华出来迎接。孙海棠借故离去。

进了院门，东侧厢房南头是爬满了架子遮天蔽日的葡萄，西侧靠院墙辟有两米多宽的菜园，菜园里种着辣椒、番茄、黄瓜，除此之外，院子里被拾掇得干干净净。虽是农村，但院子内并不见农具。三层楼房高大气派，外墙喷涂了灰色真石漆，二楼三楼有乘凉眺望的平台。三楼人字形屋面贴着紫色琉璃瓦。一楼层高四米，墙壁纯白无瑕，地面贴着大规格的乳色地板砖。客厅北墙挂着中堂，前置古色八仙桌，八仙桌左右两边各放着太师椅。客厅两侧依着山墙各摆着三把原色木椅子，屋内整洁而亮堂。看来张振华老婆是个勤快人。张振华老婆给邵锋泡了一杯铁观音，让邵锋与张振华慢慢说话，她到东厢房里准备午饭。邵锋不让，说要带着张书记到镇里饭店吃。

一阵东拉西扯后便切入正题。多少年来，邵锋虽然为村里修路架桥建校捐了不少钱，村民都念着他的名，想着他的人，张振华也很看重他，但要回村里当村主任没有村书记张振华的支持是很困难的。张振华算不上特别好的村干部，但也不差，他的女儿在皖阳二中教书，女婿是交通局副局长。儿子在深圳先打工，后来自己办了一个玩具厂，一年挣一百多万，把老婆孩子都接走了，留下张振华老两口守家。儿子女儿经常给张振华一些钱，所以张振华不缺钱花。邵锋没听说过张振华为村民办事收过钱。张振华六十多岁了，多年的书记了，威信还是有的。

张振华说："侄子，你回来正合我意。我当一辈子村干部早就想歇脚了。年龄大了，跟不上形势。农村的事情越来越难办。去年秋季，我想发展大棚蔬菜，联系了一个山东商人。这个商人要至少连片的五百亩土地。我带他看地，看来看去相中了邵庙村北边那块地，地块平整，两边有沟。前三年，每亩地每年给五百块钱的转租费，以后每年给六百，合同一签十年。一百户人家都同意了，只有邵连宇、邵连礼、邵安彬几户人家不同意，还说我得了人家的好处。好好的一件事被他们搅黄了。再比如薛寨村，房子盖得很乱，谁家路边有地就在地里盖。结果村里空着。几户人家守着老宅也是因为路边没地，没办法盖。他们想换地，一处宅子好几万，你说谁愿意换？我就想着在薛寨东西大路以南规划新村，统一分配宅基地，成排成栋地依次挨着盖。占谁的地先给补偿，等旧村搬完后把宅基地复垦为耕地，再分给占地户。结果路南有地的都不愿意，特别是薛长富，捣得最欢。他说，他有两个儿子，还不够他自己盖的。村里想搬出来的人干瞪眼，怪我没魄力。还有，年前让每个农民参加新型农村合作医疗，每人一年十块钱，要求参合率90%以上。我们上门宣传收钱。一些人家不但不给，还说一年不住一次院交钱等于白交。很多家是老人在家，没钱交，就给在外打工的儿女打电话。儿女居然不让交。但是，上面压着头，必须完成任务。没办法，我们村干部只得垫交，春节时再找他们要钱。有一部分人还好说，给了，但有一部分人赖着不给，说他们没让我们垫交。到现在，我还有垫交的几千块钱收不回来。农村的事，难！特别是刘营、巩营、乔营、田庄都合到我们村后，村大了，人多了，有些事更难办了。"

邵锋揣摸着张振华的意思是希望他有思想准备还是让他知难而退。张振华怎么知道自己要回来？自己只是答应了薛良久，没跟别人说。难道薛良久透露的？是他在造声势？嘿！这个薛良久啊，心血来潮让我来蹚这个浑水。父母反对，李芳不支持，张振华态度不明朗，我何苦呢？

邵锋继续试探张振华的态度："叔，我多年不在家，对家乡的事一无所知。虽然我公司和鞋厂的事很多，应酬也多，但也想回来帮您为村里做些事。尽管难做，我想只要我们用心做出一些成果来，老少爷们儿会理解支持的。您刚才讲农村建房太乱，太占用耕地，现在国家提倡新农村建设，我们要趁机扭转这种局面。"

张振华哼哼两声，好像在用鼻子笑："侄子，你的生意做得那么大，全村人都知道。如果你把在村里花的精力用去挣钱，不知能挣多少钱！不值啊！你看看有几个年轻人愿意当村干部的？有能耐的有门路的都跑光了，就剩下我们这些老人和小孩子。农村空了，不光是宅子，人也空了。所以，大侄子，我希望你回来干，但又真心不想让你回来。你是干大事的人，回来，不值！"

"叔，我还没决定呢，先了解一下情况再说。"

"你要真回来，我一百个同意！你想好。"

太阳照进门内。张振华老婆要准备午饭。邵锋不让，拉着半推半就的张振华到集镇上去了。

3

邵锋躺在老板椅中，邵伟隔着庞大的老板桌，相对坐在软垫椅子上，向邵锋汇报着土地局关于阳河湾二百亩地准备招拍挂信息。

阳河穿城而过，在城的东边拐弯向南，弯成一个二百多亩地的河湾。河湾住着一些菜农和渔民。河湾房屋低矮，道路狭窄，雨天积水，晴天潮湿，居民多得湿疹和风湿病。夏季暴雨时，发生过房倒屋塌砸死人事件。市政府决定拆除原有住房，规划建设新的住宅小区。二百多亩地，一百亩用于安置，一百二十亩用于开发。开发的土地，开拍底价一亩两百万，最高可到三百五十万。有五家本地公司和三家外地公司参拍。

邵锋眯眼思索。合作共赢，分担风险。外地公司，招商引资，政策优惠。他猛地睁开眼，坐直身子，对邵伟说："找赵世豪和周大海，共同把这块地拿下来，合作开发。"

"这事得你联系。"

"我联系好后，这事就交给你了。"

"哥，这么大的事我哪行？你真要回去当村主任？"

"村里的事麻烦，比我想的难。他们让我回去，我不答应，好像我们不近人情、为富不仁一样。况且回去也不一定处处掉毛。"

"以前让我们捐这钱捐那钱，现在让你回去，肯定让我们掏大钱。"

"掏点钱能让咱村老少爷们儿过上好日子，我们留个好名声，值！"

兄弟俩正说着话，邵锋的手机响了。邵锋一看，是三水镇党委书记宋明诚。宋明诚说，在市里开会，散会后到公司拜访邵锋。邵锋知道，宋明诚不会为中午一顿饭而来，肯定有其他的事。

宋明诚是去年春天由镇长提为书记的，原来的书记方向阳到市里任农委主任，现在的镇长孙东海是市政府办公室副主任下去的。邵锋与他们都很熟，因为他是皖阳市著名企业家，又是市政协委员，可以说是皖阳市领导的座上宾。三水镇虽然偏僻，交通不便，但也有招商引资的任务，因此历任镇领导都会拜访邵锋，让他投资家乡建设。可是，家乡实在没有商机。投资不是捐款，要有收益。邵锋一直按兵不动。不过，每年春节前，他会给镇敬老院捐款捐物，这也算是对尊重他的镇领导的回报。

邵锋第三次看手表，都十一点五十了，宋明诚还没到。宋书记肯定有事，无事不会中午非要到办公室。究竟有什么事要他办的呢？他打电话给宋明诚。宋明诚说："到了，到了，正在上楼。"

邵锋从老板椅上起身，出门迎接。

一阵风扑来，随即是洪钟一样的嗓门："哎呀，邵老板，让你久等了。抱歉！抱歉！"一双大手握住邵锋的手，说，"没办法，会多会长，一散会就马不停蹄地跑来，还是让你等这么久。"

邵锋把宋明诚让进办公室，又把跟在宋明诚后面的镇组织委员兼邵庙村驻点干部杨永亮让进来。

邵锋与宋明诚坐在隔着小茶几的单人黑皮沙发上，杨永亮坐在与他们相对的黑皮沙发上。邵锋给他们每人敬一支烟。秘书给他们每人上一杯黄山毛峰。烟抽几口，茶啜几口，宋明诚开始进入自己的话题。

"邵老板，论年龄，你比我小，我就喊你老弟了。老弟，我听张振华书记讲了。我今天带着组织委员杨永亮，郑重地请你回去当村干部。你是不是党员？不是的话，永亮记住，赶紧发展入党。"

"宋书记，我这公司、鞋厂，一大摊子事，哪有时间和精力回去。"

"邵锋老弟，跟我不实在了吧？你回去当村干部也不是白白做奉献。你是邵庙村的人，又是资金雄厚的大老板，有两件事做起来，让你既有好名声又能赚大钱。"

邵锋沉思着。这是宋书记在下诱饵设圈套，自己回去根本没想赚钱，只想拿出多少钱帮助村里。名声嘛，在市里也不小了。但是薛良久的那些话是有道理的。邵庙村毕竟是生养自己的地方，是自己的根。葱郁茂盛的树冠，吸收的阳光雨露要不断地输送到树根，不为钱财，只为情感的连接。"宋书记，我没想赚钱的事。"

"我知道。有句话说，无心插柳柳成荫。两件事做起来，你不想赚钱但可以让邵庙村的人赚钱。他们源源不断地赚钱，你说你做了多大的善事？他们该怎样念你的好？"

邵锋兴趣大涨，笑问："别卖关子了。啥好事，快抖搂出来吧！"

宋明诚哈哈大笑，不紧不慢地说："第一件事，你先成立绿色食品公司，在邵庙村发展大棚蔬菜。用你的食品公司把绿色蔬菜销往全国各地。农民种庄稼，一麦一豆，一年累死累活，一亩地只挣五六百块钱。如果种蔬菜，一亩地一年可收入五千元以上。第二件事，邵庙村离三水镇集市很近。你把邵庙村重新规划建设。规划的新村与三水镇街道衔接，几年后，就形成大的集市。邵庙村的人想做生意做生意，不想做生意把门面租出去吃房租。村民们早想这样干，就缺少领头人。你搞了多年的地产，对于新农村建设是小菜一碟。这两件事搞起来，不是多方得利的大好事吗？"

邵锋想到，成立绿色食品公司也是他谋划的乡村发展的一个点，而偏僻的家乡正适合做环保食品生产的基地。他站起来，一手握着宋明诚的手，爽声道:"听宋书记的!"

宋明诚站起来大声笑道:"老弟爽快!"他扭头对杨永亮说,"回去立即把邵老板的手续完善好。"

杨永亮干脆回道:"放心,保证不出纰漏!"

第三章

1

苗金英被判了三年有期徒刑,缓期三年执行。法院在宣判时,考虑到苗金英有许多的赔偿需要支付,还有一个女儿需要照顾,就决定实行缓刑,让派出所和村委会监督苗金英的住行。

薛良好、薛长富、薛怀贵都觉得分了苗金英的二亩地去种,还不如要钱划算。地,哪有劳力种呢?自己原来的承包地就够在家的老人侍弄的了,再多种二亩地哪能忙过来?况且每亩地的种子、化肥、农药提留款,算一算种地就是赔本的买卖。他们三个决定不要地,要钱。但是,苗金英已身无分文。他们让苗金英借钱赔付。苗金英哪能借着钱?不要说亲戚朋友邻居没有钱借,就是有钱也不会借给她。

苗金英找到村书记张振华。张振华把薛良好、薛长富、薛怀贵召集到村部,像是劝告也像是训诫:"你们三个大男人要说话算话,说出去的话泼出去的水,吐口唾沫不能再舔起来。地,你们还是要种。不种,苗金英拿什么赔你们?"

三个人你一句我一句,说出种地不赚钱的理由,并说如果村里不要提留款,不让交这费那费,便可以考虑。

张振华像台 X 光机一样,把每个人透视一遍。三个人被透视得噤若寒蝉。"你们三个不要地也行,赔偿款你们也不能要了。"

三个人说什么也不答应。争来争去,最后达成新的协议:苗金英的地自己种,每年春节前付给每家一千块钱,共赔付十年,薛良好的八万块钱先欠着,等到苗金英的女儿考上大学有本事了,挣了钱再给。三个人觉得虽然每人拖了十年才得到一万块钱,总比种地强。

薛良好回到家。尽管儿子薛传业火化后已埋到了土里,但一家人除了男男活蹦乱跳外,都是阴沉着脸,像是霜打的茄子、缩水的瓜。父亲经日沉默不语。男男跑到他身旁,他像没看着似的。男男拉他的手,踩他的脚,挠他的背,搬他的头,他却像木桩一样没有反应。母亲总是唉声叹气,说自己没看好孙子。李娟有时数落父母,说父母不疼爱传业,没管好传业,有时一人坐在那里独自流泪。妹妹薛曼丽也从外地回来,陪在父母和李娟的身边。这几天,她在不停地劝说着李娟,劝慰着父母,这几天的饭也都是她做的。

李娟在数落父母的不是时,薛良好和薛曼丽不好阻拦,他们俩只是一边劝慰着父亲不接腔,让李娟消消气,一边想办法岔开李娟的数落,把李娟的埋怨引到其他的话题上。比如,不愿种地只想要钱就是这样提出的。他们俩知道父母年龄大了,种不了地。出了传业这种事,父母就要更加小心照看男男,更没有多少精力种地。薛良好和薛曼丽劝说李娟的话题是,种地不够本,不如要钱,就是欠着也比种地强。如果李娟同意,薛良好就去找苗金英要钱,不能便宜了苗金英。话题一岔,李娟就不再数落父母了。

薛良好向家人说了重新协商的赔偿结果。父母没搭话。对于传业的被炸,他们除了深深地自责难过外,没有想到赔偿的事,更没有想到赔多少钱的问题。他们想到,自家咋那么倒霉,永利和兰兰都没有多大事,咋就偏偏传业没有了?难道这就是命吗?特别是父亲,总在想着薛良好能不能再生出个儿子。母亲也在想薛良好结了扎还能不能生孩子。这些话埋在他们心里。他们只敢想,不敢问;若问,又怕李娟怪罪他们。

薛曼丽觉得应该给哥哥一点支持,好让嫂子李娟心里有一种安慰。她说:"这种协商的结果也不错。虽然一万块钱一年给一千,时间长了些,比种地强。一亩地一年种下来,不要说一千块钱,就是五百块钱也剩不了,还不算劳力呢。"

时间是疗愈伤痛最好的良药,环境转换也同样是。一家人都沉浸在痛苦中,早晚要生病。薛曼丽劝哥哥带着嫂子早点打工去,她在家里再陪陪父母。传业被埋到地里七天后,薛良好便带着李娟再次丢下女儿男男,离开父母,离开了薛寨。

宋春香也接受了新的赔偿协议。不接受又能怎样?又不能把苗金英吃了。一个女人,以后的日子够她过的,况且还有一个上高中的孩子。儿子永利伤势不严重,真是不幸中的万幸。医生说不会留下什么疤痕。如果炸了脸,脸上留疤痕,破了相,长大娶媳妇就难了。宋春香在责怪薛长富的父母没有管好永利的同时,还告诉他们怎样把孩子管好、看好。不能让孩子乱花钱,更不能让孩子乱买东西吃。让孩子放学就回家,回到家就写作业。薛长富的父母借助于宋春香的话教育永利:"听到没有?把你妈的话记在心里!"薛长富也嘱咐父母严管孩子,嘱咐永利听爷爷奶奶的话。薛长富和宋春香不等永利伤口好透,就赶回厂里上班了。

同样,薛怀贵和邵美英无论对父母照顾孩子多么不满意,还是必须把孩子丢在家里,让父母继续照看,他们到外地打工挣钱。

永利和兰兰在乡卫生院住了十多天,脸上、头上的伤早已退痂,颜色只是比周围的浅一些。兰兰的脸依然圆润,像秋后的苹果。

2

苗金英到杨沟窑厂干活。冬季天冷,窑厂不再制作新坯子,只是烧制原来堆积如山的生坯子。把生坯子运进窑中,再把烧好的熟砖运出窑,装上前来买砖的车,一天从太阳出头到太阳下山,她也能挣二三十块钱。苗金英的脸总是绷着,脸色也由红润变成土灰,一米五几的个头仿佛又矮了一截,发福的身材仿佛漏了气瘪了下去。四十岁的她,一夜之间变成了六十岁的人。在窑厂,她不言不语,像机器人一样干自己的活。腊月二十四祭灶那天,窑厂放假,她结了三百五十六块钱。她准备三百块钱留作女儿下学期的生活费,五十六块钱留作她和女儿过年。这一个多月,她能像木偶人一样闭着眼往前走,是因为惦记着上高二的女儿。女儿是她的念想,是她的未来。只要坚持到女儿上大学，所有的苦就算没有白吃，所有的罪就算没有白受。

雪越下越大。路上，房子上，田野里都是铺了棉花似的一层白。苗金英在路上张望了几次，仍不见女儿的影子。腊月二十六了，女儿该回来了。昨天，她到街上买了一斤猪肉、几斤萝卜。今天一早，她把萝卜烧肉做好，等着女儿回来给她补一补。祭灶那天，她一个人没舍得烧菜，一个蒸馍就点萝卜干，喝碗白开水，就把灶神祭了。今天中午，她准备和女儿像样地吃顿饭，补祭一下灶神。

苗金英焦急地等待着女儿。雪花由梨花瓣变成了鹅毛，又编织成飘动的雪帘遮掩着天空。苗金英右手打着伞，左手拿把伞，扑入雪帘中，直奔集镇接女儿。

薛良好和李娟带着对父母的怨言走后没几天，两个老人就瘫倒在床上。薛良好的父亲哮喘不止，就像快节奏地拉风箱一样。薛良好的母亲连续几天发烧，四肢无力，要不是男男饿得哭叫，她一天连一顿饭也不想做。张振华上门时吓坏了，急忙给薛曼丽打电话，让薛曼丽赶快来给父母看病。薛曼丽把父母拉到乡卫生院。住院一周，父亲的哮喘不拉风箱了，母亲的肺炎消了。薛曼丽给哥哥打电话，说了父母的病情。薛良好只说妹妹辛苦了，并没有回来。

腊月二十七，太阳像小孩冻红了的脸，懒懒地从云层中里探出来。路上被踩的雪像钢板一样硬邦邦的。田野里的雪被太阳一照，闪闪发亮。薛良好的母亲在院子里除雪。男男在院里玩雪，两手冻得像紫萝卜，而头上却像蒸笼一样冒着热气。奶奶把她撵进屋里，一转眼她又跑出来。爷爷躺在盖有两床被子的被窝里，仍然上气不接下气，像是喉咙管被冻住一截。他伸不出手，无力拉住男男。男男像荒野里的兔子，在雪地里撒欢蹦跳。奶奶累得腰疼，顾不了那么多，就由她野了。

还有两天就过年了，薛良好还没回来。薛良好的父亲在床上有出气没回气的，能否闯过年关都不敢说。这就急坏了薛良好的母亲。她要请医生。薛良好的父亲不让，说是老毛病了，他要熬过这个大雪天。她想让女儿薛曼丽再把他送到乡卫生院去。他不是摇头就是摆手。老两口知道，上次到乡卫生院住院还花着女儿的一笔钱呢。但一天只喝几口稀饭咋熬啊！薛良好的母亲背着薛良好的父亲掉眼泪，那眼泪积攒下来能盛一碗。

除夕上午，薛良好和李娟背着大包小包回到了家。母亲嘴里责怪着咋回来得这么晚，可心里冒着喜气。男男先是躲在奶奶身后偷看，看到旺旺饼干和花衣服才跑上前。躺在床上的父亲嗓子眼里发出的声音似雷响，像是做最后的告别。李娟哄着男男在院里玩。薛良好赶紧俯在父亲床头，听着父亲喉咙里像是水管跑水的声音却不知其意。母亲说："你父亲撑不了几天了。"薛良好要去请医生。父亲伸出了枯柴棒似的手。薛良好忙蹲下身子，握着父亲冰凉的、干枯的手，耐心听父亲的嘱托。父亲喘一口气蹦出一个词，连起来是这样的：咱家不能绝后啊！薛良好让父亲放心。父亲闭上眼，像是睡去。薛良好把父亲的手放进被窝，急忙去请村医生。

薛长富和宋春香在家停留了五天，觉得永利没有大碍，父母仍然可以照看永利和铁蛋，他们便又跑回温州。两人一天可以挣一百块钱呢，在家多待一天，兜里就少了一百块钱。他们要早早地把楼房盖起来。两个儿子，将来都是花钱的主，所以现在他们必须拼命。薛长富和宋春香除夕晚上才回到家。一到家，就拿出给两个孩子买的东西，两个孩子几乎争抢起来。永利试穿着新衣服，铁蛋操控着玩具汽车。两个孩子把爷爷、奶奶、爸爸、妈妈忘在了九霄云外。

薛怀贵和邵美英回到家是腊月二十八。薛怀贵在无锡建筑工地干泥瓦工，邵美英与他在一个工地当钢筋工。今年还好，工地老板只扣了他们一千块钱，其余全部结清。他们欢欢喜喜地到了家，给父母和孩子都买了新年礼物。兰兰穿上了鲜红的羽绒袄，拿着镜子照来照去。花花给她大白兔糖，她不接糖，却让花花跑一边去。

村内村外的鞭炮声此起彼伏，这让苗金英胆战心惊。她给女儿薛梅烧了一碗萝卜烧肉，炒了一盘土豆片。两人吃了几个饺子，炮也没放，冷冷清清地把除夕过了。雪照着天空很亮，鞭炮炸得夜空很吵。她和女儿躺到各自的床上，努力地睡去……

鞭炮声渐渐息了。这时，苗金英听到了越来越强烈的敲门声。除夕早过去了,新年就要到了,这个时候不在家里接新年还有谁乱跑?敲门声像擂鼓一样越来越强烈,薛梅被吵醒了,她忙跑到妈妈屋里,依偎在妈妈身边。苗金英搂着薛梅,嘴上说着不怕,身子却在颤抖。敲门声停下来。苗金英听到了叫喊声:"苗金英,开门!再不开门,就炸门了!"苗金英听后,心里反而镇静下来,身子不再颤抖。她感觉好像是薛良好的声音,又像是薛长富的叫喊,好像还有薛怀贵。

苗金英穿上棉袄,出正屋门,来到院内,隔院门喊话:"这个时候了,还有啥事?!"

门外声音怒道:"啥事?你不知道?!给钱!"

"这么晚了,大过年的,明天再来吧。你们行行好,我和小梅都睡了,你们回吧!"

门外的声音气愤道:"不行!说好的,年前给一千。明天大年初一,咋来?"

苗金英也气愤道:"一个庄的,大年三十,深更半夜,拍我一个妇女家的门,你们好意思?"

苗金英回转身,关上正屋大门,任凭院外大门咚咚地响,直至消声,她才与女儿和衣躺在一个床上。

苗金英眯瞪了一会儿,感觉满头血污胳膊断掉的薛长荣跟她要钱,血肉模糊的满意也跟在后面跟她要吃的。她到处找钱,柜子里,枕头下,衣兜里,床板间,无论怎么找都找不到钱。薛长荣和满意在身后跟着、嚷着。当她惶恐地找钱时,她被村里接年的鞭炮声吵醒了。她揉揉眼,回想梦境,越想心里越发紧。她睡不着了,而女儿好像还在梦中。她没开灯,就坐在床上发呆。村里的鞭炮声此起彼伏,一阵比一阵猛烈。薛梅被震醒了。薛梅简单地梳洗后,苗金英就陪着她在雪光的映照下,趁夜深人少,给薛长荣和满意上坟。

上坟回来,苗金英给女儿煮了一碗饺子,把在窑厂干活的钱数一数,还剩三百四十三块钱。她把剩下的钱都给了薛梅,让薛梅吃完饺子就到姥姥家去,算提前给姥姥拜年了,然后住在姥姥家,开学时直接到学校去。她以后挣了钱会送到学校去。她嘱咐女儿，无论天大的事，都要把学上完，考上大学，这是她活下去的唯一念想。女儿哭着喊着跪在她面前，她让女儿快走。薛梅流着泪，走在冰天雪地里，走在鞭炮声烘托出的热烈的年味中。

3

薛良好的父亲是在正月初二晚上去世的。初三夜里，薛良好找几个至亲帮忙，偷偷地把父亲埋掉。

初六那天，太阳伸出热乎乎的手抚摸着每个人的脸，让人感到特别温暖。村内虽然泥泞，但村外的水泥路积雪已经化完，露出有些坑洼但能干净行走的灰白色路面。李娟收拾东西时，男男抱住她的腿，似乎感觉到妈妈要离她而去。薛良好抱起男男，哄着她说到村东头商店买好吃的好喝的。他让母亲跟他一块去。薛良好的母亲明白他的意思，就跟在后面哄着孙女。祖孙三代到了商店后，薛良好给男男买了娃哈哈饮料和饼干，还有扎头发的红头绳、橡皮筋。回到家，男男坐在奶奶怀里的小板凳上，享受着奶奶像柴棒一样却温暖的手指在自己头发上挠来挠去。薛良好见状便像逃犯一样借机跑了。等到男男拉着奶奶的手哭着喊着找爸爸时，薛良好与李娟已经坐上乡里的中巴车往皖阳火车站赶了。

火车站广场上候车的民工黑压压的一片。在广场上走动就像钻玉米棵一般，有时还要跳过躺着的一脸迷茫的"梦中人"。售票厅前，排队买票的人一直站到广场边，让人看不到尾。"三六九，往外走"，今天外出的人最多。薛良好从黄牛处买了两张去深圳的无座车票，虽然每张加价八十，但比起在皖阳耽误两天还是划算很多。这两张票是晚上十点多的，算算省了不少钱。

车厢里的人挤成了柿饼子，但能走掉就是幸运。

父亲已经入土为安，母亲照顾男男应该能忙得过来，过几年把房子翻盖一下。薛良好站在车厢的连接处，思绪乱飞。父亲临终时嘱咐他再生个儿子，能实现父亲的遗愿吗？养个儿子不容易啊！薛良好不觉暗自神伤。

4

薛长富的母亲在薛长富和宋春香还没回到家时就感到心口疼。她以为是雪天冷冻的,就喝半碗姜汤加床被子强忍着。一直到正月初四,疼痛还不见好。薛长富便用板车把母亲拉到乡卫生院。医生检查一番后说是胃炎,便开药挂吊水。医生建议连续吊水七天,可吊了三天后,薛长富的母亲就不愿吊了,说不疼了,开的药,回去吃就行了。

薛长富和宋春香因为母亲胃疼而耽搁了出门。薛长富的妹妹薛长英和妹夫宋春光拎着八宝粥、豆奶粉来看望母亲。薛长富、宋春香和薛长英、宋春光四个人在一起时总是感觉很别扭。薛长富见到薛长英既不叫妹妹更不叫嫂子,觉得叫长英心里舒服。同样,宋春光见了宋春香既不叫妹妹也不叫嫂子,觉得直呼春香心里得劲。他们是换亲。薛长富个子不高,人长得不出样,农村人叫闷杵,初中没毕业就出去打工。他虽然四肢健全,但头脑空空,什么技术都没学会,只能卖苦力,一年挣的钱除了吃喝玩乐所剩无几。家中的砖瓦房还是父母拼死拼活盖的。父母托尽了左亲右邻给他说媳妇,但女方一见人一相家,就没信了。薛长富到了二十六岁,再也没人给他提亲了。他的妹妹薛长英长得亭亭玉立,十八岁不到前来提亲的能踢破门槛。薛长英在初中时有一个互相心仪的男同学乔四海,家在乔营,开着商店,是村里的富户。乔四海让父亲托人带着礼品前来提亲,薛长英的父母却以等薛长英的哥哥结婚了为由拒绝了,薛长英暗地里不知流了多少泪。又过了两年,眼见得薛长富要寡汉了,父母便动了薛长英的主意。薛长英死也不换亲。父亲三番五次地说:"你不能看着你哥打一辈子光棍吧?不能让娘家连一个亲人都没有吧?你上初中的钱都是你哥挣的,不然你能上到初中毕业?人要知恩感恩!"

宋春光初中没毕业就到山东金矿淘金子,淘了四年就把家里的楼房盖起来了。楼房像一杆旗,耸立在周围都是低矮的土坯房或砖瓦房中;又像一块招牌,显示着这家人的富裕。宋春光个头比薛长富高一头,人也长得有棱有角像模像样。给宋春光说媒的人络绎不绝,更多的是女方主动托人提亲。父母乐得合不拢嘴,天天笑得脸像开裂的香瓜,可是宋春光看中的是金矿矿主的女儿。父亲说他是癞蛤蟆想吃天鹅肉,提亲的人背后说,也不撒泡尿照照自己是谁!在父亲的强迫和媒人的贬损下,宋春光不情不愿地与周庄一个小他三岁的俊俏姑娘定了亲。可是,天有不测风云,人有旦夕祸福。定亲不到三个月,金矿塌方,宋春光被砸坏了右小腿,住院一个月,小腿发黑坏死,被迫截去右小腿。俊俏姑娘退婚了,他变成了姑娘们不要的废人。

宋春香再也没有了哥哥给他买漂亮衣服的惊喜。初二一放暑假,她就到温州一个鞋厂找姐姐一块打工去了。宋春光在家由父母照料,婚事无人提起。父母的脸由开裂的香瓜变成了沟壑密集的苦瓜。他们密谋着,大闺女出嫁五六年了,孩子都两个了,只有小闺女春香能救她哥。

两家老人一打听,媒人一撮合,宋春香就变成了薛长富的老婆,薛长英变成了宋春光的老婆。两家在同一天,既娶儿媳妇,又嫁闺女。

薛长英嫁过去后,利用金矿赔偿宋春光剩余的钱,在宋营村头盖了三间平房,开起了百货店。一年的收入比打工挣的多。现在,三间房变成了六间房,百货店变成了小超市。不过,两口子总是吵架,甚至打骂。宋春光总是说第二个孩子豆豆越长越不像他,是野种。

让宋春香欣慰的是薛长富从来不打她,准确地说是不敢打她。无论她做什么,薛长富都忍气吞声,气急了才吼两句,骂两声。一旦她对骂几句,说不跟他过了,薛长富便立刻像霜打的茄子一样蔫巴了。

鞋厂早就开工了,再晚几天自己的岗位就要被新打工的占上了。薛长富的母亲说自己已经好了,也催他们赶快走。父亲也说在外找个活干不容易。初九,天蒙蒙亮,在两个孩子睡得很香甜的时候,薛长富和宋春香背着蛇皮大包、布皮小包走了,背后留下还没化完雪的斑驳陆离的村庄和田野。

5

薛怀贵有两个姐姐和一个哥哥,他是排行最小的一个,是父母的心头肉,所以结婚后父母仍然跟他住在一起,给他看家护院,照顾孩子,惹得嫂子说大儿子是捡来的,小儿子是亲生的,等老的时候就指望小的吧!父母听了大嫂的话,只当耳边风,依旧跟小儿子住在一起。虽然都是七十多岁的人了,依然侍弄着庄稼。所以,薛怀贵和邵美英每年春节回家,都会给他们买很多东西。今年,薛怀贵和邵美英踏着雪于腊月二十八晚上到家。他们把东西从大包小包里掏出来。父母催着吃饭,兰兰站在一边数着她的东西,花花搂着邵美英的腿。兰兰穿上鲜红色的羽绒袄,在爷爷奶奶、爸爸妈妈的面前转过来转过去,又对着巴掌大的一块圆镜子照过来照过去。邵美英把花花的头发拢起来,用红皮筋扎住,花花头上似长出了喇叭花。她吃着奶糖,拿着饼干,在几个人中间钻来钻去。薛怀贵和邵美英拿出给父亲买的帽子、棉鞋,给母亲买的丝绒棉袄,父母嘴里说着买这些东西干啥,乱花钱。

薛怀贵年初一与薛良好、薛长富不约而同地到了苗金英家。三个人一分钱也没要到。就像苗金英说的,家里的东西一眼看焦干,她到窑厂干活,只够她吃饭的,她想给钱也没办法,就是把她剁剁吃了也没有钱。他们只见到了苗金英,没看到薛梅,看着她家冷灶冷锅的,便不再纠缠,但要求她在秋后就是天塌地陷也得给。

薛怀贵在三水中学上初一时,成绩中等。他由于个子较高,坐在了倒数第二排。一个班二十多个女同学,唯独邵美英让他心猿意马。那是起红芋的季节,邵美英与几个女同学走在回家的路上,后面跟着几个男同学。薛怀贵骑着自行车,穿过几个男同学,往前面几个女同学冲去,嘴里喊着:"闪开,闪开,刹不住了,刹不住了!"几个女同学回头一看,薛怀贵摇晃着身子向着她们飞快地撞来。她们惊叫着往路两边躲。薛怀贵像风一样穿过去,就听到几个人大叫:"掉沟里了!掉沟里了!救人啊!救人啊!"

薛怀贵从自行车上跳下来,自行车像脱缰的野马一样蹿出一丈多远,一头撞在路边的树根上。他回头跑过去,猜想掉沟里的肯定是邵美英,自行车向她撞来时她躲得最惊慌。果然,邵美英掉在路左边的沟里去了。好在水只有半人深,薛怀贵一个纵跳,一把抱住邵美英,摇摇晃晃地往沟边移动。抱着湿淋淋的邵美英,他的心里就像三伏天吃上了冰棍一样凉爽。

邵美英浑身湿透了，秋天的单薄的衣服裹贴在她身上，像落网的鱼。女同学们骂他冒失鬼、流氓。几个男同学不由分说把他打了一顿。他忍受着男同学的痛打，说要赔偿邵美英的衣服。那一身衣服，至少也要五十块钱。他知道，几十块钱，无论怎么说父母都不会给他的。他把自行车卖了六十块钱，告诉父母自行车被偷了。他把六十块钱塞给邵美英，让她买衣服。邵美英不要，他就威胁说，他买好衣服当着全班同学的面送给她。邵美英被迫接受。后来，他便与邵美英形影不离地粘在了一块，而那几个打他的男同学也被他一个个地打了一遍。初三第一学期开学，同学们发现薛怀贵和邵美英两个星期了还没到校。一个月后，他们才得知薛怀贵带着邵美英到山东金矿挖金子去了。

邵美英的父母带着家人到薛怀贵的家里兴师问罪。他们砸烂了薛怀贵家的锅碗瓢盆，还要告薛怀贵拐走了他们家的女儿。薛怀贵父母蜷缩在屋角边，任他们大闹。事后，薛怀贵父母买上礼物，委托村干部说和。无奈，邵美英的父母毫不松口。薛怀贵和邵美英三年没回家，仿佛人间蒸发了一样。第四年春节，薛怀贵抱着六个月大的薛兰兰，后面跟着邵美英，回到了薛寨薛怀贵家。生米已经煮成熟饭。邵美英的父母无奈地接受了他们。薛怀贵和邵美英把两人三年多打工挣的一万多块钱全给了邵美英父母。

正月十五刚过，薛怀贵和邵美英把兰兰丢给父母，两人又一起外出打工了。在播种麦子的时候，薛怀贵带着肚子像气球一样的邵美英又回到了家。半个月后，邵美英在家生了个女儿。女儿还没满月，薛怀贵就让姐姐把孩子抱走了。村干部和乡计生干部找上门，按照计生政策，两女户必须结扎。薛怀贵说孩子丢了。他们在屋里屋外没有找到孩子，但看到邵美英膨胀的胸脯，便知道孩子已经吃奶，不是亡婴。乡计生办的人员要强行把薛怀贵和邵美英带走，这时村干部上前说情，薛怀贵和邵美英说第二天他们自己去。第二天，天上还是满天星星的时候，他们就逃离了薛寨村，春节时也没回家过年。

薛怀贵总想生个儿子。大哥家第一个孩子就是儿子，他虽然没生儿子，但他们这一族总算有了香火。只是大嫂那神态、那话语，好像儿子只是她的儿子,与薛怀贵家不搭界。不过细数起来,对父母来说,有了孙子就是有了香火;而对他来说,没有儿子就断了香火,所以,他也要有个儿子。邵美英在山东生下第三个女儿,没有喂一口奶就送了人。在怀第四个孩子时,就请医生偷偷做了 B 超检查,发现还是女孩,两人合计一狠心,就把孩子引掉了。之后,薛怀贵和邵美英找了很多生男孩的偏方,吃了几麻袋中药。三年后,邵美英又怀上了孩子,经过 B 超检查,说是男孩。他们俩欣喜若狂,决定回家生儿子,还要大办满月酒。

桃红柳绿,莺飞草长。寒暑易节,秋收冬藏。六年了,薛怀贵和邵美英没踩家门。兰兰已经上小学一年级了,但看到他们总是躲在一边,仿佛他们是侵入者,侵占了她的空间,打乱了她的生活。爷爷奶奶让她喊爸爸妈妈,她总是眼瞪着、嘴噘着,或者跑得远远的,也不理睬。一个月后,兰兰才试探地靠近薛怀贵和邵美英,轻声地喊爸爸妈妈。她不明白妈妈的肚子咋胀那么大,走路像企鹅一样,摸她的头时咋那么费劲。

出乎意料,邵美英生下的又是女孩。乡卫生院不像城市大医院,产妇多婴孩多,有混抱的现象。乡卫生院就她一个产妇,女孩确定无疑。薛怀贵要丢弃,邵美英不让。既然生下来了就要养着。既然检查时是男孩生下的却是女孩,那就认命吧。他们给孩子起名花花。眼花缭乱,难以分辨。

薛怀贵绝望了,没等邵美英满月就出去打工了。花花一岁时,薛怀贵把花花丢给父母,带着邵美英到苏州拾破烂去了。

薛怀贵和邵美英到苏州由拾破烂到收购废品,从破烂和废品中筛出金银财宝来。几年时间,他们掐指一算,比打工挣的钱多,他们开始盘算着在家里盖楼房。

他们不像其他打工的要早早出门,急于找工作。他们不慌不忙地在家多待几天,陪兰兰和花花玩玩,陪父母说说话。他们决定跟父母和孩子一起过一个欢快的元宵节。

6

苗金英把女儿送走,关上大门,独自一个人躺在床上,睁着眼。屋外的鞭炮声零零星星,或者是起床晚的在接年,或者是接年早的在吃早饭。本想着年初一可以与女儿多说说话,可现在连说话的机会都没有了。

一家四口人,去了两口。要不是梅梅上高二,还有一年多就要考大学了,她觉得活着也没啥意思。但是有梅梅在,她就要硬撑着。是黄连也要吃,是石头也要背。

眼看日子红火起来。苗金英家是村里第一个盖楼的,女儿是村里少有的几个高中生之一,儿子读书像喝书一般,再过几年,女儿考上大学,儿子考不上中专也让他上高中,家里再存几万块钱,鞭炮不做了转做其他生意。村里没能比得上她家的。可是,说败就败了,就像坍塌的窑,轰隆一声家就没有了。丈夫和儿子,一个都没留下。是他们作的孽还是自己作的孽?苗金英禁不住号啕起来。

快吃午饭时,院门咚咚地响起来。该来的总是要来。苗金英拢了拢头发,抻了抻衩襟,出去开门。正常人家,年初一开了门就不再关门,一是接年神,二是迎财神。为防小偷进门,就在门口横放一条木棍,作为拦门棍。早饭后午饭前,人们四门敞开,等着来人拜年,或者走出去给他人拜年。苗金英不想给他人拜年,也不希望他人上门来拜年。也许拜年的人看到她家大门紧闭便隔门而过了;也许她住在庄头上,与人们距离远,拜年的人把她给忘了。所以,一上午,无论她在家怎样哭,都没有人敲门,人们仿佛怕打扰她似的。现在敲门声响起,肯定是他们三个了。

门打开,果然是薛良好、薛长富、薛怀贵。薛良好、薛长富嘴里喊着"嫂子好,给您拜年了",眼往院内搜寻着。薛怀贵喊着"婶子好,给您拜年了",心里觉得苗金英家就像监狱一样冷清。他们被让进堂屋里坐,苗金英给他们每人倒一杯白开水。按理讲,别人到家拜年,主人应端出麻叶、馓子、果子、瓜子等招待,但苗金英家里只有开水。不等他们张口,苗金英就说年前没挣着钱,新年里累死累活挣钱也要把他们的钱给还上,并让他们可怜可怜她。他们的嘴被堵上,他们的怜悯心被激活了,他们的怒气被拂去了。

他们走了,苗金英关上门,继续躺在床上,睁着眼,流泪。

出了正月,窑厂开工,苗金英便到窑厂干活了。她天不亮就做饭,吃了早饭带上中午的干粮,天黑到家,擀点面条吃,或者馏个馍、喝点开水,然后洗脸和洗脚,就把沉重的身子放倒在床上。自从到窑厂里干活,她晚上倒头就睡,早上天蒙蒙亮就自然醒来。白天不想什么,夜里什么也不想,生活就像一个封闭的水塘,平静停滞。到了麦子发黄的时候,她结了六百三十四块工钱。几个月了,女儿没回来一趟,给她的生活费早该花完了。女儿是个懂事的孩子,明白家境,体谅她妈妈的艰难,不会主动向她妈妈要这要那。苗金英想请一天假,到学校看孩子,给孩子送生活费。

车是舍不得坐的,那要花三块钱。苗金英借了一辆自行车,在清凉的早晨,麦子像十八岁的少女散发出迷人的香气时,像跟汽车赛跑一样,奔往城郊中学。

到了学校老师办公室,苗金英大汗淋淋,脸像刚洗过没来得及擦一样,身上的浅蓝色褂子湿漉漉地贴在脊背上。她请班主任喊薛梅。班主任眼睛瞪得像吐鲁番的葡萄:"薛梅早就不上学了,你不知道?你作为家长也太不关心孩子了!"

苗金英像五雷轰顶,几乎要瘫软倒地。班主任忙给她拿把椅子坐下,给她倒杯茶。她坐了一会儿,喝了几口水,感觉回过神来了。她不相信女儿会不上学。

班主任拿出了女儿写的信:

郭老师:

您好!我决定退学。继续上学不外乎两种结局,一种是考上大学轻轻松松挣钱,一种是考不上大学外出打工辛辛苦苦挣钱。第一种结局我无法为继,更不敢赌。从各方面衡量来看,等待我的可能是第二种结局。既然如此,我不如现在就去适应这种结果。我走了。学习是我主动放弃的,与任何人无关,更没必要向我家人通报。感谢老师一年多的教育!再见了,郭老师!祝您身体健康,心想事成!同学们都有一个好的人生!

薛梅

××××年3月5日

薛梅走了,不跟人讲一声就走了。苗金英从椅子上歪倒,瘫在了地上。这可吓傻了班主任。班主任扶也不是,走也不是,嘴里喃喃着我没碰她我没碰她。同办公室的老师把校医请来。校医掐苗金英的人中,搓揉苗金英的指关节,又把葡萄糖倒进苗金英嘴中。弄了半天,苗金英才清醒过来。醒过来的苗金英不顾老师和校医的安慰,扯开嗓子号道:"咋会这样啊?我咋恁苦啊?咋都让我摊着了呀?"

苗金英一路上跌跌撞撞,摔了几跤,差点把自行车摔坏了。太阳躲进金黄色的麦田里时,她才回到家。她把自行车还给人家,一点饭没吃,就倒在了床上。

第二天,苗金英收拾一些衣服,把家里剩余的面都蒸成馍。她背着两个包,胸前包里放干粮,背后包里放衣服,把大门一锁,踏上寻找薛梅的路。

窑厂里的活不干了,没结完的工钱不要了,等待收割的麦子不管了,现在只有女儿是她唯一的念想。梅梅,你在哪里?

第4章

1

镇组织委员兼邵庙村驻点干部杨永亮,把镇党委书记宋明诚的话吃得精透。他先找村书记张振华谈话,让他不要再兼村主任,更不要有抵触情绪。

张振华说:"我巴不得呢,早就不想干了。"

杨永亮说:"不能被动接受,应主动迎接。"

张振华愕然。

杨永亮说:"就说你张振华多次向镇里推荐,镇里和你多次邀请邵锋,才把他请回来的。你想想,他那么大的企业干着,要不是邵庙村的人,你八抬大轿能把他抬回来?"

现在的邵庙村由原来的邵庙行政村和大庙行政村合并而来,方圆三公里,辖邵庙、薛寨、刘营、巩营、乔营、花寨、田庄等几个自然村,人口5896人,耕地面积8800多亩。农作物主要是一麦一豆,或者把豆子换成玉米和红芋。一年两茬庄稼的收入,去掉提留款,剩下的只够买盐打酱油的。所以年轻人外出打工挣钱,老年人在家看孩子、侍弄土地。村内的振兴路还是原先邵锋的捐款加上乡政府的筹资修筑的水泥路,早已坑坑洼洼,破烂不堪。

大庙村与邵庙村合并后,原大庙村的村书记兼村主任因中风说话不清、行走不便,不能再担任村干部,张振华便村书记、村主任一肩挑。现在的邵庙村村两委班子成员有村书记兼主任张振华,村支委邵连民,村支委村委委员刘明士、村委委员兼妇女主任、计生专干孙海棠、村委委员乔汉勤、巩汉宣。除了孙海棠三十多岁外，其他的都是五六十岁的人了。他们这一班人的工作，在镇里没有大作为，但也不拖后腿。

现在，杨永亮把村两委班子成员召集在村部会议室开会。在杨永亮面前，每一个村干部都表态说，双手赞成，坚决支持。尤其是村书记张振华表态说，不要说是村主任，就是村书记他也想让出去。他有吃有喝，有玩有乐，女儿女婿说多少次让他到城里去，儿子更想让他到深圳去养老，可家里老少爷们儿不让他走，镇里也不让他走，搞得他有福享不成，净受罪。其他村干部看看张振华，瞅瞅杨永亮，微笑着。

杨永亮嘿嘿笑几声，扫视一圈村干部，把目光聚焦在张振华身上："好了，谁不知道你是德高望重的老干部，是村里镇里的功臣，今天就不摆功了。"杨永亮抬下手腕，瞅一眼手表，"走！我请大家，街上饭店，一人一碗肉丝面。"

张振华笑说："哪能让你请呢？一碗肉丝面吃不饱，还落个你请客。我请大家！"随即，起身跟着杨永亮往外走。

其他村干部边起身边说："杨委员也大方一些，管吃不管够，如同割人肉。"他们说笑着，陆续离开会议室。

杨永亮把邵锋请了回来。所谓请，不是他说的用八抬大轿抬，而是他到邵锋办公室，约好时间，陪着邵锋，一块从城里回到邵庙村。上次的村两委班子会议后，邵锋可以在村干部面前亮相了。尽管邵锋是三水镇走出去的皖阳的名人，邵庙村的老老少少无人不知无人不晓，但对于他回村里当村干部，一百个人还是有九十九个人有疑问的。所以，要借选举之机，让更多的人知道邵锋当村干部可以给他们带来什么好处。在选举上要做到万无一失，就必须让邵锋与更多的村民见面。

这次，邵庙村的会议室，除了原有的村干部外，又多了几个村民组长和代表：邵庙村的邵怀军，薛寨村的薛长坤，刘营村的刘达江，巩营村的巩良臣，乔营村的乔润泽，花寨村的花建国，退休教师薛良久。

会议室前台连接在一起的两个条桌上铺着红绒布。杨永亮、邵锋、张振华、薛良久坐在台前,其他的村干部和村民组长,与他们相对坐在几条长椅上。杨永亮主持整个会议的全过程。

张振华说,他想培养年轻人,总是没人干,现在邵锋回来了,他的心可以放在肚子里了。

薛良久讲了很多农村存在的问题,讲了农村里急需能人带领大家干。杨永亮说了镇党委镇政府对邵庙村班子建设的重视,讲了镇书记、镇长到邵锋公司里三顾茅庐,讲了新农村建设的急迫性和小康社会建设的重要性。

邵锋说,他虽然忙得焦头烂额,老婆也不同意他回来,但他还是愿意回来为父老乡亲做点事。杨永亮带头鼓掌,其他人也跟着稀稀落落地鼓起掌。

杨永亮让大家发表意见,说说自己的真实想法。

邵怀军先站起来,铿锵有力地说:"没啥说的。我表个态,谁不支持谁是驴熊!"他有五十多岁,在村头开个商店,是邵锋的叔字辈。邵锋逢年过节回家路过时,都会递支烟,说几句话,坐一会儿。邵怀军这么一表态,没人说个"不"字,都表示支持。

杨永亮认为这样表态不妥,还是让大家各抒己见。还怎样表态呢?再表态就是谁不同意谁是驴熊。几个村民组长纷纷嚷道。

邵锋给每人定制了一双软底软面黑皮鞋。这种鞋在农村穿着舒服,耐磨,养脚。在杨永亮告诉邵锋要开一个这样的见面会后,邵锋就让姐姐根据每个人的身高尺码定制这种鞋。他从后备厢里拿出鞋,对号入座给每一个人。有的人脱掉球鞋试穿,站起身,走几步,发出感叹:还是这鞋穿着得劲!

邵锋请大家到街上邵亮酒家吃饭。薛良久怕招摇,就劝大家各回各家。邵怀军手一挥,说:"怕啥?大侄子回来,跟爷们儿(注:不同辈分的人在一起,统称爷们儿。)吃顿饭,有啥?"

杨永亮在犹豫,张振华没说话,邵怀军带着人不管不顾地直奔邵亮酒家。

人们在酒足饭饱话兴正浓时,邵锋去结账,却发现账早已被薛良久结了。邵锋非常尴尬和疑惑。

2

邵锋把鞋厂的主要事务交给姐姐和方方，让她们放开胆子去干，他只要看看每月的生产、销售、财务报表，掌握大势就可以了。房地产公司由邵伟主管，大事他拍板，难啃的骨头他亲自上，正常经营的事务不会有偏差，后勤服务李芳考虑得很周到，不需要他和邵伟操心。再说了，家乡离城几十公里，有什么事二三十分钟就到了。

姐姐和邵伟一开始反对他回乡，主要怕他太累，怕鞋厂和房地产公司事多。现在，他放手交给他们，他们反倒感觉自己身上的担子重了，邵锋好像轻松了。有道是有山靠山，没山独担。姐姐和弟弟比以前更加勤谨精进了。

父母虽然知道农村人难缠，老少爷们儿的事难对付，但镇里和村里的干部都请邵锋回去，说明这些干部把邵锋当作人物了，这是给他们脸上贴金呢。他们以后回老家时，怕是有更多的人见他们亲亲热热话长话短。想到这，他们心里像喝了蜜一样甜滋滋的。

李芳当然左右不了邵锋的意志，只要邵锋认准的事，她无论理解不理解都会支持。邵锋回村当村干部，更会忙得不着家。她不想让邵锋太忙太累，更不想让两个孩子见不着他的面。她现在啥都不缺，但总感觉心里空落落的。

邵锋感觉李芳虽然不反对他回村了，但心里还有一些疙瘩没散开，他只有解开李芳的疙瘩，才能轻装上阵。宋明诚书记和杨永亮委员找他时谈到了绿色食品公司和新农村建设问题。这两个都是自己的立足点。他因此劝李芳，回到村里肯定得拿出一部分钱修路架桥，老少爷们儿看到自己真心为他们办事就会支持他的。机会成熟后，他可以成立绿色食品公司，把老百姓的地集中起来搞大棚蔬菜，让老百姓足不出户赚更多的钱。他还可以搞新农村建设，改善老百姓的居住条件，这样一来，老百姓会念他的好。再说，食品公司和新农村建设还可能赚不少钱。干好了，名利双收；干不好，大不了自己赔点钱。但不干怎知干不好？况且还有那么多老少爷们儿眼巴巴地盼着自己回家呢。他们到不了城里,成不了城里人,但在农村也想过上好日子啊!

李芳翻他一眼,说:"你总是有理!但有一点你要做到,每天晚上无论多晚都要回来!"

邵锋嘻嘻哈哈地笑道:"明白!这么近,我不可能在老家建一个行宫。"

李芳皮球似的小拳头砸向邵锋,噘着嘴说:"敢!"

邵锋顺势把李芳拉到怀里,抱住她,亲着她的额头。李芳心头的一块郁结便烟消云散了。

在杨永亮的督促下,邵庙村成立了村民选举委员会。主任张振华,副主任薛良久、邵连民,六个村民组长为选举委员会委员。选举委员会的第一项任务,就是登记十八岁以上的合格选民,并用红纸在村部外墙上和各村村头张榜公布,有异议的由选举委员会调查处理。选民公布二十天后,举行新一届村民委员会选举。

邵庙村是内陆地区一个偏僻乡镇的穷村,村里的青壮年除了在家做生意的,其余都到发达地区打工去了。谁当村干部他们不关心。他们的选举权全部由在家的父母代为行使。他们的父母认为,今年多了邵锋,选他也好,毕竟比那几个老家伙有本事。其他的还有什么呢?在外的不关心,在家的无所谓。所以,邵庙村的选民公示平安无事。

4月16日那天,淡淡的云在天空中散着步,拔节小麦的清香在空气中游走着,和煦的阳光解开了人们的外套,邵庙小学的操场上坐满了人,人们三五成群晒着太阳唠着嗑。小学教室的外墙上贴着几幅关于选举的红纸标语。小学大门口,还插了十杆五颜六色的旗子。人太多,乱糟糟的。不知薛良久从哪儿搞来了扩音器,他对着话筒喂喂几声,几里地的人都能听到。

村民委员会的主任候选人有邵锋和邵连民,副主任候选人有刘明士、乔汉勤,委员候选人有刘明士、巩汉宣、孙海棠、邵安彬,实行差额选举。主任和副主任,均是二选一,委员是四选三,得票过半数者当选。

小学设有总投票点,各自然村设有流动投票箱。总投票点的投票人都是各村村民代表,从这些代表中选出唱票人、计票人、监票人。流动投票箱专为那些行动不便的老人设置,设有监票人一人、工作人员两人。在外打工的人,可以委托在家的亲人代为投票。

邵连民觉得一个五十多岁的人跟一个三十多岁的后生竞争,不是自找难堪吗?杨永亮和张振华都开导他:你是支部委员,跟邵锋一个村,又是邵锋的长辈,邵锋当选了,你仍然是支委,以后村书记让你干。邵连民忙摆手说:"胡扯!胡扯!我当垫脚石。"

镇党委镇政府对邵庙村的选举是前所未有地重视。这不,一个组织委员杨永亮还不够,书记宋明诚、镇长孙东海也前来坐镇监督。邵连民看到书记镇长为了邵锋的事都亲自到场,立即觉得自己这块垫脚石瞬间高大起来。

邵锋没想到一个村委会选举门道那么多。选上,是一种荣誉,是老少爷们儿对他的期望,是他必须干好的动力和压力;选不上,除了丢人,对他没有任何损失。本来就是他们找着他劝着他回来的。所以,对选举的结果,他觉得不必在意。

主席台上坐着宋明诚、孙东海、杨永亮,还有选举委员会的成员。张振华主持选举大会。他先请镇领导讲话。宋明诚书记简明扼要地讲了村委会选举的重大意义和要求。接下来,是邵锋和邵连民的竞选演说。

邵锋对着话筒,声音像狮吼一样响亮:"父老乡亲们,大家好!"邵锋在台前深深鞠了一躬,继续说,"我叫邵锋。关于我的事,大家可能都听说过,有些人对我更是知根知底,我就不多说了。我今天站在这里,竞选咱们村的村主任,就是想为父老乡亲做点事。具体讲就是,走好路,住好房,吃好饭,有福享。如果大家信任我,就投我;不投我,那是你的权利,说明我做得还不够好。"

人群中有人大声问:"啥叫走好路,住好房,吃好饭,有福享?"人们交头接耳,议论纷纷。

邵锋对着话筒,铿锵有力地一字一顿地说:"吃好饭,就是要搞大棚蔬菜,建自来水厂,让大家吃上无毒的蔬菜,喝上干净的水。走好路,就是要把村里村外的路修好。住好房,就是要建设新农村,让每一户都住上楼房。有福享,就是让六十岁以上的老人集中起来,开展各种活动,老有所为,老有所乐,生活过得有滋有味。"邵锋话音刚落,有几个人先鼓起了掌,随后是全场响起热烈的掌声。有的人高声喊道:"这样的好事,不投是傻蛋!"

轮到邵连民竞选演讲。他站在人群前,也不用话筒,直接喊道:"邵锋是咱们请回的贵客,所以咱们要把客人招呼好,我不能跟他抢座抢吃。"

人们哄堂大笑。有人笑说:"敢情你是等着吃饭的啊!"人群中又是笑声一片。宋明诚觉得农民有农民的智慧,邵连民这话一说,就是一票不得,脸上也光彩。

选票发到每位选民手里。操场上安排了十处秘密填票点。选民把选票填好,折叠后放在手心里,回到原座位,等待投票。

投票开始。扩音器里奏起了喜气洋洋的音乐。投票箱设在主席台右侧,工作人员检查投票箱没有问题后开始投票。然后是选举委员会的成员投票,最后是按座位顺序,从前往后一排一排地投票。

主任选举程序进行完,接着是副主任和委员的选举。一直到了十二点半,整个村委会的选举才结束。

邵锋高票当选为村主任,乔汉勤当选为副主任,刘明士、巩汉宣、孙海棠当选为村委会委员。

镇长孙东海为每位当选者颁发了证书。

邵锋要请选民到邵亮酒家吃饭,快到一点了,不能让乡亲们饿着肚子走。

薛良久阻止:"不在一时一事,还有各村的选民,多着呢。"

3

邵锋知道头三脚难踢。他虽然出生于农村,但是多年在城市打拼,公司立足于城市,交往的多是城市人,所以对农村里的人和事既熟悉又陌生,既疏离又难忘。他不能凭一腔热血急于冒进,应该摸摸农村的脉搏,掏掏老少爷们儿的心窝。他求教于村书记张振华,问计于薛良久,在心里逐步形成自己的工作思路。

邵锋还没施展手脚就被人告了。市委书记、市长都接到了举报邵锋破坏村委会选举的告状信。信中列出邵锋的罪状：一是行贿村书记；二是贿赂村民代表；三是户口不在村里，没有资格竞选村主任；四是想搞房地产开发。市委书记、市长对邵锋很熟悉，知道他是皖阳著名的民营企业家，还是市政协委员，就因为是这样的一个人物，更应该慎重妥善处理。虽然是匿名举报信，他们还是把信批转到市纪委和监察局查处。

市纪委从监察局、组织部、民政局各抽调一人组成调查组，由市纪委常委李严任组长，开赴三水镇，深入调查邵锋竞选村主任存在的问题。三水镇党委书记宋明诚、镇长孙东海、组织委员杨永亮吃惊不小。为了一封匿名举报信，规格那么高、人员那么多的调查组，招呼不打就马不停蹄地来调查，实属罕见。三个人表态，坚决积极配合。组长李严打消他们的顾虑，说邵锋是皖阳的政协委员，村委会贿选是敏感的政治和法律问题，这两方面影响很大。虽然是匿名举报信，但要把问题调查清楚，一是一，二是二，有问题解决问题，触犯法律按法律办事。

宋明诚建议调查组悄悄进行，就在镇政府设立问询室，让有关人员逐个到镇政府，免得他们串供，调查组根据掌握的情况，再到村里深入调查。他担心，声势大了对邵锋将来的工作不利。

村书记张振华被第一个叫到镇政府谈话。虽然他认为邵锋回村当村主任是不务正业，甚至是狗拿耗子，给他难堪，可他不会举报状告邵锋。他矢口否认是自己所为。调查组重点问他两个问题：邵锋行贿没有？他受贿没有？至于邵锋的户口不在邵庙村，没有资格参选的问题，调查组了解到，派出所的户籍迁移记录证明邵锋的户口已经迁回了邵庙村，根据村民委员会组织法和上级有关部门的意见，他有选举权和被选举权。

张振华在心里揣摩怎么说。邵锋行贿，他受贿，都是一个意思。什么情况才是行贿受贿？以前邵锋捐钱修路建校，算不算行贿？如果算行贿，那么受贿的人又是谁呢？这样算的话，过去，邵锋过年回来也给自己送两瓶好酒，也是受贿吗？那是我侄子，他见面就喊叔。侄子给叔送点东西也叫行贿？张振华把邵锋过去逢年过节给他送的礼物都说了一遍。

调查组的人严厉地说:"不要扯那么远!就说这次选举前给你送礼没有?"

张振华虽然有邵锋夺他权撵他下台的感觉,但还是觉得邵锋是真心想帮助父老乡亲过上好日子的。他那么大企业,手指头缝里漏掉的也够村里修几条路的了。所以,对于他送两瓶酒、一双鞋,根本就不叫送礼,更谈不上行贿。

张振华在想着措辞。调查组的人声色俱厉:"你是一个党员,要如实回答问题!有还是没有?"

张振华心里一颤,咕噜道:"有。"

"哪些东西?"

"两瓶酒、两盒茶叶、一双皮鞋。"

"什么酒?什么茶叶?什么皮鞋?"

"五粮液、龙井茶,他厂里定制的软底软面黑皮鞋。"

"这就对了嘛!实话实说。不能冤枉一个好人,也不能放过一个坏人。"

张振华又回答了什么时候送的,有哪些人在场。两个小时过去了,作为一个老党员、老干部的他心发虚,头发昏,出门的时候像打摆子一样,感觉脚步踩空,身子摇晃,几乎跌倒。

原有的村干部和村民组长都被叫到镇政府小会议室里一一调查,他们也都诚惶诚恐地很快说出自己接受一双皮鞋的事实。邵怀军出了镇政府大门就开始骂:"哪个龟孙王八蛋干的好事?狗娘养的,净干缺德的事。"

薛良久也被叫去问话了。出了这样的事是薛良久意想不到的。鞋已按每人的尺寸定做好,不要就灰了邵锋的好意,况且邵锋也多次为村里为学校捐款捐物。他觉得就这几个人,没问题,但在吃饭的时候他还是先付了账,不让邵锋掏钱,怕的是别出什么幺蛾子,没想到还是飞出了幺蛾子。这是哪个丧尽天良的小人在捣鬼呢?薛良久心情激愤地对调查组的人讲:"邵锋是我请回来的。如果说他为了当村主任行贿,那就是有人别有用心。你们知道他企业做得那么大,又是市政协委员,干吗为了当一个主任送礼?他不过很仁义,见着父老乡亲总想表达心意,逢年过节到谁家都没有空着手的。可他本不愿回来当村主任,是我劝他回来的,他还请我到酒店里吃喝。如果说他贿选,这怎么说?他当了村主任,能让村里每家每户收入增多,住房改善,过上好日子,这样的礼物我们要不要?如果说给几个人皮鞋是贿赂,那么给我们这样大的礼物是不是腐蚀?"

调查组的人制止越说越激动的薛良久:"我们只谈现在,讲事实,别把未来当现在,把愿望当现实。"

薛良久平抑一下情绪:"现在离不开过去,未来是建立在现在的基础之上的。你们可以到每家每户走访一遍,我敢说一百户人家,至少有九十九户人家同意我说的话,一个连名字都不敢说的人写的举报信,你们没必要兴师动众!"

调查组的人严肃地说:"调查就是要把事实搞清楚。请你回答:你收到邵锋的皮鞋没有?"

"收了!"

"那不得了?!"

"请你们不要只看皮鞋,不看人心!"

"这是我们的事,不用你操心!"

薛良久出了会议室就想骂人,但他是教师骂不出口。他想这是哪个小人捣鬼呢?调查组的人脑子进水了,只抓一点不及其余。

第二天,调查组决定到村里走访调查,但他们还没动身,镇政府院里就停满了自行车、电瓶车、三轮车,那些老头老太太黑压压一片围满了院子,有些人嘴里不干不净地骂调查组正事不管管闲事,骂调查组孬好不分,骂调查组想搅乱他们的好事。这个时候调查组的人如果出来,便极可能被戳指头,被吐唾沫。

宋明诚立即打电话,让张振华火速到镇政府解围。孙东海打电话请薛良久老师快来劝回老百姓。在院子里跟老百姓解释的杨永亮则淹没在老头老太太如龙王喷水般的唾沫星子中了。

4

邵锋被告的消息像病毒一样传播开来。父母说,农村人难刮划,见识了吧?李芳说,当什么破主任?还不够闹心的!还不如专心干我们自己的。邵锋感到窝囊,这叫什么事嘛!他疑心这是张振华自导自演的鬼把戏,或者是孙海棠独自所为。他给张振华送酒送茶叶,只有孙海棠知道。是不是孙海棠想当村主任?这是匿名信,只能猜想,不能确认。既然匿名,那就是心虚,可以暂时不管,随他去。李芳非常赞同邵锋的做法,把他们晾一晾,看他们尥什么蹶子。

邵锋两个星期没有回到村里了。他竞选村主任时的承诺,选上村主任的答谢,都让村民焦急地等着他去干,现在倒好,找不到他人了。一些村民不管调查组的询问,只管自己选的人的承诺。他们等得不耐烦了,商议着怎么办。

张振华想到,自己村主任让出去了,从始至终都在为邵锋捧场,做到了光明磊落,坦坦荡荡,至于谁写的举报信不关他的事,他也不想过问,无头的事越问越乱。所以,他坐在家里喝喝茶、看看电视,兴致来了就喝杯小酒。对于调查组的事,他不打听,不过问,不散布,静观其变。可是他想静,却由不得他自己。

张振华被拉到了一辆中巴车上,像是被挟持着。他事前一点消息也没得到。车上坐着六个村的村民组长,还有村支委邵连民及新当选的村委会全体成员。这些都是收了邵锋皮鞋的人啊!中巴车理直气壮地奔往皖阳城。

不知宋明诚从何处得到的消息,说是邵庙村的几十口人包了一辆中巴车到市政府上访。上访是乡镇综治工作一票否决权的事项。宋明诚立即带着镇长,让司机像开救火车一样追上去,赶快拦截。

张振华接到宋明诚的电话,他被要求立即停下,赶快返回。他嘿嘿笑着:"宋书记,没事的,我们只是进城看看。"宋明诚再打电话,张振华的手机已经关机。

中巴车开到尚步鞋业有限公司,邵锋不在鞋厂。中巴车又驶往仁和地产公司。邵伟下楼迎接他们。过路的人看到一辆破旧的中巴车上下来十几个农民,以为他们是向仁和地产公司讨要打工钱或拆迁赔偿款,纷纷驻足观看。

邵锋在参加市工商联的一个会议。他让邵伟给每人送一只钢壳保温茶杯,用新茶杯给每人泡一杯茶,再带他们参观。邵锋嘱咐邵伟把酒店订好,他一散会就回来。

在君悦来大酒店,保安和服务员蛮横地拦住了这一群人。邵伟上前说明情况后,他们便深深鞠躬,满脸堆笑地放行。一个服务员,身穿深蓝色西服和短裙,高跟鞋咚咚地敲着地板,在前面带路,直达仁和厅。

张振华的手机刚打开,宋明诚的电话就打过来了。宋明诚不再顾及张振华是个六十多岁的老书记,张口就训斥:"你在哪里?玩什么把戏?!"

张振华嘿嘿笑着回答:"宋书记,你过来吧,君悦来大酒店,仁和厅。"

来到酒店,宋明诚环视了一圈,摆了摆手。大家立即安静下来。宋明诚庄重地说:"上午我给调查组打电话,他们说,结论出来了,经过全面调查,邵锋送给每人一双皮鞋算不上贿赂。"

十多个五十多岁的人像一群孩子一样,立即站起身来,举起手欢呼蹦跳。

第五章

1

苗金英家的麦子熟透了,勾着头可怜巴巴地站在地里,却等不到任何人来摸一把。随着别人家的麦子倒地,打捆,回家,她家的麦子开始炸壳,掉子,就像在流泪。

张振华找到薛良好和薛长富的父母,要把苗金英家地里的麦子给他们每家分两亩,但他们不要,说自家的麦子还要花钱请人割,哪有本事收她家的。地也不要,自家的地都种不过来,谁还种她家的。赔偿的钱,给就给,不给欠着。没办法,到嘴的麦子不能让它烂在地里。张振华跟几个村干部把苗金英家的麦子收了,卖给粮站,作为苗金英家一年的提留款。

苗金英只有一个信念,就是要找到女儿。只要女儿能够回学校继续上学,让她吃多大的苦,受多大的累,她都愿意。她问了村内所有打工的,没有一个人知道梅梅在哪里。梅梅就像断了线的风筝,忽然消失了。这让苗金英心里一下子像是四边没墙的屋子,什么东西都可以装,又什么都装不进去。

苗金英找遍了皖城的大小工地、酒店、工厂,均见不到梅梅的影子。她到蚌埠、淮南、合肥,一个城市一个城市地找。她的脸晒黑了,头发乱得像一团麻,衣服也脏了,像剃头匠的抹布。她吃小饭馆客人吃剩的饭菜,累了就蜷缩在汽车站或火车站的售票厅一角,或者露宿在街头或桥下。她身上的气味儿,不要说让爱干净的人掩鼻而过,就是看起来邋里邋遢的人闻了也躲得远远的。暴雨来了躲不及,她权当自己洗个澡。烈日炎炎,她头上放一块硬纸片,权当遮阳伞。四十出头的她,乍一看就像个六十岁的痴呆流浪者。

苗金英到了南京火车站。昏黄的灯光照着昏沉的行人。有的男人穿着背心裤头,趿拉着拖鞋。有的女人穿着无袖衫短裙,摇摆着白嫩胳膊,摆动着白大腿。她坐在广场边上,想伸手向行人讨点钱买口饭吃,可不等她伸手,行人早就躲开了。她只能拖着疲惫的身子,在广场上捡人们扔下的面包吃,捡人们扔下的饮料喝。

一对穿着光鲜的男女来到苗金英身边,苗金英正坐在地上啃着刚才行人扔下的西瓜皮。这一男一女看着很有身份,年龄跟她差不多,男人手里提着一个黑包,女的肩挎一个小红包。他们蹲下来问:"这位大姐,你是不是遇到什么难处了?看你面相,不像要饭的人。"

苗金英望望这两个人,听口音跟家乡的差不多,便对他们点点头,又摇摇头。男的从包里掏出两块蛋糕给她吃,女的从包里掏出两片纸巾给她擦手。苗金英第一次遇到这么对她好的人,眼泪禁不住扑簌簌掉下来,低着头不敢看他们,说:"谢谢你们!我找我的女儿。"

女的像遇到老姊妹似的,亲切地对她说:"就知道大姐碰到揪心事了,听口音我们好像是老乡,我们家河南的,大姐哪里的?"

"皖阳的。"

"啊,我们挨着呢,真是老乡哎!"女的惊叫起来,像发现了金元宝。

男的说:"我们俩出差到南京,事办好了玩两天,没想到碰见老乡了。你这样找女儿像大海捞针,何时是个头?我们就住在广场酒店。你说说情况,我们可以帮你找。"

苗金英再次打量一遍他们俩。女的戴着金项链,上身是白底碎花长袖褂,褂襟掖在米色短裙中,高跟鞋把她托得离地很高。她眼睛转来转去,如同风车。男的白色半截袖褂掖在黑色的长裤中,皮带扣闪出白光。苗金英疑惑地望着他们说:"我女儿只给老师留封信,说她打工去了,也没说到哪里。这都是我那该死的丈夫害的啊!"苗金英禁不住哭起来。

女的劝说:"大姐,这样不中啊!你这一身咋向人打听?你没到人家跟前人家就躲了。你还是到我房间里洗洗脸,换换衣服,我们再帮你出点子,看怎么更快找到你女儿。"

男的站起身,说:"走吧,就在广场酒店,我们有两个房间,她自己一间。"男的指着女的,意思是女的单独住一间。

女的站起身,拉着苗金英粗糙而脏兮兮的手。苗金英随他们起身,跟这两个一男一女进了广场的酒店。

苗金英没进过这样豪华的大酒店。她跟在女人的后面,就像小孩子跟在大人身后,到了一个陌生的地方。她的衣着更让她瑟瑟缩缩,不敢迈步。

女的拉着苗金英,男的走在后面。他们进大厅,坐电梯到15楼,左拐走过几个房门。女人说到了,掏出自己的房卡。房卡在门锁上嘀叫了一声。女的旋按锁柄,门咔嗒一声开了。苗金英发现房间里有两张床,洁白的床单把床包着,薄薄的被子盖在床上。床头放着桌子,桌子上放着电视机。靠窗户的地方,放着一个圆形茶几,茶几上白色茶盘里放着两个带盖的白色茶杯,茶几的两侧各放着一个半包围的椅子。苗金英站也不是,坐也不是。女的打开空调后说:"你先洗澡吧。我这有几件衣服,你先换身上,马上给你买点饭吃。"苗金英诚惶诚恐,点头躬身说:"谢谢大妹子!"

洗了澡的苗金英,穿上女人给的衣服,立即呈现出中年女人的丰腴和性感。女人说笑:"想不到大姐还是美人一个啊!"女的告诉苗金英,她叫邴雪莉,在劳动局工作,男人是她丈夫。她丈夫给苗金英买饭去了。正说着话,门铃响起,邴雪莉开门,男的手上拎着饭和雪碧进来。

苗金英真的饿了,见了饭立刻口生津液胃抽动。一盘青椒肉丝和两个馍,是多少天来不曾尝到的美味。男的很细心周到,把饭盒打开,雪碧倒好,只等苗金英动手去吃。苗金英的胃虽然叫着快吃快吃,但她迟迟不敢动手。男的嘿嘿笑几声,说:"你慢慢吃。我到我房间去了。"

苗金英自从离开家以来,从来没吃过这么好吃的菜,喝过这么甜的雪碧。她太饿了,也太累了,这顿饭让她感到无比幸福。吃了饭,她感到有些困。是啊!多少天露宿街头,从未睡过一个好觉,更没洗过一次热水澡,她昏昏然想睡。邴雪莉在跟她讲下一步如何找女儿,可她的眼皮像涂了胶一样已经睁不开了。邝雪莉抽开一张床上的被子,让她睡去。

2

薛良好回到深圳,向李娟讲述了给父亲办火化证花了多少钱。李娟气得直骂他,说他是猪脑子,两人一年辛辛苦苦打工,白打了。房子啥时候能盖起来?这日子啥时候是个头?骂着说着,李娟竟嘤嘤地哭了起来。薛良好本来想发脾气,顶撞李娟几句。毕竟那是他的爹,不是李娟的爹,现在,薛良好看到李娟哭哭啼啼伤心的样子,只有默不作声,无法发作。他来来回回,花钱不说,还要低三下四,他容易吗?钱,这个狗日的!

干什么都离不了钱。电子厂提供的男女职工宿舍,每人每月需缴纳一百元的住宿费,从工资中直接扣除,但不设夫妻房。如果夫妻都在厂里,即使天天眼皮擦眼皮,夜里也只能是各自忍着。许多夫妻便花两百块钱,在厂区周边城中村租一间能放下一张床的几平方米的小屋,让他们劳累一天的身子,在夜间换一种方式松懈下来。薛良好和李娟租住的是一间八平方米的平房,多次讨价还价后的租金是每月一百九十元。他们一算,每月还省了十块钱。房子到厂有四五里路,他们每天用脚丈量着这段路,无论刮风下雨,还是冰天雪地。

钱很金贵,在吃穿上能省就省,甚至可以一个掰成两个花,但在迫不得已被人家割肉般地要钱时,就只能捂着胸口给他。比如,薛良好问了几家私人诊所能否做松扎手术,十家有八家说能做,但要价很高,有要一千多的,有要八百多的,最少的也要五百。他到公立医院打听,医生说除了要松扎证明外,还要他们住院七天。证明可以让村里寄,但住七天院他耗不起。他筛选了一家费用总共五百元的诊所,先交了一百块钱定金,约好等厂里任务少,放休时的前一天做手术。

钱是个好东西,人见人爱,但再多的钱也不会叫爹。爹在临终的时候让他再生一个儿子,他无论怎样也得生个儿子出来。几代单传,不能到了他这里就断了香火。只是传业死得太惨了。这个该死的薛长荣,他不但把传业害死了,还把自己和儿子满意也害死了。如果传业在自己身边是否能躲过这一劫呢?如果父母看紧点是否就不用遭此难了?如果传业不是为了挣钱买零食吃,是否就能避开这样的结局?爹去世那么快,可能是伤心的缘故。薛良好想到儿子,想到父亲,总觉得胸口像针扎一样疼痛。但疼痛归疼痛,钱还是要挣,儿子还是要生。松了扎后,赶紧叫李娟生个儿子。

五一节那天,厂里放了一天假,薛良好又请了一天假。松扎虽然是小手术,也必须卧床休息两天。天气渐热,更要防刀口感染。薛良好躺在手术台上,麻醉针让他很快感觉不到小腹部止血钳夹时的疼痛。他听到了肚皮被划开时刺啦刺啦的声音,感觉有一只手钻进了自己肚里。他迷迷糊糊地睡去了。等他醒来时,手术已经做好。他下了手术台,感觉右腹部有些疼痛,尤其站立时更是疼痛。他不能走动了。医生告诉他没事,让他这两天少吃东西,少喝水,七天后过去拆线。李娟用从房东那借来的板车把他拉了回去。

两天后,刀口被牵动时还有些疼痛,但薛良好忍着疼,坚持到厂里上班。他坐在工位的凳子上,手明显赶不上流水线的速度,出现很多漏缺和次品,严重影响了后面的工序。拉长要罚款,扣工资,开除。薛良好哀求拉长,不要罚款,不要开除,他动了阑尾手术,刀口还没有拆线,忍着痛来上班。拉长是个三十多岁的南方女人,虽然看到薛良好额头上冒出汗珠,身子有些疲弱,但仍然怀疑薛良好的真诚。薛良好急切地让拉长找个男工来验他的刀口,这让拉长最终相信了他,只对他罚款,并把他调到包装工位。

一周后,薛良好到诊所拆了线,感觉除了刀口的皮肤有些硬外,一点疼痛也没有了。半个月后,他感觉自己的身体上下左右贯通,有一团火在蹿动。没到一个月的时间,他就在李娟身上开始播种。

豆子熟了,需要收割。柿子黄了,需要焙烘。可是李娟的肚子,像盐碱地一样,连一个嫩芽也没见。

薛良好和李娟买了一些有关怀孕知识的书籍,两人掐指算着最佳怀孕期。在排卵期,两人哪怕白天再累,晚上再困,身体再乏,都坚持造儿子运动。可是两人累得瘦一圈了,也不见李娟的肚子有动静。

薛良好和李娟只好再次到医院检查。这次检查,李娟没问题,是薛良好的精子密度不够,量少,存活率低。薛良好不明白,怎么说量少呢?医生告诉他,每次要有八千万颗以上的精子才有可能怀孕,而他的不到六千万,正常人每次精子含量都在一亿四千万以上。而且他的精子活力不足,所以很难怀孕。李娟一会儿瞅瞅医生,一会儿瞅瞅薛良好。薛良好垂头丧气,像扎烂的轮胎。李娟问医生为什么会这样,怎么办。医生说,吃的、喝的、住的、工作环境等都可能造成精子稀少,这种情况需要食补,中药调理,改善工作环境,等等,是个漫长的过程。薛良好和李娟似乎明白了,又似乎更糊涂了。他们拿着化验单和写有医嘱的病历,感觉很迷惘。

3

宋春香总感觉薛长英干了见不得人的事,对哥哥早起了外心。薛长英两口子经常吵架,甚至打架。哥哥少了一条腿,每次打架总是薛长英占上风。哥哥怀疑薛长英,但又抓不住现形。宋春香想到这些,不免怨恨薛长富和他的父母。父母在家带孩子,眼不见心不烦,但看到薛长富,总想用火烧他一把。

薛长富好像是个木头人,感受不到宋春香的冷热变化,又仿佛是块石头,让宋春香的火烧不到他的皮毛。宋春香可以生气,但薛长富不能惹宋春香生气。宋春香要身高有身高,要长相有长相,他能娶到她真是烧了高香。当然这也是妹妹的功劳。所以无论宋春香怎么发脾气使性子,他都能忍受,毕竟宋春香很争气,给他生了两个儿子。虽说两个儿子负担重,将来娶媳妇不知得花多少钱,但只要有了儿子就有了一切。他知道宋春香一开始嫌弃他,看他横竖都不顺眼,而他逆来顺受地对她好。宋春香在生了大儿子永利后慢慢对他好了起来,薛长富暗喜,铁石心肠的宋春香终于被他感化了。但是,不知咋回事,宋春香自从生下铁蛋,重新到箱包厂上班后,对他又冰冷起来。

一间小房,一张小床。天气冷时,一人一个被窝;天热时,床中间放着一把蒲扇。宋春香不让薛长富碰她，薛长富只得憋着、熬着，反正已经有两个儿子了。

宋春香在箱包厂打工，薛长富在车床厂打工，两个厂都是有活时加班加点，没活时就放休几天。两个厂相距七八里，加班和休息有时不同步，薛长富加班时，宋春香休息，宋春香加班时薛长富有时休息。但无论宋春香加不加班，薛长富只要回到出租屋，就感到宋春香在身边。这个小屋就是一个家。

六月的天气像闷罐一样，让人的衣服穿不住。晚上，男人穿个背心大裤头，趿拉着拖鞋，女人也穿着短袖褂、大裤头和拖鞋。当然也有完美的女人，穿着五颜六色的连衣裙，或是乳白色吊带裙，露出月牙般的双肩。她们的高跟鞋敲地的咔咔声，显示出她们与宋春香和薛长富的不同。宋春香厂里放休两天，她想趁放休日到服装市场买一件像样的衣服，也想像城市女人那样潇洒一把。但每当她回到租住屋，看到一张小床、一个折叠的小饭桌、两个锅、几个碗、两双筷子，以及薛长富破旧的衣服和皮鞋时，又想起永利和铁蛋两个儿子，她的奢望立刻变成爆炸了的气球。

然而马一兵，她的马大哥在助长着她的奢望，让她总觉得日子不仅仅是儿子丈夫公公婆婆，还有鲜花和凉亭。

薛长富早晨出门时告诉宋春香，他加班可能要到下半夜，让她晚上睡觉时把门插好。出乎薛长富的意料，不到夜里十点，他就把活干完了。车床厂说出去累人，其实都是半机械化，只要模板对好，尺寸量好，机器操作好，就很轻松。但如果走神，不但出现坏品，还容易发生伤残事故。他在厂里干了十多年，每年都有工人掉手指头、断手掌的事故发生。他庆幸自己至今毫发无损。

薛长富从厂区出来，习习晚风撩拨得他神清气爽。从大道拐入小道路口时，有几个摆夜摊的人在向他吆喝："夏季衣服，便宜了！便宜了！给钱就卖！"卖衣服的人抖动着男女式夏装。

薛长富犹豫着步子。他想给宋春香买一件粉色吊带内衣。卖衣服的声嘶力竭地喊着，手里不停地换着各种款式的衣服。薛长富走到地摊前，拣了很多件男士汗衫、短袖褂、大裤头,问了价——放下。他又拣出一件白底碎花的连衣裙,问了价再放下。

卖衣服的人急道:"大哥,你究竟想买啥样衣服嘛?"

没有粉色,只有黑色的。薛长富拎起黑色吊带内衣,问多少钱。

卖衣服的惊叫道:"大哥好眼力!真会挑衣服!这是真丝的,穿到身上滑滑的、凉凉的。大哥是给嫂子买的,还是给——情人?"

薛长富嫌卖衣服的啰唆:"情人能是我们有的吗?给老婆!"

卖衣服的三十多岁,长头发,刀条脸,个子比他高一头。"大哥真是疼嫂子。看大哥是个实在人,够本卖,五十。"

薛长富没想到这么贵,五十块钱够他吃一个月的饭了。他丢下衣服,扭头就走。卖衣服的拉住他:"别走!大哥,不是给嫂子买个心情嘛!你说多少钱?"

薛长富停住脚步:"十块。"

"大哥,你杀人吧!"

薛长富扭头要走,卖衣服的上前一步,一把抓住薛长富:"四十!折本卖,四十!"

两人讨价还价,最后十二块钱成交。薛长富提着装着衣服的塑料袋往家赶,只觉得脚底生风,身子也像长了翅膀。

薛长富兴冲冲地走到家门口。屋内没有灯光,宋春香可能睡了。他准备开门,隐约听到了宋春香的说话声,她好像在做梦。薛长富喊宋春香,宋春秀的梦语戛然而止。屋内静得能听到老鼠跑动的声音。薛长富掏钥匙开门,正转反转,开不了。

奇了怪了,门从来没有开不开的。拔掉,插上,正转,反转,仍然开不开。薛长富拍门喊叫宋春香,宋春香半天才应道:"我肚子疼,你快到诊所给我拿点药去。"

薛长富更加惊慌:"你快开门,我背你到诊所。"

宋春香立即疼得哼哼叫:"我这会儿疼得厉害,下不了床。你快去!"

薛长富焦急道:"你忍一下,我去。"

薛长富咚咚地大踏步地去买药,走到胡同路口,忽然想起了什么,顿时像被当头浇了一盆水一样打个冷战。他急忙返回去。离家二十多米,他看到一个高大的男人从他家出来。他大喊一声,那男人却朝胡同的另一个方向跑去了。

宋春香头发凌乱,汗衫也穿反了,短裤下露出白嫩的大腿,侧身躺在床上。

薛长富高高举起一只碗,用力摔下去。嘭的一声,碗碴四飞。他吼道:"多久了?"

宋春香转身向里,给薛长富一个脊背。

"那个野男人是谁?"薛长贵追问道。

屋内只有薛长富的喘息声。空气好像凝结了,时间好像停止了,整个小屋冷得像冰窖一样。薛长富拉出一个小板凳,把黑色吊带内衣放在大腿上,两手趴在膝盖上,额头顶着手背,像忙牛一样哭起来。

第二天天刚亮,宋春香和薛长富都悄无声息地起床,刷牙,洗脸。宋春香并没有做早饭,她梳好头坐在床沿上。薛长富洗好脸,在屋里踅来踅去,站也不是,坐也不是。宋春香盯着门外一片白,说:"咱们离婚吧!"声音像蝇叫,却是如雷轰顶。

薛长富瞪眼看着宋春香:"那个人是谁我不想问了,这事到此为止。"

宋春香说:"马大哥对我好,我喜欢他,我想跟他过。"

薛长富瞪着眼,咬着牙:"他占你便宜!一个女人要知道孬好。"

宋春香语气坚定地说:"他是真心的。我们在一块,他像个男人,我像个女人,我就想跟他在一起。"

薛长富牙咬得更紧了,眼瞪得更大了,拳头攥得像铁榔头一样,准备砸向宋春香的脑袋。

宋春香头一抬,眼一瞪,身子一挺,厉声喝道:"你打?!"

薛长富的铁榔头又缩了回来,愤怒道:"再这样下去,我就告诉你父母!"

宋春香心里咯噔一下。如果这件事传出去,不光父母骂自己,全村人都会骂自己,薛长英更会变本加厉地对待自己的哥哥和父母。宋春香想到这里,门一摔,走了。

薛长富锁上门,闷头闷脑地走出胡同。

路边的早餐摊无须吆喝,便围满了人。薛长富看了一眼,觉得肚子很饱,吃不下去早饭,便直奔工厂。

一上午,薛长富总是感觉那个男人一会儿在他眼前,一会儿在他背后,还在哈哈地笑。他现在明白了,为什么宋春香对他冷淡,原来她早有了外心。这对狗男女,什么时候勾搭上的?难道是把铁蛋养到一岁回来之后?都怪自己,对她看管不严。她想离婚,没门!跟那个男人走?长英一样会离开宋春光,她哥家一样散伙。女人都是小孩子,几句话就哄好了。以后多哄哄她,不能让人知道这件事。说出去,丢人啊!

有几个人在薛长富脑海里打架。他的眼睛是一会儿太阳一会儿月亮。眼前是一会儿白天一会儿黑夜。他凭借着多年的熟练本能操弄着机器,没有人看出他的异样。忽而他又看到那个男人的背影,急忙伸手去抓。他倒了下去……

薛长富醒来时已经躺在医院里。他的左胳膊挂着吊水,右手臂缠着厚厚的纱布。白墙壁、白被子、白色的脸,融合在一起,像在南极洲。一个工友在伺候他,说他万幸,手切掉了,人没事儿。

宋春香去厂里讨要说法,车床厂同意支付医疗费、误工费、伤残费,共五万元,一次付清。薛长富算了一下,去掉住院费还能剩四万多,差不多可以在老家盖两层楼。他想接受这样的条件。宋春香坚决不同意,她认为薛长富失去一只手,以后到哪地方挣钱,谁要他。还有几十年时间,一年挣一万那就是几十万,五万块够干啥?他以后不能挣钱了,谁来养活他?她让薛长富养好伤后就在厂里上班,即使不干活,厂里也得发工资。工厂在一天,他就拿一天的工资。车床厂老板怕闹大了,劳动局处罚他,便想如果把薛长富作为残疾人重新安排在一个岗位上,还可以享受税收减免。经过多少天多少回合的争吵谈判,宋春香和薛长富同意了厂方的条件:厂方无偿给薛长富治好手伤后,薛长富到门岗室上班,厂在一天他在一天。宋春香暗喜,她觉得薛长富算是被车床厂养起来了。

关键时候谁亲？还是两口子亲。薛长富觉得宋春香还是对他好。从住院治疗到讨要公道，到谈判争取权利，不是自己的老婆，哪个女人会这样上心？为此宋春香还向箱包厂请了两次假，还带了几个姐妹一起跟车床厂闹。不是她出头露面，他薛长富不可能得到门岗这样的养老岗位。门岗都是老板的亲戚或朋友干的，不干活只盯人，工资不比累死累活的工人少。可以说，门岗就是老板的贴心人。他现在得了门岗这个岗位，多亏了春香。

这样的女人，还要跟我离婚吗？

4

张振华带着几个村干部收割了他们给苗金英种的黄豆。午季和秋季提留款，苗金英家的麦子卖了就足够了，秋季的豆子就折给村干部当工钱。几个月了，活不见人死不见尸，苗金英哪去了？人不见了，几亩地却烂在村干部手里，这算什么事啊！

张振华向苗金英的娘家打听，他们也不知道苗金英的下落。也许是打工去了，不打工怎么还账？到哪里打工却没人知道。苗金英的父母也很挂念她，她的母亲没说几句话就掉眼泪，说她的女儿咋那么命苦，家破人亡又不见了女儿的影子，活要见人死要见尸啊！张振华开始认为他们在骗他，一番探究后觉得是真的，他便安慰几句，匆忙离开。

苗金英不同于一般的村民，她是缓刑人员，离开村必须跟村里和派出所报告。张振华一开始没放在心上，但是收了麦子种豆子，收了豆子种麦子，几个月了，一直没有苗金英的音信。她要是出去打工，最起码先跟村里讲一声，村里好知道她在哪里打工，有事怎么联系她。现在倒好，人失踪了。

张振华报告给了派出所。吴所长怪张振华：“怎么不早说？脱离我们的视线几个月了，这要让上级知道，挨训是小事，怕要处理人。”

张振华笑笑，心想，监视苗金英是你派出所的事，你们不上心怪谁？不过，苗金英又不是什么杀人放火的犯人，她无论到哪里都不可能去犯什么法。他宽慰吴所长：“放心吧吴所长，就说苗金英为了还账出去打工了。”

吴所长扔掉烟屁股，瞪一眼张振华："打工总得有个地方吧？总得联系上吧？"张振华被噎得青筋凸起。

派出所四处探寻苗金英的下落，但都是杳无音信。吴所长觉得苗金英无论到哪里都不会危害他人和社会，所以暂时不向上级报告，说不定哪一天她就冒出来了。

但是，整个邵庙村甚至三水乡街道上的人都知道苗金英失踪了，窑厂上的人也搞不明白她干得好好的怎么不说一声就走了。有的人认为她是到南方打工去了，想多挣钱。有的人认为她想赖账，躲起来了。

张振华在田间地头查看小麦播种情况。有撂荒的地块，他就要督促主家抓紧种上；没劳力的，他就联系翻耕机、播种机，帮忙种上，当然，费用记在户主头上。人误庄稼一时，庄稼误人一季。他看到很多地块都已翻耕，心中有些宽慰。乡政府多次督察秋种工作，最起码他邵庙村不落后。

张振华到处查看秋种时，有村民告诉他，苗金英家的院门好像开了，但没见到人。张振华迈开大步，直奔苗金英家。不错，大院门开了，可锁坏了。进到院里，正屋的门锁也坏了。一推，大门敞开，屋内被翻检得只剩下小板凳、破鞋、旧衣服和烂瓷盆了。还有一个床架却没有被子，大桌子也不见了。难道是苗金英偷偷搬家了？搬家不可能把锁弄毁，不可能偷偷摸摸不让人知道。这又是哪个贼人干的，也太猖狂了。他轻轻地退出来，掩上门，报告了派出所。

吴所长开着车，带着一名警员，闪着警灯，鸣着警笛到了苗金英家。一番察看拍照后，又开着警车离去。

当晚，村喇叭里响起了张振华的声音："各家注意了！各家注意了！近日发现小偷猖獗……"

第六章

1

　　村主任的职务让邵锋有些兴奋和忐忑。兴奋的是,他可以亲自为父老乡亲做点事,在家乡人的心中留下他的名字。他虽然有了自己的地产公司,有了鞋厂,事业红红火火,全家人也搬到城里居住,但不回家乡干点事,总是有些缺憾。项羽当了楚霸王时说过"富贵不还乡,如衣锦夜行"的话。刘邦一统天下,回家还唱起了《大风歌》。这是人的显摆和虚荣,也是人的价值和骄傲。正是因为这样,薛良好的劝说才让他动了心。现在美其名曰"家乡情结"。家乡情结让他迸发出建设新家乡的豪情与冲动。他现在是村主任,终于有了施展拳脚的舞台。在调查他贿选村主任还没有结果时,村书记就带着村干部和村民代表去请他,说明他又有了民心。三水镇书记、镇长、组织委员也去请他,说明他能够得到上面的支持。所以,干好村主任不难,建设新家乡也应该不难。老少爷们儿,等着吧!邵锋在兴奋之余,又有些忐忑。村里工作盘根错节,千头万绪,从何着手?土地到户后的农民只顾自己的一亩三分地,不管他人瓦上霜,还能把他们组织起来吗?农村剩的都是老人和孩子,怎么发展经济建设新农村?任期结束,可千万不能灰溜溜地走啊!

　　邵锋到了张振华家,从车上拎出在城里买的两个大西瓜。张振华迎出门,笑着说:"来就来了,带什么东西?以后直接到村部就行了。"邵锋拎着西瓜,直往正屋里走,笑着说:"这不算贿赂吧?"张振华的脸瞬间红得像着了火,随即哈哈笑起来:"你送多少,我受多少。"

张振华坐在东边的木椅子上,邵锋坐在西边的木椅子上,中间的八仙桌上,两个茶杯的茶叶在片片下沉。邵锋望着抽着烟的张振华说:"叔,论私叫您叔,论公叫您书记,您说,村里工作咋干?"

张振华眯缝着眼睛,抽一口烟,再徐徐吐出,睁开眼道:"邵锋啊,你是村主任,你当家,你说咋干就咋干。"

邵锋想起了组织委员杨永亮的指点:张振华是老书记,工作上有一套,多抬举抬举他,他就不会放倒水。邵锋暗笑,像小学生问老师一样诚恳恭敬道:"您是村书记,村委会在您的领导下开展工作,啥事还需要叔您拍板!"

"我已经老了,一到天黑这腿就跟踏空的一样。你只管干,让我养养老"。

邵锋灵机一动:"要不我们村委会搬到您家办公,随时听候您的领导。"

张振华噗的一声吐掉烟屁股,端起茶杯又放下:"侄子,恁热的天,你还烤我啊?"

邵锋的脸唬地一下,像过了电。他忙端起茶杯:"叔,您就说这农村的工作以后咋干吧!"

张振华吹吹茶杯口,嘬了一口茶,说:"这农村工作嘛,说难也不难,上面叫干啥咱干啥,跟着上面走就不会掉沟里;说不难也难,都是老少爷们儿,谁都不能得罪,任务完不成,镇里的干部谁都能指责你。提留款不说了,这计划生育、死人火化,哪一样都是挨嚼的活。七八年前,大鹿村的书记因计划生育孙子被人砍了,到现在还没破案。这些工作再难,还得撑着干,上面压着呢。你看看各村里有几个年轻人?没有,都去挣大钱了。所以我说嘛,侄子,你回来干正好,我可以休息了。"

仿佛从阳光明媚的春天进入阴雨绵绵的秋天,邵锋的情绪被淋湿了。他端起茶杯,啜饮,尽管茶水苦涩,比不上他办公室的茶水清冽甘甜,但他还是小口地啜着茶。他想到,张振华的这番话可能是心里话。薛良久让他回来早就看到了农村存在的一些问题。现在,城市日渐繁荣,农村日渐凋零。城市道路宽阔,平整干净;农村道路狭窄,坑洼泥泞。城市夜如白昼,灯火辉煌;农村夜如黑洞,黑灯瞎火。城市车水马龙,人流如梭;农村稀稀落落,寂寞萧条。城市绿树掩映,繁花似锦;农村枯枝败叶,蒿草丛生。农村的年轻人都跑到了城市里,留下年老体弱者守望农村。有些有门路的,全家人都搬到了城市,比如自己一家,只留下空荡荡的老宅。国家正是看到了这一点,才提出建设新农村的号召。这是机遇,按张振华所讲,也是挑战,若是干好了,对自己岂不是另一番成就与事业?方向正确,趋势准确,跟着国家,城市和农村两条腿走路,还能摔跤吗?邵锋的心又像热气球一样飞起来了。他把茶杯放在桌上,诚恳地看着张振华说:"叔,既然您帮忙让我选上村主任,我就要把这件事干好。您知道,我的企业够我忙的了,所以,我不是来蹚浑水的。咱们合着心,让邵庙村变个样!"

张振华嘿嘿笑道:"那就看你的了。我刚才说的都是以前的事了。现在国家政策有变化,不能用老眼光看新世界。啥事也不能想太多。事情难干不难干,只能干了再说。"

两人正说着话,巩汉宣急急忙忙闯进院来。人没进屋话已先到:"书记,快看看去吧,臭气多远,都生蛆了。"

张振华不慌不忙,慢条斯理地说:"什么事大惊小怪?"

邵锋起身迎接巩汉宣,递烟。巩汉宣接烟,站着说:"邵锋也在啊!俺村里巩光华的娘不知啥时候死的,尸体都发臭了,蝇子乱飞。"

"怎么会有这样的事?"邵锋睁大了眼睛,看了巩汉宣一眼,又聚焦在张振华脸上。

张振华回看邵锋,说:"你开车到派出所,让他们来人拍照,再联系镇上的殡改车,把尸体拉走。我先到巩营看看。"张振华起身往外走,邵锋要开车先送张振华和巩汉宣到巩营。张振华说,先到派出所要紧,自己和巩汉宣骑自行车比坐车还快。

一拃多高的豆子已经铺满了田野,涂绿了土地的颜色,让人感觉到田野就是十六七岁的少女,生机勃勃的气息一浪高过一浪。可太阳的过度抚摸,让豆头耷拉着、豆叶萎缩着,也让道路两侧的杨树像瞌睡般地昏沉着。这么热的天气,人死后要不了两天就会发臭。巩光华的母亲应该死了不止两天,怎么没人发现呢?巩光华干啥去了?邵锋开着车,在坑坑洼洼的路上,快速奔向派出所。

派出所的车拉着警笛呜哇呜哇向巩营开过来。没人挡路,更没人看蹊跷。为抗天热,老人蜷缩在屋里,孩子泡在水塘里。

五十米开外就能闻到腐臭气。巩光华的宅子外边,站着几个上了年纪的捂着鼻子的村民。张振华、巩汉宣、巩良臣几个人不知从哪里弄来的口罩,捂住了大半个脸,露出两只闪动的眼睛,站在巩光华家的院门口。

派出所的萧军所长和一个三十多岁的警员,戴着口罩和胶皮手套,里里外外忙碌起来。警员手拿着相机到院子里屋里拍照。三间红砖青瓦堂屋,坐北朝南。东边一间红砖青瓦厢房是厨房,厨房的后房坡上的烟囱向院内歪着身子,探视着院内。厨房南侧有棵三把粗的泡桐。院子西侧,四把粗的椿树边堆着麦秸垛、豆秸垛。堂屋山墙西边,挺立着一棵五把粗的白杨。堂屋当门放着一张木板床。巩光华的娘上身穿着深蓝色的裣子,下身穿着黑裤子,头朝外躺在床上。萧所长拍了照片,让殡仪车把尸体拉到殡仪馆。

邵锋到集镇上买来石灰粉和来苏水。巩汉宣和巩良臣把巩光华家的院子里里外外撒了石灰,喷了来苏水。方圆五十米以外的公共地方也消了毒。

一番忙碌之后,邵锋饿得头晕心慌,便用车上的茶水解渴。他看看时间,已经午后两点。而张振华和巩汉宣、巩良臣一个个都比他年龄大,却像铁打的一样,不停地忙碌着,不提吃饭。他们不饿吗?他们不提吃饭的事,邵锋更不好提。邵锋只能不停地喝水,走路时都能听到他肚子里哗啦哗啦的响声。邵锋心里犯嘀咕:他们不饿吗?

快到三点时,张振华才对邵锋说:"饿扁了吧?农村工作没有固定的下班时间。走,吃饭去。"

邵锋急忙带着三人往集镇上奔。

2

巩光华两口子都在上海卖菜,把一双儿女放在家里由母亲带养着。他父亲五年前突发心脏病去世,家中只剩下母亲和两个孩子。女儿已经读初中,儿子读小学三年级。每年暑假,巩光华都会回来把两个孩子接到上海去住一段时间,让孩子感受大城市的气息。今年一放暑假,他的女儿白菊就带着小弟到上海去了。白菊大了,到上海轻车熟路。巩光华的母亲一人在家守着空院,侍弄着庄稼。

巩汉宣在村里转悠,虽说今年的提留款取消了,但去年谁家欠的提留款还应清缴一下。就是巩汉宣的转悠才发现巩光华的娘已死了多日。

邵锋想到,农村老人真苦,辛劳一辈子,死时竟无人知道。以前都说养儿防老,还对抗计划生育,不生儿子不罢休,现在看看儿女再多,不在身边也难以养老。好在自己的父母被接到城里了,一家人热热闹闹,母亲没什么病,父亲的身体也越来越好。可是,更多的农村老人怎么办?他们恋土恋家不说,在外打工的儿子儿媳都是寄宿在城市的角落里,不可能把他们接到城里住在一起。他们守着空空老宅,只能在春节时才能与候鸟一样的孩子团聚。如果两位老人都活着,一个伤风头疼,另一个可以拿药端水,而如果只有一个老人在,碰到半夜生病,真是叫天天不应叫地地不灵。农村的老人苦啊!邵锋晚上回到家,跟父母和李芳说起巩光华母亲的事,三个人都是唏嘘不止。

邵锋和张振华、巩汉宣、巩良臣四个人到了街上邵亮酒家,饭店已经关门了。好在天热,厨子给他们拍了一盘黄瓜,抓了一碟花生,切了一盘顺风,撕了一盘烧鸡,一人一瓶啤酒,凉馍随便吃。虽然黝黑的锅上飞着苍蝇,满是污渍的八仙桌上苍蝇在抢食,但是邵锋吃得很香,他觉得这比君悦来大酒店和国际大酒店的饭菜香多了。

饭间,邵锋提议下午就开村干部会,讨论一下老人的问题,还有下一步工作的安排。张振华说:"急啥?不差这半天。"邵锋坚持己见,认为死了人得抓紧时间处理。张振华不言语,邵锋出去结了账。张振华他们三个出来,跟老板说记账,老板说邵锋已经给过钱了。张振华好像生了气,对饭店老板说,也好像对邵锋说:"以后村干部来吃饭就记账,不能收邵锋的钱。公是公,私是私,公私分明。"老板满脸堆笑,点头哈腰,吐出一连串的"好好好"。

村干部到齐后快七点了。虽然太阳还高高地站在西边的山头上,但它的光已经不像火炉烤人了。

以往都是上午开会,开完会到户里该要钱的要钱,该说事的说事。除非抓超生户结扎是晚上开会,夜里行动,那也是极少的几个村干部,不是两委班子成员全参加。

会议开始。张振华让邵锋先讲。邵锋扫一眼大家,说起了巩光华娘的事,问大家怎么办。大家你看看我,我看看你,都说没办法。邵锋提议,能不能把这些老人集中起来,吃住在一块,彼此照应?大家纷纷说,这不成了敬老院吗?敬老院是镇里的事,不是村里的事。敬老院收留的都是无儿无女的孤寡老人。这些有儿有女的老人,你让他去,他会觉得你咒他无儿无女呢。况且,他们还要看家护孩子。

邵锋郑重而严肃地说:"我们办不了敬老院,就先成立巡护队。每天早晨和晚上,到这些老人家里走一趟,这样他们有什么情况村里也能及时知道,不至于人死好几天了没人知道。"

大家七嘴八舌地说:"人呢?钱呢?"

邵锋有些为难。钱他可以出,但人他找不到。他扭头看着张振华,好像求援似的。

张振华咳两声,清清嗓子,说:"我看邵锋说的可行。人呢,先是各村干部带着各村的村民组长和代表,轮流巡视查看,能帮则帮,能助则助。钱呢,咱们启动一事一议,要给巡查的人误工补贴。"

大家纷纷说,议不起来啊,去年的一事一议,还有很多户一分没掏呢。

邵锋立即说:"我来掏这个钱!"

张振华瞥了邵锋一眼,说:"老百姓的事就应该让老百姓参与。你有钱也不能这样大方,村里用钱的地方多着呢,都能堆在你身上?养成这样的习惯,老百姓的手伸得像笊篱一样,你有多少钱够给的?"

邵锋被说得哑口无言。他沉默着,觉得刚才是不是太过于表现自己了。如果他处处出钱,让大家知道后,其他村干部就会威风扫地,所以张振华才说这样的话。

两委委员兼文书刘明士看出了邵锋的难堪,便说:"我觉得可以这样,先一事一议。这巡夜呀,修路呀,架桥呀,样样需要钱。一事一议的钱,每人最多才十五,肯定不够,不够的再由邵锋捐助。"

大家觉得这样可行。张振华点点头,看着邵锋。这时邵锋的手机响了,是李芳的。今天他把所有的来电都转移到邵伟的手机上了,但李芳的电话不能转移。他接了,李芳问他什么时候回到家。他回说正在村里开会,忙着呢。李芳抱怨一句:"村里能有什么事?跑得一天没有影!"邵锋说句回去再讲,就挂了手机。他听了大家的意见,看一眼正在瞅着他的张振华,说:"行!先赶快把巡护队组织起来。"

张振华笑了笑说:"侄子,别急,一事一议,还要等村民代表大会通过后才可以收钱。"

邵锋忽然想起村民自治法和省里关于一事一议的政策。他已初步学习了一些这方面的法律和政策,但记忆不深刻,经大家一讨论,他才明白以后的新农村建设和大棚蔬菜都需要经过村民代表大会通过,而不是他一个人说了算,也不是几个村干部一合计就可以硬干的。如果早先搞好新农村建设,盖起成排成栋的房子,大家出门进屋都能知道各家动静,也不会出现人死几天了都没人知道的情况。大家门挨门,脊搭脊,不仅可以互相照看,还可以防盗。现在,国家提倡新农村建设,村里应该快点搞啊!他急切地说:"那就赶快开村民代表大会吧!会上,我还想通过新农村建设和发展大棚蔬菜的建议。"

副主任乔汉勤附和说:"开一次会不容易,几件事可以一块说。"

大家又开始你一言我一语,各说各的话。

大家在会上交流协商几件事需要解决的办法。

会议快结束时,邵锋想请大家吃饭,而张振华对大家说:"芝麻开花,各回各家。散会! 邵锋,你也抓紧回去吧!"

邵锋驱车回城,车灯像利剑一样劈开夜的黑暗。

3

公安局根据巩光华母亲面部和躯体特征,排除了他杀和自杀,是不是因为疾病或者食物中毒致其死亡,这需要身体解剖才能知道。

巩光华带着老婆和两个孩子匆匆赶回来。家里空空如也,没有了母亲的气息。他感到像丢失了一样珍贵的东西,到处寻觅而不得,因而沮丧、懊悔、伤心。张振华告诉他公安局侦查的初步意见,并征询他是否解剖。巩光华心想,不能再让母亲死后还被割得七零八落。母亲的死,很可能是脑梗、心梗之类的病造成的。在这之前,母亲说过头疼、心口疼。两个孩子放假到上海时,母亲又说过心口疼的问题,他只在电话中劝母亲多休息,少干活,吃好点。他想两个孩子一走,母亲休息一个月就过来了。都怪他,没有把母亲的病放在心上。他要厚葬母亲,让母亲在地下安息。

巩光华厚葬了母亲,让村里一些老人觉得巩光华还是很孝顺的。

葬了母亲,巩光华和老婆商量以后的日子怎么办。继续在上海卖菜,家里的地就没人种了,两个孩子也没人照顾。如果他一人在上海卖菜,老婆在家种地照顾孩子,他的生意就干不下去。因为他要半夜去批发市场进菜,回到菜市场整理。菜点在上午九点至十二点,一个人忙不过来。错过了菜点,菜就不好卖了。况且,他和老婆已经在菜市场站稳了脚跟,同行熟,顾客熟,一个进菜,一个卖菜,一个打里,一个打外。两人配合虽然辛苦,但比打工挣得多,而且稳当,挣多少是多少,没有欠薪这一说。如果把这两个孩子带到上海,就要另租一间房子,让孩子上农民工子弟学校,两项加起来就是一笔很大的开支,算算以后每月挣的钱去掉这两项开支就剩不下几个钱了。两口子叹气:还是母亲活着好啊!

巩光华等不到母亲的头七,在给母亲三天圆坟后就带着老婆孩子回上海了。他把地交给巩汉宣,一分钱不要,村里的钱也一分不交,两下扯平。孩子到上海,虽然花钱多,但能在身边,看着他们长大,不学坏,也值。

巩光华两口子没兴趣,也没时间参加村民大会。他听说要讨论新农村建设和一事一议问题,觉得这事离自己太远,就让巩汉宣代替自己去议吧。每年都搞这议那议的。有母亲在,还有一条绳拴着他。现在母亲不在了,一切甩给巩汉宣,反正以后一分钱都不会掏了。

巩光华宅基上静悄悄地趴着几间破瓦房,旁边寂寞地站着几棵树。几个月后,蒿草疯长了一院子。

邵锋看到巩光华家紧紧关着门的几间屋和寂寞的院子,心想,巩营村又空了一片。

七月的早晨,太阳红亮圆大,在它还没长到一人高时,村民们已经薅了半截地草,翻了半截地秧。这是一天中最凉快最透气的时段。等到太阳长到几人高,看人的眼光发烫时,村民们已经把一块地的活干完了,回到家看到院中还在熟睡的孙子孙女们,一边喊醒他们,一边洗手做饭。

村民代表大会在邵庙小学召开。通知早饭后九点开始,可是太阳已经照得人冒油了,人还没到齐。刘明士清点人数,到了三分之二,便提议边开边等,不来的会后把会议精神到他家说清,让他们按手印。邵锋看看张振华,张振华本不想来,说自己是村书记,一事一议的事由村委会操办就行了,他相信邵锋能搞好。邵锋给他戴了很多高帽:"您是长辈,是老干部、老书记,在村里您就要领导一切。"张振华嘿嘿笑说:"侄子,你把我拍得不着地了。以后,我就属小车的往后扎,你就是自行车往前冲。"邵锋说:"您不要往后扎,坐在车里就行了。"邵锋把张振华让进自己的奥迪车里,拉着他到了邵庙小学。现在,他看到了张振华点点头,就同意了刘明士的意见,宣布开会。

会议先讨论新农村建设方案,把需要村民掏钱的一事一议放在后面。新农村建设方案是先规划建设两处,一处是邵庙自然村南部一大片土地,有四百亩,可建八百多户。成排成栋地建设,每排建设三米宽的路,每栋建设五米宽的路,村中建设一条十五米宽的路,直通三水镇街道。一处是在薛寨自然村的西边,纵贯三水镇南北的时仁路东侧,三百多亩地,可建七百户,每户占地三分,多余的土地建公共设施。每个新村都要建公共厕所、活动场所。做到路通、电通、水通,还要搞好绿化。邵锋讲起这些是头头是道。邵庙村和薛寨村的代表及村民兴奋而热烈地讨论着,其他几个自然村的代表和村民,有些失望地低声细语。

村支委邵连民向邵锋提出质疑:"听你这样一说,马上就是小康社会了。我问你,钱从哪里来?地怎么整?房子咋盖?"他的提问立即引爆会场,会场上的人咋呼起来了。

邵锋站在会场前面,笑笑,两手下按几次,示意大家安静。很多人看着邵锋,另有几个人在窃窃私语。邵锋大声说:"关于钱的事情,我们村可以成立新村核算小组,计算一下公共设施和每户三层小楼成本是多少,公共设施均摊在每户身上又是多少。公共设施,我先掏钱建设,到时再还给我。每户小楼可自己盖,也可以统一建设。统一建设的,我先建好,给我成本就行。地呢,先包产赔偿,每亩按八百元。等到大家从老村庄里都迁出来了,再把老村庄的宅基地复垦为耕地。复垦的耕地,再分配给新村占地户。"

邵庙自然村的代表邵怀军啪啪啪鼓起了掌,随即像燃起了鞭炮的捻子,掌声噼噼啪啪在会场上炸响。

邵连民又提出一个问题:"如果村民自己盖,怎么盖?不能他看哪里好就在哪里盖啊!"

大家纷纷说,就是,谁不想盖路边盖拐角盖好地方?那不乱了套吗?还有盖不起的咋办?

张振华站起身,高声说:"不要乱咋呼了!听邵锋说。"

邵锋扫视几遍大家,大家停止了议论。邵锋说:"我们可以把那四百亩地切成两块,一块自己盖,一块统一建设。自己盖的,我们成排成栋地画好线,按先后顺序,一家挨着一家盖。几年之后,村里还剩没能力盖的,到那时我们再想办法。"

邵锋等着有人继续提问,但大家都在交头接耳地说话,好像没什么问题要提了,他便想让大家举手表决,说:"乡亲们,没问题了,我们表决好不好?"

"别慌!"孙海棠站起来,先看了一眼惊奇地看着她的村民代表,再盯着迷惑的邵锋说,"新农村建设不能光在邵庙薛寨进行,花寨也要搞。"花寨的几个代表和村民觉得孙海棠不愧为花寨的儿媳妇,说出了花寨人的心里话,他们都说孙海棠提得对,不能把花寨人忘了。有几个人激动地站起来,响应孙海棠的提议。

随即,刘营、乔营、巩营,都提出了同样的要求。

这是邵锋始料未及的。他原只想在邵庙薛寨进行新农村建设会容易些,因为那毕竟是他熟悉的村,工作好做。而这些村庄是新合并过来的,相对陌生，怕工作难做。现在，他们都提出这样的要求，不要说村民是否同意，就是资金也是很大一笔。但是，如果不答应他们，他们就会说厚此薄彼，不公平，对村里以后的工作就会抵触。他觉得还是这样安抚他们："刚才，孙委员，还有刘营的代表刘达江、乔营的代表乔润泽、巩营的代表巩良臣，都提出了各个自然村新农村规划建设问题。我的意见是全面搞好规划，建设分先后。比如说，邵庙、薛寨新农村建设成功后，我们再进行其他几个村的新农村建设。其他几个村的新农村规划，先由各村的村委委员领头进行。"

一说先由各村村委委员领头，孙海棠就瘪气了。她知道那一村的花寨人哪是她可以领头带动的，多一事不如少一事。刘明士、乔汉勤、巩汉宣也都低头蹙眉，不再言语。

开始表决。邵庙、薛寨新农村建设作为第一批示范先规划建设，待报到镇里市里批准后实施。其他几个村，先做好规划前的摸底工作，等待第二批规划建设。参加会议的村民和代表都举起了手，又在会议记录上签字画押。

会议继续进行。邵锋提出一事一议，每人十五元。一提钱，会场上就炸了锅。超过一半的人大声反对，说天天收钱，年年收钱，不见村里有变化。张振华坐不住了，他借故解手出去了。邵连民也跟着出去解手。没几分钟，孙海棠也出去了，说自己办点儿私事。邵锋手摆一摆，让大家静下来。他说出了巩光华娘死得悲惨，说出了老人无人照顾的心酸，说出了成立巡查组的想法，说出了村里很多事需要大家参与，费用不够他可以补足。他的话语就像春雨一样，淅淅沥沥地下着，春苗因而郁郁葱葱，更像这几天的干旱需要一场大雨，让人们的渴望不再渺茫。会场内静悄悄的，人们在沉思，也许在各自打着自己的小算盘。邵锋最后说："各村特别困难的人家，公布出来，大家认可后，我代交。"大家纷纷说，大家的事大家办，再难也不能交不起十五块钱呀，不能啥事都堆在邵锋一个人身上，邵锋的钱也不是大风刮来的，他当年打工也够苦的。

邵锋觉得村民并不是反对一事一议，而是以前的一事一议不透明，让村民产生了误解。因此，他决定，村里的一分钱来去都得让大家知道。他挺起身子，声如洪钟："各位乡亲，我现在郑重表态，村里一分钱来去都让大家知道,以后我们成立村务公开小组,其中就有财务公开,各村都有一个村民代表参加财务公开小组。请大家放心,一事一议,我绝对不花大家一分钱。"会场内只有稀稀拉拉的掌声,这些掌声还是薛良久、邵怀军、薛长坤、巩良臣等几个人拍的。

显然,还是有些人迟疑的。邵怀军站了起来,在会场上,像一个木桩。他前后左右扫了一圈:"我说,请邵锋回来就是让大家过上好日子的。咱们的仁和路、学校,邵锋哪一样没捐钱?现在让大家一人掏十五块钱,不是他用,是大家用。主要是看大家的心齐不齐,看他为家乡办事大家支持不支持。这点钱还在这里叽叽歪歪,还搞什么新农村建设?我先表个态,我支持,不支持的人是驴熊!"

邵怀军还没坐下,就听到后面有人说:"开个会咋骂人呢?"邵怀军扭转身向后看,好像是乔营的村民,但不能确定哪一个。他又回转身大声说:"我没有骂人啊,我是说,谁不同意谁是驴熊。在座的,可有不同意的?"他巡视了一圈,没人接话,继续说,"没有!大家都同意!所以我没骂任何人。"

邵怀军坐下。会场内静悄悄的,像寂静的黑夜。副主任乔汉勤站起来面向大家说:"邵锋说得对,花一分钱都会让大家知道。他已经给咱们村投了不少钱了,众人拾柴火焰高,大家不能指望着他一个,也得表达自己的心意是不是?刚才看到大家没有反对的,我们就举手表决。"

大家都举起了手。

4

邵庙村成立了以自然村为主体的巡查队,每个巡查队的队长由两委班子成员担任,队员都是各村的村民代表。天黑时,他们有月亮借助月亮,没有月亮借助电筒,逐门逐户巡查。每个巡查人员每天补助一块钱,不查或漏查,则倒扣两块钱。巡查进行到第三十天,就避免了一件类似巩光华娘那样事的发生。

那晚,天又热又燥,有的人拿着席子到村外路边睡觉,有的人把床架在院里睡觉。乔汉勤带着几个队员,照着电筒逐门逐户地查着。他们到了乔汉民家,发现乔汉民的父亲在屋里床上弓着腰哼哼唧唧。乔汉民两口子都在北京打工,把两个闺女丢在家里,由他的父亲照看。两个闺女放暑假到北京玩还没回来。乔汉民的母亲死得早,家中只有父亲一人。巡查队一看到乔汉民父亲痛苦的样子就知道他生病了。乔汉勤握着乔汉民父亲冰冷的手,问道:"老叔,咋回事?"乔汉民的父亲有气无力地说:"可能是吃剩饭吃的,一直拉肚子。"乔汉勤用左手摸摸乔汉民父亲的头,还好没有烧,不过拉肚子也能把人拉没命的。乔汉勤便和几个队员用架子车把乔汉民父亲拉到镇医院。医生量体温听心跳,一番检查后,就给乔汉民父亲挂上了吊水。几个人折腾了一夜,第二天早晨,乔汉民父亲才止住拉稀。这件事,邵锋不但让文书刘明士记在本子上,还写在村部的宣传栏上。

村里成立了由邵锋任组长的村务和财务公开领导小组,成立了新农村建设领导小组,由张振华任组长、邵锋任副组长,其他两委干部任成员,另外成立了财务监督小组,由薛良久和几个村民代表邵怀军、刘达江、巩良臣、乔润泽、花建国、薛长坤组成。村里花的每一笔钱都由他们监督审核,通过后才可以报销入账。

邵锋感觉有几个村干部好像很消极,对他安排的工作有些抵触。他决定不管他们,慢慢地,他们会适应的。趁现在地里活不多,应当先把邵庙和薛寨新农村建设的地量出来。每家每户的地是多少,登记造册。做好规划方案和实施方案,等到秋后逐步开工。

人心齐,泰山移,而要想人心齐必须做好思想宣传工作。在邵锋的建议下,张振华同意成立新农村建设宣传思想工作组,薛良久为组长,邵连民、邵怀军、薛长坤为组员。薛良久声明,他不要一分钱的补助,因为他有退休金,闲着没事干,他把邵锋劝回来,也应该像邵锋一样为村民做奉献。张振华感觉到被牵着鼻子走,但他知道上上下下都在支持邵锋,就索性由着邵锋扑腾。

问题来了,市里要求平坟,张振华全权交给邵锋处理。邵锋无论给张振华怎么戴高帽,张振华都以他是书记年龄大身体不好需要培养年轻人为理由,让邵锋带队平坟。邵锋知道,平坟是挨老百姓骂的事,他真心不想碰,张振华更是头缩得像乌龟。但上级要求平坟还田,不可违抗,还有时间限制,要检查验收,他作为村主任,必须站出来,走在前面。他左思右想怎么把这件事干好。

邵锋想到,第一步应让村干部带头平自家的坟,要平得彻底,不留坟堆。第二步让村民自己平,不平的,村里派人平掉,派的人可以发劳务补贴。一个人一天最多平四座坟。有些老坟上面长有多年的荆棘草棵子,一个人一天平不掉一个。按每人一天平掉两个,全村二百多座坟,就需要十个人平十多天。每人每天五十块钱就需要五千多块钱。五千多块钱,对于他来讲只是两顿饭而已,而让村里出,村民不一定答应,平坟本身村民就反对。他求教于薛良久。薛良久告诉他,这件事不要急,先把路两边的坟平掉再说。

十天过去了,镇政府在平坟工作推进会上对邵庙村进行了严厉批评,说邵庙村的平坟工作毫无进展。张振华暗笑,邵锋无所谓。会后,镇委书记和镇长又把张振华和邵锋留下来谈话。两人表态,迎头赶上。

邵锋带头把自家的坟平掉。村里喇叭每天早晚广播,让村民各自平自家的坟,如果再不平,特别是路两边的,就要用推土机推平。

又是十天过去了,路两边的坟仍然如故。邵锋调来了挖掘机、推土机,带着村干部,沿着时仁路把目力所及的坟头挖掉,坟堆推平,并拍了照片。邵锋奇怪,竟然没有村民上前阻挠。

三水镇开平坟总结会,表扬了邵庙村,尤其是点名表扬了邵锋,说他作为一个企业老板,一个市政协委员,作为一个回乡带领村民致富奔小康的村干部,用挖掘机平坟,这就是不折不扣执行上级的政策,这就是真干实干。

邵锋心里叫苦。他听说有些村民背地里骂他土匪。他的父亲更是把他骂得想大哭一场。父亲不知从哪儿得知了消息。平掉坟的第二天晚上,邵锋刚回到家,父亲就骂他不孝不敬,连祖坟都敢挖的人就是不肖之子。父亲气得说话断断续续的,似乎以前的中风毛病要复发了。他赶紧让邵伟和他一起把父亲送医院。医生检查一番,没发现问题。在邵锋的要求下,医生给父亲挂了一瓶盐水,里面加了一些丹参脉塞通等之类的针剂。吊水挂了一半,父亲的情绪平静下来。邵锋向父亲解释,上面压着,不干不行。母亲也在劝说。邵锋父亲仍然绷着脸说:"跟你讲农村的事情难弄,你非蹚那个浑水!明天跟他们说,不干了。"邵锋微笑着说:"好!按您的吩咐,不干了。过了这阵风,就把祖坟修好。"父亲扭过脸没说话。邵锋看着输液管中的水像房檐水一样滴着,发呆。水吊完,已经是子夜一点多。他们回到家,李芳还没有睡着。邵锋安顿好父母,悄悄走到卧室,李芳又把他数落了一通。

邵锋觉得,以后像这样的事少碰,比如计划生育,特别是那些生了两个女孩还想生个儿子的,半夜里捉他们去结扎,就不要碰。其实,城市里你让他多生他也不愿生,计划生育还是一个观念问题、时代问题。如果照现在的形势发展,十年后你让他生还不生了呢,到那时候政府怎么办?有本事管住生,不一定有本事管住不生,再多的奖励,他不生你只能干着急,欧美和日本就是这样。

5

豆子割掉,豆叶覆盖着黑红的土地。土地翻耕,种上小麦,明年才可有收获。每年的一麦一豆,去掉种子、化肥、农药、机耕、机播等费用,年成好的,一亩地能见五百块钱;年成差的,一亩地能见二百块钱;碰到灾年,就会倒赔。这就是村民在土地上劳作一年的价值。所以,有些没有老人和孩子的人家,便把土地无偿转给亲戚或好友,远走城市,远离土地。所以,新农村建设,能给占地户土地周转金,让很多农户喜出望外。

画线、打桩、迁坟,邵庙村新农村建设在紧锣密鼓地进行。按照测算,土地周转金按每亩每年八百元发放,在夏季和秋季分发。所有坟墓,每座迁移费一千元。新农村建设先用砖碴铺设南北、东西两条主要干道,便于运料车出进。水,先用压井水,以后再打深水井建自来水厂。电,先就近从村庄拉线,以后由邵锋找供电部门,申请安装一个大容量的变压器。所有的公共设施建设费用均由邵锋垫支,待新农村建设好后,由各户均摊。首批建房户有六家,他们沿着北面的东西大道,一字排开建设。新农村建设像一只大雁,头伸着往南飞,身后是一路之隔的邵庙旧村庄。这条新旧相隔的东西大道,他们取名为幸福路。在幸福路的中间,往南延伸了一条十五米宽的大路,他们取名为致富路。在这两条路的接头处东北角,高高挺立的两条水泥杆子上,展示着邵庙新农村规划建设鸟瞰效果图。从效果图上看,这里已不是农村,俨然是绿树掩映、布局合理、功能齐全的园林城市。

致富路以西自建,以东统建。无论自建还是统建,图纸大致一样。每户东西宽十二米,南北长十五米,外加四米巷道。楼高三层,第三层为半层起脊,可贴上灰瓦,也可现浇贴上紫色琉璃瓦。每六户为一栋,一排六栋。室内建设不求一致,但每户的宽度、长度、楼高、门前巷道都是一样的,每栋的楼顶瓦片也是一样的,这保证了整个居民区和谐统一,格调一致。

在致富路以东,沿着幸福路,邵锋施展出自己搞建筑的特长。一排统建的六栋三层楼房平地而起。邵锋发挥着人工材料的规模效益和机械的成本效益,所建楼房就像得水的豆芽一样,一天天往上冒。而西边的自建房,就像水牛趴在水里不见动静。据薛良久的调查和测算,村民按照新农村规划设计的图纸自建,每户成本至少需要十二万元,而邵锋建设的楼房每户最多十一万元。在速度上,邵锋建设的房子,半个月就是一层,一个多月三层楼房的主体就完工了,而村民自建的房子一个多月才盖起一层。这就是效率啊,效率也能变成钱!

这天上午,党委书记宋明诚已经第二次跟邵锋谈话。虽然每次邵锋到他办公室,他总是亲自递烟,亲自倒水,对邵锋分外尊重,但他总不自觉地以镇党委书记的角色告诫邵锋:"新农村建设是好事,但要把老百姓安抚好。农村里的事,只要老百姓不告状就万事大吉。"

邵锋笑说:"宋书记,还是邵连宇的事吧?他狮子大张口,不要说村干部没有同意的,连薛良久老师都看不惯。"

"这样的人虽然少,但有。农村工作嘛,有时需要我们眼睛得大大的,一星儿灰尘也不能进;有时需要我们眼睛眯缝着,眯瞪一会儿就过去了。"宋明诚的话语重心长而又意味深长。

邵锋盯着宋明诚,一脸诚恳:"宋书记,您说咋办?"

"元旦、春节就要到了。到我们镇上访我可以拦着解释,要是到市里上访,镇里就要挨训了。所以,你们要安抚好。怎么安抚,你们想办法。"

邵锋从宋明诚办公室出来时,宋明诚拉着他,非要送给他一盒茶叶。邵锋推辞,因为他不缺茶叶。宋明诚的一句话"嫌赖是吧"让邵锋满脸堆笑,无法拒绝。他把茶叶交给文书刘明士,留给村干部喝。

下午,邵锋把张振华、邵连民、邵怀军、薛良久召集到村部,商讨如何解决邵连宇的要求问题。

邵连宇三个闺女一个儿子,儿子三十多岁了还是寡汉一个。三个闺女出嫁时留下的礼金,邵连宇用它在村内老宅上盖了三间平顶房,准备给儿子结婚时再加盖一层。无奈儿子守着家里的电视机哪里都不去,同龄人纷纷跑出去打工挣钱,挣到的红花花票子很诱人,他却无动于衷。奶奶活着的时候特别疼他,护着他没挨过打,没下过地,当然学也没上成。奶奶死的那一年,他十八岁。十八岁的他已经习惯窝在家里。邵连宇对他不说不吵,顺他意。为了挣点零花钱,邵连宇便在村庄南边的一块地里盖了一间简易房,侍弄二亩地的菜园。这块地总共有三亩,正好在新农村规划内。二亩地的菜园,春天有芹菜、韭菜、蒜苗,夏天有黄瓜、豆角、辣椒、茄子、西红柿,秋天有萝卜,冬天有大白菜。工作组找邵连宇谈补偿时,邵连宇张口要二十万,另外再给他一套房子。

邵怀军当时一跺脚,气愤地说:"你抢去吧!"

邵连宇却不生气,不紧不慢地给他们算起了账:他的菜园一年可以赚一万多,他才五十五岁,干到七十五岁,那就是三十多万,所以要二十万不多。看菜园的一间房,打的水井,搭的菜架子,咋算也得一套房子。

邵连民撇着嘴说邵连宇:"你儿子要干的话比你挣的还多,一年至少两万。"

邵连宇很自豪地说:"那当然。肯定的。"

邵连民讽刺道:"从十八岁算起,你儿子已经三十五,十七年就是三十四万,你咋不向老天爷要?!"

邵连宇呜呜噜噜地说:"我不管他,只管我自己。"

薛良久劝说:"这是大家的事。公道自在人心。明天从集上找几个种菜和卖菜的,给你评估一下。不过,你算的二十年,好像没有这种算法。"

不等邵连宇说话,邵怀军就说:"还有现在好好的,夜里就蹬腿的。"

邵连宇站起身,回击道:"我说你夜里蹬腿儿,马上就断气!"邵怀军指着邵连宇:"你看你个尖头杵样!宅子里的路叫你占去一半,沟坎子叫你扒完,庄稼种到人家地里。路边沟边地边,没有你不占的。老少爷们儿都叫你占三边,不亏!你看看还有谁粘你?你儿子正说不着媳妇哩!"

邵连宇气得青筋像蚯蚓一样爬满了脸,两人伸出胳膊,厮打起来。薛良久和邵连民忙把他们拉开。

张振华说:"冷一冷。"邵怀军说:"欠揍。"邵连民说:"你越搭理他,他越尥蹶子。"邵锋说:"要不然就给他一套房子。"薛良久说:"不可,薛寨的薛长富想要三套房子,没有一个公平的尺子就会乱套。"几个人商量后决定,先晾一晾邵连宇,邵连民先盯着他,防止他到市里上访。

可是,临近元旦,市土地监察大队三个人开着车,由镇土管所工作人员陪着,到邵庙村下发处罚书,勒令停止新农村建设。

元旦前一天,邵锋得知他又被告了,罪名是借着新农村建设的名义搞房地产开发,指使他人打骂村民。怎会这样呢?邵锋陷入深深的思索中……

第七章

1

每年的农历十一月和腊月,是小偷盗窃的黄金时期。这段时间,打工的人向家里汇款,家里养的羊膘肥体壮。天一黑,老人们就躺在床上,偶有不怕冷的孩子缩着头哈着手在捉迷藏,但并不妨碍小偷进村入户。所以,村里喇叭尽管喊得震天响,仍然阻挡不了小偷的脚步。那些房子盖得好院门又紧锁的人家,是小偷的首选目标。那些把羊拴在院子里的人家,往往没听到羊叫,第二天就发现羊没有了。鸡宿在树上或房檐下的木架上,易飞好叫,所以很少受到小偷的"光顾"。张振华隔几天就收到谁家被偷的消息,也听到村民说村干部就知道要钱却不知防小偷的议论和抱怨。

张振华把各村身体比较好的老人组织起来,组成打更队,由村干部每夜分上半夜、下半夜带队巡逻。每人每夜五块钱的补助,从提留款中支付。这一笔支出,摊在每家每户身上,虽说不上几个钱,但有的认为应该让那些有钱户和养羊养牛户出,因为小偷偷的是他们家。张振华在喇叭里解释:"小偷偷哪一家谁能料到?市里乡里要求每个村都要成立治安巡逻队,费用是每人一块钱。巡逻队每天夜里穿着大棉袄还冻得打牙磕,弄不好还要被小偷暗算,如果不给他们补助,谁愿意干?谁不想在家里热被窝一夜到天明?补助从哪里来?只有大家出。咱跟城里不能比。城里一到夜里灯火通明,犄角旮旯都给你照得透亮,还有巡警队开着车,骑着摩托,到处转悠。咱们乡下,只能靠自己。小偷来了,咱们即使逮不住,用电筒一照把他吓跑也是好的。偷到谁家要警觉点,可以喊抓小偷,不要随便动手。小偷都是能打能斗的,咱不要为了一点东西让小偷打坏了。总之,钱要出,小偷要防,东西要保,命更要保。"

张振华后来一直清楚地记得腊月初三那一夜发生的事。

那天夜里,天黑得很,北风吹着哨子,村边偶尔亮着的一盏灯像鬼火。张振华和邵连民,还有一个村民组组长邵连营,他们三人穿着大棉袄,头戴军用火车头棉帽,下身穿着棉裤、棉鞋,左手拿着手电筒,右手提着半截红白相间的木棍,在邵庙村里里外外地巡逻着。他们知道,越是月黑风高之夜,越是要防小偷。半夜了,再晚睡的人家也已进入梦乡,整个村庄变得一片寂然。他们准备从村西头巡逻到村东头,结束后就交班。三个人大声说着笑话壮胆。手电筒前照照后照照、左照照右照照,手电筒的光柱像探照灯一样,所照之处黑夜被撕裂,光柱一过黑夜又弥合在一起。除了风叫声,还有那风刮电线发出的声音。

他们三人说着话,照着电筒,刚走到村东头的时仁路上,便照到了一辆破旧的紫色面包车。三人大声喝问:"谁?干啥的?"面包车打着了火,鸣了两声笛,亮起了车灯。他们三人在靠近车两米远的西侧,用电筒一齐照车内,发现只有一个三十多岁的司机,便继续追问。

司机用手臂遮住脸,像是怕光刺激,不耐烦地说:"照什么照?我在等朋友。"

三个人当下明白,这个司机来者不善,应立即把他逮住,让派出所关起来审问。他们靠前一步,不但用手电筒齐刷刷地照着车内的司机,还用木棍敲着车窗,似乎要把车窗敲碎。

司机把左前方的窗玻璃降了一手宽的缝,大声威胁道:"滚开!不滚,马上轧死你们!"

三人听了后退一步,但仍然用电筒照着司机,并问:"你朋友是谁?半夜三更地到这干啥?"

司机顿了顿:"我朋友说他母亲病了,要拉到城里医院。"

三人穷追不舍:"你朋友叫啥?"

司机好像忘了,想了想说:"叫邵宇。"

三个人没有一个知道邵庙村还有一个叫邵宇的人。张振华一字一顿地说:"你不要糊弄我们。派出所吴所长带着人就在南边十字路口,他就过来。你老实说你叫啥,你朋友是谁。"

司机不答话,却熄灭了车灯。他们三个眼前突然黑了一片。三人手电筒仍然照着司机,这情形就像探照灯确确切切发现了敌人,而敌人伺机想逃跑。张振华用右腿膝盖顶了一下邵连民,邵连民会意,举着木棍就向车的挡风玻璃砸去。嘭的一声,挡风玻璃碎了,却没有烂掉。邵连营也上前一步准备去砸。这时车灯突亮,前面一片光明,而他们头上背后好像有乱石砸来。瞬间,他们失去知觉,倒在地上。等醒来时,三人已经躺在了乡卫生院,手背上吊着水。是下半夜接替他们的巡逻队把他们送进了卫生院。天明时,医生告诉他们,没有大碍,多亏他们戴着棉帽子,穿得厚,不然,他们的头会被砸烂,骨头会被砸断,目前只是挫伤,估计是用砖头或者锤子什么东西砸的,只想把他们砸晕,没想砸死。

这起案件,派出所一直没有破掉。张振华后来想到,他们三个也算命大,几个贼人,只想逃跑,没想要他们的命。如果要命的话,在他们倒下时猛砸他们的头部,他们当天夜里就活不成了。也许与他说的派出所的人就在十字路口有关。贼人害怕被派出所的人抓住,才没要他们三个人的性命。不管怎么说,大难不死必有后福。

这次巡夜被打,虽然受到镇政府的表扬,村民们也觉得村干部尽职尽责,但张振华觉得不值得炫耀,风险太大。他建议镇政府,要让派出所的车每天夜里在全乡转两圈,碰到小偷抓几个,也能杀杀小偷的嚣张气焰。这次巡夜,如果碰到派出所的人开车在全乡巡逻,他们也不会挨打,那几个贼人也跑不掉。

村里的巡逻队依然每夜巡逻,加上派出所夜间的巡逻,各村夜间平安无事,再也不见小偷进村了。但是,白天又出现了问题。收羊的,买鸡的,骑着后面带着两个大篮子的自行车,到各村转悠。那些喂羊的人家,如果家里没有人,四周邻居也不见人,收羊的就会三下两下,把羊捆上装在篮子里带走,碰到路人问,他便说是买的。这类贩子,是半商半贼,防不胜防。张振华又在村喇叭里喊起来,让各家各户看好自己家的鸡鸭羊,能卖的就卖,不能卖的家里人要看好;家里人要外出的,就要把羊牵到有人的家里,请人帮忙看几天。猪牛不散养了,都是大户养殖,大户都有专人看管,所以各户养的小牲畜要各家看护好。

张振华觉得,看家护院,保一方平安,他已经尽力了。

2

这年春节,天气晴好。风虽然冷冰冰的,但太阳是热乎乎的。都说干冬湿年,但干燥的冬季并没有带来春节的雨水,人们干干净净地过了个年。天气预报说,正月初六之后开始有连阴雨,还可能有雨夹雪,干手干脚过个年的打工者,更想干手干脚离开家乡,奔向他们淘金的地方。初三飞走一部分,初四到初六,外出打工者就像候鸟一样成群结队地飞往适宜他们觅食的地方。

初四这天,男男醒得特别早。天上的星星还在闪着光时,奶奶便起床,准备给自己的儿子儿媳做早饭,让他们吃热了身子好上路。可男男喊叫着让奶奶给她穿衣服,奶奶不给她穿,让她继续睡觉。男男自己穿起了衣服,棉袄敞着怀,棉裤提到肚脐上,趿拉着棉鞋站在院子里。薛良好和李娟已经把东西打好包裹,正等吃了早饭悄悄离开。李娟见状,立即把男男抱到自己的房间里,重新把衣服和鞋给她穿好。李娟搂着男男,脸贴在男男的头上,男男的额头抵着妈妈的胸口。李娟的手掌轻轻拍着男男的后背,男男的两只小手抓着妈妈的胸襟。李娟像是在哄哭闹的孩子:"乖,听话,妈妈跟爸爸出去给你买花衣裳穿,买好东西吃。"男男哭着央求:"妈妈不走,爸爸不走。"薛良好也蹲下身子,与李娟一起搂着男男,齐声说:"爸爸不走,妈妈不走。"

薛良好的母亲煮了两碗饺子,馏了两个蒸馍,热了一碗红烧肉,让薛良好和李娟吃了快点上路。她把男男抱到自己屋里床上,想陪着男男继续睡觉。男男挣扎着要下床,哭个不停。薛良好和李娟没有了胃口,一人只吃了几个饺子。薛良好让李娟背着小包先走,他安抚一下男男再赶上。男男像小牛犊一样往门口挣。薛良好的母亲左手拉着男男的左手,右手拽着男男的袄,像犁地一样在后面拖着,弄了一身的汗,没想到几岁的孙女那么有劲。薛良好堵在门口,男男想从薛良好的腿缝中钻出去,大声喊着妈妈。不见了妈妈的身影,男男就抱住了薛良好的大腿,声嘶力竭地喊着"爸爸不走"。薛良好看到母亲脸上滚动着泪水,他的眼泪也禁不住地像泉水一样地流。他实在想不明白,今年的男男咋这么闹着不想让他们出门。他蹲下身子,让母亲喘口气,想着法子哄男男。他估摸着李娟已经走到了村南头,他也该走了。火车不等人,工厂更不等人。他走到了自己屋里。男男抓着他的裤腿到屋里,他背起大包,男男抱住了他的大腿。他必须当断则断。他把男男的手掰开,让母亲紧紧抱住男男。他闪电地般开门关门,把两眼噙着泪水的母亲和哭叫着的男男关在屋里,几个箭步冲出院子。

孤独的母亲啊,可怜的孩子啊!薛良好不由得眼泪涌出。还是赶紧生个儿子陪伴他们吧!他大步流星地追赶李娟。

深圳不是人勤春早,而是春早人勤。这里的风像爱人的手,让人兴奋;这里的花草像婚房,让人激动;这里的太阳就像老人的脸,让人感受到激励和期盼。北方还沉浸在年味中,这里已是年味散尽,机器轰鸣,人流如织了。

春华秋实,春天正是播种的好季节。薛良好和李娟不停地播种,却不见种子发芽。果真像医生说的,他的精子稀少活力不足才导致李娟不孕吗?年前年后,他吃了不少补品和中药,该起作用了吧?其实要不了那么多,一颗精子不就够了吗?咋就怀不了孕呢?薛良好上班时想不了那么多,一闲下来,他就满脑子跑火车,想这想那,越想越苦闷,越苦闷越想。

3

薛长富留在工厂看大门,他没有与宋春香一块回家过年。断了一只手的他,不想回家让父母看了伤心。自从他回到工厂当门岗,他觉得宋春香好像变了,给他做饭洗衣还让夜里碰她,与那个男人好像也不来往了。也许她良心发现,也许那个男人吓跑了,也许是如果宋春香还那样,妹妹知道后就会把她娘家闹得鸡飞狗跳。他把宋春香送上火车,嘱咐她给两个孩子多买点好吃的,给四个老人每人买一件衣服,还嘱咐她,如果老人问起他咋不回去过年,就说工作岗位重要,离不开。

宋春香的马大哥已经不拿眼看宋春香了。宋春香觉得马大哥又有了新的相好。她多次从门岗过,头扭着看马大哥,可马大哥眼盯着电视并不抬头看她。宋春香发觉,他对第四组一个重庆来的女孩倒是很热情。他是不是在用同样的方法哄诱那个女孩?当初,一个手掌大的女士钱包藏在自己裤兜里,出门时他竟然把自己拦下来搜身,他的狗爪子伸进自己的裤兜,摸到了钱包却没掏出来,只是使劲抓了几把自己的大腿。幸亏钱包没掏出来,如果掏出来,除了罚款还要被开除。所以被马大哥隔着裤子抓挠她大腿时她没有叫。他笑了笑放行,她笑笑感激。几天后,他又把她拦在门岗室,一同下班的工友们头歪着看蹊跷。等待工友走完后,他拿出一个粉色手帕送给她。她瞥了他一眼,他满脸堆笑,两眼放光。她当时就明白了他的意思。

薛长富不回来过年也好,免得走漏风声,也免得薛长英找事。哥哥断了一条腿,家还得靠她撑着,老老少少还得靠着她。自己如果不要薛长富了,薛长英肯定一脚踹开哥哥,侄女侄子就成了没妈的孩子,父母日子更难过。嗨,她和薛长英是一条绳上的蚂蚱,谁也别想飞走。

永利像拔节的高粱,一夜之间长高了一头,已经高过了宋春香。宋春香看着嘴唇上露出了茸茸黑毛、话音开始厚重的儿子永利,不免忧伤起来。两个儿子,现在还是趴趴屋,将来娶媳妇怎么办?想换亲都换不成了。就这,儿子还不知道学习,将来也是打工的料。

初一这天,上午宗亲内拜年,下午大人们玩牌唠嗑,孩子们跑出去疯玩。永利向宋春香要压岁钱。宋春香奇怪:这孩子咋了?从没要过压岁钱,今年咋要起来了?长大了,有心思了?她掏出五块钱,嘱咐儿子:"好好上学,以后就多给你一点。"永利嫌少,说爸爸妈妈的加在一起,至少也得给四十。铁蛋在一旁也手伸着要钱。宋春香乐了:这小的学得怪快啊!一年就这么一次,难得与孩子待在一起。宋春香给了永利二十块钱,给铁蛋两块硬币。永利接了钱,扎了翅膀一般跑了。

薛长富父亲对宋春香说:"这孩子,你得管管,知道花钱了。"

薛长富母亲也像是告状:"隔不久就要钱,说是买笔买书,不给还偷着拿。"

宋春香一听这话就冒火,但转念一想,孩子大了就是要花钱,不给他钱,他就会想歪主意。炮厂的事,不就是想挣钱花吗?想到这,她觉得薛长荣一家也真凄惨,一家四口人死了两个,还剩两个现在也不见踪影了,该赔的钱也找不到人要了。她劝永利的爷爷奶奶:"永利大了,您二老看紧点,每个月给他三五块零花钱就行了,千万不要让他偷着拿钱。"

薛长富的父亲重重地叹了一口气:"我和你娘都管不住他。骂不管用打够不着,他跑得比兔子还快。老师跟我说了两次,他拿同学的东西,还跟同学要钱。本来想让长富管管,不想让你知道,现在长富没回来,不告诉你不行了。你看刚才要压岁钱的样子,五块钱还嫌少。这跑出去肯定到街上看录像去了。"

宋春香气道:"你们咋不早说?这兔崽子,回来再算账!"

薛长富的父亲吧嗒吧嗒地抽着烟,不接腔。薛长富的母亲转身到屋里。

晚饭的鞭炮声此起彼伏,可永利还没回来。薛长富的父母要等着永利回来一块吃,宋春香仍在气头上:"不等,饿死他。"薛长富的父母劝说:"这大过年的,管教他不在乎这一天,过几天再说说他也不晚。"

正说着话,永利跑进院子。宋春香瞪着眼训道:"死哪去了?还知道回来!"随即抬手想打永利。永利一闪,闪到了奶奶身后。奶奶拉着他的手进了厨房,给他盛饭。薛长富的父亲说:"大年初一,不吉利的话不要说。"宋春香朝永利咋呼一声:"吃了饭再算账!"然后拉着铁蛋进了自己的屋。

奶奶悄悄问永利:"跑哪去了?是不是上街看电影去了?"永利点点头。奶奶继续问:"跟谁去的?"永利把一个饺子咽下去,说:"兰兰,还有两个你不认识。"奶奶追问:"啥电影,能看一晚上不回来?"永利立即兴奋地说:"《射雕英雄传》,一集连着一集,好看得很。"奶奶没听明白:"啥转?"永利放下碗:"说了你也不懂。再给我一个馍吃。"奶奶拿了一个白白的蒸馍给永利。

永利拿着蒸馍往外走,堵在门口的宋春香上去揪住了他的耳朵。永利头拧着脚踮着,随着妈妈的手跟到堂屋。宋春香松开手,边数落着永利,边让永利跪下。永利不跪,宋春香就找扫帚打他。永利转身冲出门外,宋春香拿着扫帚跟出来,却不见了永利。

宋春香怪罪薛长富的父母把永利惯坏了,薛长富的母亲却说永利不听话管不住。睡觉的时候,永利还没回来。三个大人着急了。薛长富的父母开始怪罪宋春香不该这个时候管孩子。铁蛋已经睡着了,薛长富的母亲在家看着铁蛋,薛长富的父亲和宋春香分头去找永利。

左邻右舍找了,没有。兰兰家找了,没有。整个村庄找遍,仍没有。

宋春香无法入睡,埋怨起了薛长富的父母。

薛长富的父母无法合眼,怪罪起了宋春香。

从薛寨找到邵庙,从邵庙找到三水集上,仍然找不到。

薛长富的母亲开始掉眼泪,宋春香也开始掉眼泪,薛长富的父亲哼嘿叹气。

家里的灯一夜亮着,变成了长明灯。

第二天天刚亮,兰兰奶奶拽柴火烧锅,觉得像是有一条狗钻进了柴火堆里睡觉,喊了几声不见动静,上前扒开柴火,发现是永利。于是,她把永利叫醒,把他身上的草拿掉,给他洗了脸,牵着他的手把他送到了家。

宋春香已经抬不起手打永利。她侧过脸,不看永利,艰难地吐出三个字:"这孩子!"

薛长富的父母一替一个搂着永利,说着同样的话:"我的乖哟,傻不傻?咋钻到柴火堆里睡一夜?"

薛长英和宋春光带着两个孩子来拜年时,宋春香正睡得香甜。不待他们问,母亲便说:"一夜没合眼,让她睡去。"他们问咋回事,母亲叹气说:"嘿,都是永利这孩子!"

4

苗金英被邝雪莉介绍到一家编织厂工作。她一边劳作一边思念,巴望着邴雪莉能通过劳动部门打听到女儿的下落。

邴雪莉通过电话、信件等方式联系了南方很多家劳动部门和企业，均未获得薛梅的一丁点儿信息。眼看快到年关了，苗金英心中长了草。她无心在编织厂干下去，她想，如果女儿提前回家过年找不到自己怎么办？不比自己还急吗？她应该早早回家等着女儿。她辞别了邴雪莉，回到家守株待兔似的等着女儿。

为了让女儿过一个安静祥和的春节，苗金英接受去年的教训，用打工挣来的钱买了三份礼物，带着礼物分别拜访了薛良好、薛长富、薛怀贵三家，一家又给了二百块钱，并对他们说，只要人在账就不会死，她会想办法一点一点还的。农村自古就有"礼到人不怪""有钱钱招呼，没钱人招呼"的规矩，加上听说苗金英的女儿薛梅辍学打工去了，他们不但表态不再追债，还可怜起了苗金英。

正月十六过去了，外出打工的人都走完了，仍不见女儿的影子，苗金英的一颗心悬在了嗓子眼儿里。她还是要到南方边打工边寻找，找不到女儿就不回来，就是过年也不回来。临行前，苗金英到村书记家去了一趟，交代了一些事后，决绝地离开了薛寨村。

5

收废品没必要急着上路，所以当村里的打工者大包小包成群结队地离开村庄时，薛怀贵和邵美英依然在家里陪着孩子和父母。

正月初六上午，太阳的脸是笑的，手是温暖的。薛怀贵和邵美英带着兰兰赶集，薛怀贵的母亲带着花花在村口玩。薛怀贵母亲与三三两两出门打工的人打着招呼，花花和几个孩子在一群老人之间跑来跑去躲猫猫，一群老人在你一句我一句地说着家长里短。薛怀贵的母亲突然听到花花哇哇大哭起来。她扭头循声，发现花花在一棵小树边跌成嘴啃泥。她急忙跑过去。在离花花还有几步远的地方，一块砖头把她绊倒了。她喊着"花花别哭，奶奶来了"，可是一阵疼痛从大腿立即蹿到全身，她疼得动不了了。几个老人跑过来,想把她扶起来,可是一动,那钻心的疼痛就让她哎哟一声。人们知道她摔坏了。这时花花不再哭,自己爬了起来,也走到奶奶身边拉奶奶。几个老人,有的扶着薛怀贵母亲的肩膀不让她乱动,有的到村内喊薛怀贵的父亲,有的让人骑车到集上找薛怀贵两口子,若碰到赶车还没走掉的薛怀贵哥哥和嫂子一并喊回来。

乡医院无法治疗断腿,薛怀贵和哥哥薛怀金从街上包了一辆面包车把母亲送到市医院。市医院让交押金五千元,薛怀贵身上只有八百多块钱,全掏了出来。薛怀金在身上这摸摸那摸摸,掏出二十块钱给薛怀贵,说:"我就二十块钱。"薛怀贵疑惑地看着哥哥说:"你跟嫂子出门,身上就带二十块钱?"医院催交医药费,不交齐押金不给做手术。他们的母亲躺在医院走廊里,眼巴巴地看着医生、护士在面前闪过来闪过去。薛怀金说:"出门带的几百块钱都在你嫂子身上。"

薛怀贵低低地吼了一声哥哥:"咱娘生了我,没生你?你就这样对待咱娘?"

薛怀金正想大吼"看你家孩子看的,关我啥事?",母亲这时声音颤抖着说:"不治了,给我拉回家。"

薛怀贵和薛怀金这两兄弟,像抵红了眼的牛一样,相互对视着。薛怀贵说:"娘,你忍一下,我现在取钱去。"

薛怀贵带着一股子气走出医院。薛怀金蹲下身子,看看脸皱成干枣的母亲说:"娘,不是不给你治病,钱真的都在金凤身上。"

"不治了,不花你们的钱。"薛怀金看着母亲在流眼泪。

薛怀金感觉自己实在没办法。一个儿子在上高中,正是花钱的时候。老婆王金凤每月都把他的钱挤得一滴水不剩。每年春节回家,他很少给父母买些吃的穿的。父母跟薛怀贵生活在一起,给他照看孩子。王金凤说父母偏心,自家孩子就没有得到父母的照看。那时,薛怀金出外打工,王金凤一个人在家照看孩子,料理庄稼。儿子上初中后,吃住在爷爷奶奶家,王金凤便随他一块到宁波打工。儿子考上高中吃住在校,不再需要爷爷奶奶的照顾,可王金凤总说自家孩子父母没照看。但谁去跟她较这个真呢?

薛怀贵取钱回来,交上押金,办理好住院手续。母亲躺在雪白的病床上,量血压,做心电图,抽血,被推去拍片。一番检查后,母亲被诊断为右大腿断裂,需要做手术。医生让在手术告知书上签字,薛怀金推给了薛怀贵。薛怀贵再一次瞥了一眼薛怀金,拿过来就签。

手术排在第二天上午十点进行。现在,护士给薛怀贵的母亲挂上了吊水。薛怀贵的母亲脸朝上躺着,闭着眼,好像很享受。白白的被子盖到她脖颈,只露出脸和花白稀疏的头发,那脸也就像雪地里被人踩踏多次露出的泥地。

薛怀贵的姐姐薛怀敏赶到了。她掏给薛怀贵一千块钱,薛怀贵不要,她硬塞给他,说不知要花多少钱呢。薛怀贵说,医生讲了得八千块钱。薛怀敏说出院时再讲吧。薛怀敏轻手轻脚地走到母亲床边,母亲睁开眼睛,开始流泪。薛怀敏坐在床边,拉着母亲的一只手,也开始啪啪往下掉眼泪。

第二天,薛怀贵的母亲还没有被推进手术室,邵美英带着父亲还有兰兰和花花一起到了医院。兰兰和花花一人拉着奶奶的一只手,让奶奶不怕。奶奶点点头,笑了笑。花花把脸贴在奶奶的手心上,说奶奶真好。

手术要到下午三点多才能结束。他们一家人到医院门口的小饭馆吃饭。薛怀贵点了韭菜炒鸡蛋、萝卜条炒豆腐、蒜苗烧肉、醋熘土豆丝。兰兰和花花从未吃过这样美味的菜。她们自己吃着,还让爷爷、姑姑、妈妈、爸爸和大爹吃菜。薛怀金坐在桌子边,半天不动筷子,像是一个陌生的孩子闯入了一个家庭聚会。

手术很顺利,但薛怀贵的母亲好像很劳累,躺在床上睡去。薛怀金要走,他的父亲语气中带着寒风:"你娘还没醒过来你就要走?养你就白养?"薛怀金辩解说,王金凤在宁波等着他,去晚了肯定得吵架生气,再晚,活也不好找,这么多人在医院,他留下也没有用。他的父亲几乎要跳起来训斥他:"你弟是你弟,你妹是你妹,美英是美英,病人床前不嫌多。耽误你挣多少钱?"薛怀金委屈道:"爹,虎子马上考大学,这需要多少钱?我不挣钱到哪里弄钱?"薛怀贵和薛怀敏都劝着父亲让哥哥走。

薛怀金走到医院门口,只有薛怀敏跟了出来,她问哥哥娘的住院费怎么出。薛怀金理直气壮地说:"娘给怀贵看孩子栽的,让他出。"薛怀敏目瞪口呆:"哥,你咋说这话？你凭良心说,咱娘没给你看过虎子?"薛怀金说:"我兜里没钱。你们先垫上,我得赶快走。"说完,他迈开大步走了。薛怀敏看着哥哥的背影,肚子里的气咕噜噜乱窜。

薛怀贵的母亲在医院住了十天,花了八千六百多块钱,去掉薛怀敏给的一千块钱,薛怀贵花了七千多。哥哥薛怀金究竟能不能分担,分担多少,薛怀贵觉得,只有问上天了。

第八章

1

　　由纪委、土地局、农委、信访局组成的联合调查组进驻三水镇。他们针对邵锋借新农村建设搞房地产开发和打人事件,找相关人员仔细调查。邵庙村的人因而知道邵锋又被告了。

　　邵锋不想让家里人知道邵庙村的事,因此他在家里和公司都装作若无其事,可是被告的消息就像风一样,早就刮到家里和公司。

　　邵锋躺在老板椅中。空调在吹着丝丝暖风,驱逐着寒气。这让人同时感受室内春天、室外冬天两种境地。灯被全部打开,比外边的惨白的天空更加明亮。邵伟走进办公室,看到哥哥邵锋躺在椅子中闭目养神,想把衣架上的黑色大衣盖在哥哥的身上。当他走到衣架旁时,邵锋从老板椅中坐起来。邵伟想继续拿大衣,邵锋摆手制止。邵伟坐在邵锋对面的一把椅子上,简单地介绍了阳河湾小区初期建设情况。阳河湾不是全面开花,而是分期滚动开发。这保证了资金的充足,而且越往后滚动,房价越高,利润也更加丰厚。邵锋志得意满。邵伟觉得哥哥心中已经放晴,就趁势说:"哥,老家的新农村建设,我觉得还是停下来。我们投钱投人不说,主要是麻烦。"邵锋没有接腔,像是在看桌子上的台历,也像是在想什么问题。邵伟继续说:"老家人不识好歹,你就是拿钱给他们还嫌给得少呢。所以我们投了二百万就算了,权当打水漂儿了,以后不投就是了。"邵锋叹口气:"我也是进退两难啊!"邵伟说:"这有啥难的? 村主任不干了,二百万块钱哪地方扔不了? 扔了就扔了,阳河湾小区一栋楼就赚回来了。"邵锋生气道："哪是钱的事？是脸面的事！"邵伟想跟哥哥争辩几句，但想到哥哥想的做的总是比自己超前，他跟哥哥在一起已经变成了严格执行任务不用思考的机器人。哥哥做的一切自有他的道理，他没必要操心，也操不了那个心，可不能让嫂子有怨言，哥哥应该把嫂子安抚好。于是邵伟语调平缓而真诚地说："你做什么我都支持，可是你要把嫂子哄好。"邵锋语气铿锵："知道。"邵伟轻轻走出哥哥的办公室。

　　下午，皮鞋敲击地板的咔咔声音在门口响起。邵锋知道是李芳。他依然坐在老板椅里，看着《经济日报》。李芳推门进来。他抬起头，看了一眼李芳，快四十的人了，还是魔鬼身材，该挺挺，该翘翘，脸皮白嫩粉红的，看来美容院的钱没白花。邵锋丢下报纸，想站起来。李芳立即说："别动！坐好！"邵锋又坐回老板椅里，拿起报纸，可是报纸上的字一个也进不到脑子里。李芳脱去外套，露出紧身烟灰色羊绒衫，端着邵锋的茶杯，扭着蛇腰，续水。邵锋又偷看一眼李芳的后腰，这女人，又想干什么？李芳把续了水的茶杯轻轻地放在邵锋面前的老板桌上，然后大半个屁股坐在老板椅的左扶手上，双手搂着邵锋的头，脸贴在邵锋的头上，说："皇上，我看你精神不振，给你找几个妃子来伺候，如何？"邵锋说："别闹了。"李芳的脸贴得更紧，她用她光滑的脸磨蹭邵锋那粗硬的头发，手也搂得更紧了："真的。找几个妃子不但伺候你，还伺候我，多好！"邵锋一下把李芳拉进怀里抱住，说："妃子一个不要，就要我的皇后。"李芳半躺在邵锋的怀里，两只柔滑的手摩挲着邵锋板刷一样的下巴说："老了。"邵锋用粗硕的手抚摸着李芳光滑的脸说："嫩着呢。一掐一股水。"李芳噘起性感的嘴唇，佯装生气："瞎话吧？净哄人！"邵锋忽感内疚，天天忙村里的事，而忽视了老婆。但他也奇怪，今天李芳怎么变得娇气盈盈呢？他于是问道："今天咋这么风骚？"李芳笑意嫣然说："美容院的老板说，女人在外人面前是淑女，在丈夫面前是妓女。男人在外面是一支枪，回到家就是一摊泥，所以女人要把那一摊泥揉成新人。"邵锋嘿嘿笑道："看来美容院不光美化外表，还教你们治男人的绝招儿啊！"李芳嘻嘻笑说："不信，晚上试试？"邵锋应道："试试就试试，谁怕谁？"邵锋感到浑身有一股气力像泥石流一样奔涌。李芳从邵锋怀里坐直身子，喃喃地说："邵锋，村主任咱不干了,太费心。"出乎李芳意料,邵锋回答干脆:"好!"李芳继续说:"那点钱也不要了,就当捐款了。"邵锋应道:"好!听你的!"李芳猛然间搂住邵锋的头,叭的一声亲了他的额头,说:"嗯,听话,好孩子。我回家给你做饭去。记住,今晚哪地方的饭局都不能去。"邵锋看着两眼盯着他的李芳,说:"知道了!"李芳从邵锋怀里起身,踩出一阵子咔咔声。

清蒸鲈鱼、盐水河虾、山药木耳、醋熘笋瓜,都是邵锋的最爱。另外还有父母喜欢吃的豆腐青菜,以及一家人都喜欢喝的乌鸡汤。这些菜大饭店都有,可就是没有家里的菜可口、合胃。女儿没放学,儿子已经坐在餐桌旁等待。邵锋让儿子喊爷爷奶奶,自己洗手,准备上桌。

一家人围着圆桌吃饭。李芳给两位老人夹菜,奶奶给孙子夹菜。邵锋对母亲说:"妈,让牛角自己夹。"牛角面前已经堆了一堆虾。牛角说话像小大人:"奶,我自己来。"奶奶像哄幼儿园时的牛角:"乖,多吃点,快点长大。"牛角的声音像朗读诗歌:"奶奶,我已经是小学生了。"李芳说:"快有我高了。"奶奶像找到了理由:"就是嘛!多吃点好长个儿呀,还得补补脑子,天天上学费脑子。"

牛角已经吃好跑到自己的书房写作业去了,晚饭接近尾声。父亲吧嗒着嘴,看向邵锋:"锋啊,啥事儿都要留个心眼。你说你这回去,叫人告来告去,图啥?开始时我就说农村里的事难对付,你不信。现在你砸进去多少钱?听说占用耕地是犯法的,你可不能干糊涂事。这一大家子人就靠你呢,你可不能有个好歹!"

邵锋放下碗筷,却不看父亲,说:"爸,您放心。新农村建设是开村民大会举手通过的,政府调查我也不怕,又不是我擅自做主的。中央提倡,村民愿意。就是一个邵连宇,狮子大张口,如果满足他的要求,其他村民肯定不愿意。不公平嘛!"

"那个货呀,奸得很,胡搅蛮缠不讲理,没人粘他。他爹死的时候,找抬棺的都找不齐,没人愿意去。你可不能惹他,惹不起。"

"我没招惹他。村里一些人看不惯,想揍他。"

"千万不能。谁揍都是你的事。他一个人渣,政府拿他没办法。你不一样。听说,去了很多人在查你。我这几天心跳得慌,就是怕你出事。"

邵锋一一回应着父亲的话,让父亲不要担心自己。

2

调查组查阅相关材料,询问相关人员。他们查看了邵庙村关于新农村规划建设的村民代表大会记录,发现代表中没有邵连宇,参加大会的表决人员中也没有邵连宇。这说明邵连宇对新农村建设不知情。即使知道了新农村规划占用他的地,但他的什么要求、什么想法,村里工作记录上不着一个字,说明没人听取。这就存在着不能充分听取民声和尊重民意的工作简单武断行为。在新农村建设中,邵怀军骂人打人。这更是伤害村民情感破坏干群关系的粗暴行为。调查组必须指出邵庙村在新农村建设中存在的严重问题,并对有关人员进行处理。

三水镇政府小会议室里,空调在嗡嗡地叫着。调查组在询问村书记张振华。

"张振华,你是老党员、老干部,问你一个问题,请如实回答。村里开大会讨论新农村规划,为什么不让邵连宇参加?"

张振华看着坐在对面一字排开的面无笑色的调查组工作人员,缓慢地说:"他不是村民代表。"

"有些不是村民代表的村民也参加了,这怎么解释?"

"他们自愿参加。有的村民代表不在,就由他所代表的村民参加。"

"这么看来,参加会议的人不是很随意吗?"

"村里开会,跟上级不能比。上级的人代会、党代会,是一个萝卜一个坑,该谁去就谁去;农村开代表会,代表来了,他所代表的那个组的村民也来了,我们不能赶他走吧?还有,农村开个会,有些妇女也来了,我们能说妇女没有权利参加吗?"

"这不乱吗?"

"表决时由村民代表举手,其他的人来了,可以听,可以说,不参与表决,相当于上级开会时的列席人员吧。"

"村民代表怎么产生的?"

"不同情况有不同产生方式。组小的,推荐以组为单位;组大的,以每十户为单位推荐一个代表;家族大的,以家族为单位推荐一个代表。村民代表,就代表他们的组、他们的户、他们的家族说话。"

"邵连宇知道不知道新农村规划的事?"

"要说不知道,只有他自己说。邵连民跟他说过,邵怀军也跟他说过,都说他同意。"

"那为什么又反对,还去市里上访?"

"人心不足蛇吞象呗。"

"什么意思?"

"就他那三亩地,种了一亩多地的菜,跟村里要二十万块钱,外加一套房子。照城里征地标准,一亩地才给几个钱?"

调查组的几个人你看看我,我看看你,沉默片刻。坐在中间的组长说:"好吧,张振华,今天就到这里,有情况再找你。"

张振华从镇政府小会议室出来,寒气立即吞噬掉他身上的暖气,他像掉进了冰窟窿里。

薛良久被叫到镇政府小会议室里,调查组的人仍然跟他隔着会议桌相对而坐。他瞟了一眼调查组的人员,头发稀少干部左边坐着一个三十多岁的女的,右边坐着一个头发像板刷一样的三十多岁的男的,再右边坐着一个戴着眼镜的四十多岁的男的。他记不清他们是哪个单位什么职务叫什么。他退休了,脑子里不想装进这些信息。

头发稀少干部凌厉地问:"薛良久,你是退休老师,怎么也参与到邵庙村新农村建设里去了?"

薛良久翻几下眼,缓缓地说:"我家是邵庙村的,我人是邵庙村的。国家要建设新农村,我虽然没有钱没有势,但我觉得我可以动动嘴,做些宣传工作,动动脑,出些点子。当教师时是教育孩子,退下来后是关注家乡。这不是干涉村级工作吧?"

"邵怀军打邵连宇时你在现场,你说说当时的情况。"

"首先,不是邵怀军打邵连宇,而是他们两个吵了几句后,邵连宇气得去扑打邵怀军,然后两个人厮打在了一起,随即被我们拉开。"

"为什么邵连宇气得扑打邵怀军?"

"因为邵怀军说话不留情面,直接戳到邵连宇的痛处。"

"什么痛处?"

"说他奸,说他占三边,说他没人缘,儿子说不上媳妇。"

"这是嘲笑他、侮辱他,人身攻击。"

"不是,都是事实。他的确混得很臭。跟老少爷们儿相处,总是想占别人便宜。这次新农村建设,我和邵连民一块做他的思想工作不下三次,但他就是要价太高,总想一块肉自己独吞,不给别人留渣子。"

女干部说:"新农村建设是中央的政策,是大好事,关键是做好做通群众的思想工作,不能让他们上访告状。"

"你说得对。我有个问题想请教各位领导:一件事,95%以上的人都同意,只有极个别人不同意,这件事情还做不做?什么是民主?民主是多数人说了算,还是极少数人一捣乱就不干?"

头发稀少干部严肃地说:"主要看什么事。如果大多数人都同意侵害某个人的利益,这就不是民主。"

板刷干部说:"张局长说得对。比如土地,农户不愿意把土地交出来,村里就不能强行收回,否则就是违法。像邵连宇,他的承包地不愿意交给村里建设新农村,村里就不能强行占用,否则就是违法。"

薛良久反问:"这么说来,他一个人反对,整个邵庙村新农村建设就要停止?邵庙村的新农村规划方案是经过市里新农村建设办公室批准的,市里批准的规划方案是合法的吧?合法的规划由于他一个人阻挠也不能实施?"

"《土地法》规定,擅自改变土地性质和用途,在耕地盖房和建厂的,超过五亩,就要判刑。"

"这样看来,中央的新农村建设文件对你们来说只是一纸空文。不知道这是理解问题还是执行问题?你们看看现在的空心村,看看现在农村建房的混乱,新农村建设的提出,正适应农村建设的要求,符合了农民的愿望,代表了农民的利益。而新农村建设肯定需要调整土地,占用新土地复垦旧宅基。但是仅仅因为个别人的阻挠,而叫停新农村建设,我觉得这是有违新农村建设的行为。"

板刷干部的声音像钢锤砸在钢板上:"土地政策我们比你吃得透!我们是依法行事!"

薛良久笑笑:"请领导不要生气!我在这里不是向你们请教吗?我只是一个退休教师,对国家政策吃不透,但是我教了一辈子书,感觉现在的人太缺少教育,很多人私欲膨胀,不顾及他人,一点集体观念没有,如此下去,不光是新农村建设要泡汤,就是小康生活也难实现。"

板刷干部语气缓和下来:"新农村建设是国家的大政方针,当然要贯彻实施,但它不是让你违背法律去干。我们作为土地执法部门,当然要严格执行《土地法》,有老百姓反映的、上访的,我们当然要调查核实。"

戴眼镜的干部说:"你们村的新农村规划,我们新农村建设办公室是批准了的,这也是上级对每一个村都要进行新农村规划建设的要求。但你们要做好群众思想工作,不要出现群众上访的事情。"

"工作我们可以做,但我们也希望上级部门不要纵容那些胡搅蛮缠者,不能谁闹谁得利,多哭的孩子有奶吃,要照顾大多数人的利益和要求。"

头发稀少干部像做总结:"薛老师,今天找你来,主要是了解打人的事情和新农村建设群众思想工作的情况。我们不能光听邵连宇的一面之词,我们要全面了解情况,了解事件的来龙去脉。刚才听你说,感觉你对现在的农村工作还是很关心和支持的。希望你对调查工作不要有误解,要继续关心和支持新农村建设。"

薛良久走出会议室,感觉浑身轻松,心也更加顺畅了。

张振华通知邵锋,说调查组找他谈话,邵锋说他在公司忙着呢。宋明诚给邵锋打电话,邵锋不能再推托,只能驱车赶往三水镇政府小会议室。

同样,调查组一行四人与邵锋隔着会议桌相对而坐。他们单刀直入,直指要害。

"邵锋,请你说说,你在邵庙新农村建设中赚了多少钱?"

邵锋搞不明白他们怎么会这样问:"老实说,我不但一分钱不赚,还投进去了二百多万。"

"你投了二百多万一分钱不赚,图什么?"

邵锋被问得无言以对。图什么?对啊,图什么呢?说是回报父老乡亲,支持新农村建设,鬼才相信!邵锋想了想说:"这个问题不好说。如果你们认为不应该,我二百多万不要了,村主任也不干了。邵庙村虽然是我的家乡,我也没必要回来了。"

头发稀少干部知道邵锋是著名企业家,是市政协委员。他笑笑说:"邵锋,我们知道你是大企业家,有地产公司和工厂。我们就是想了解你在新农村建设中是不是有其他所图。按理讲,你这么一个大企业家,怎么有时间和兴趣回村当村主任呢?"

邵锋摇摇头,叹气说:"虚荣啊,虚荣!不好说,不说了。"

"我们还是想听听你的真实想法。"

"这么说吧,如果一个人在沟坎里爬不上来,你们正好从旁边过,会怎么做?"

"当然是把他拉上来。"

"我的家乡就是在沟坎里爬不上来的那个人,我就是被薛良久和镇领导召唤到沟边的你们。"

头发稀少干部笑笑:"你很会打比方啊!问你一个问题,邵怀军打没打邵连宇?是不是你指使的?"

"邵怀军与邵连宇厮打有这回事。当时我不在现场,后来听薛良久和邵连民讲的,我从来不指使任何人打人。"

"行,我们今天就谈到这里。"

邵锋心情沉重地走出会议室,他觉得家里人反对他回村当村主任是怜惜他,不想让他太累。家乡里个别人怀疑他,认为他当村主任有其他的目的,也可以理解。现在连调查组都在质疑他当村主任的目的,真是让人郁闷。他感觉自己本来在高速公路上飞奔,却被误导下了高速公路,在坑坑洼洼的乡村公路上颠簸爬行。

邵连宇一进镇政府大门就大喊道："我要告状！我要让上面的干部给我撑腰！他们在害我，不想让我活了。我要告他们！"调查组的人还没有走到镇政府小会议室，远远地就听到邵连宇的喊叫声。

邵连宇到镇政府二楼小会议室，带着哭腔说："领导啊！你们要为我做主啊！他们不让我出门，他们想臭死我，你们快到我家里看看吧！"

调查组的人火冒三丈，他们在现场调查期间，居然还有胆大妄为的人打击报复举报上访人员。真是无法无天，猖狂到顶了！他们不让镇政府里的任何领导陪同，也不让村干部带路，直接跟着邵连宇到他家调查情况。

三间陈旧的平房和一间东厢房坐落在庞大宅院中。院前是一条东西大路，东侧是南北小路，北面和西侧与两户人家相接。调查组人员看到，在东西大路边，一米多长的大拇指粗的树棍整齐地插在路边，相比西边一户人家的宅院，这些树棍像是看热闹的观众，挤站在路边上，占据着大路预留的空地；东侧南北小路上，一拃粗的白杨树和拇指粗的万年青相隔成一堵墙，占去了路面的三分之一，一眼看去，从北往南的小路就像三车道变成了两车道，北边小路可以两辆三轮车并行，而邵连宇家院东侧的小路只能通行一辆三轮车；与北边和西边相接的两户人家的宅基都有明显的甸沟，邵连宇家的树长在甸沟边，那两户人家的树离甸沟有一尺多宽；邵连宇家院前大路边和东侧小路边都被人泼上了粪水。邵连宇的家人闻着臭气，看着臭屎。

谁也不想闻臭气，但听说调查组的人来了，邵连宇四周的邻居都跑了出来。他们没有一个能回答出这些屎尿是谁泼的，却拉着调查组的人让他们查看邵连宇侵占了四面多少地方。出入东边小路的几户人家，让调查组主持公道，说这条路让邵连宇占去了一半，两辆三轮车都不能碰头，自古以来好狗不咬人，恶人不占道，他堵住了他们的出路，连个恶人都不如，正好请调查组来处理，把邵连宇栽在路上的树砍掉。

调查组的人问邵连宇怎么回事，邵连宇说那本来是沟不是路。那几户人家争吵说，那是公家的一丈二宽的沟垫平了当路，却让邵连宇占去了一半还多。调查组的人问："没人处理吗？"那几户人家纷纷说，后边两户是邵连宇本家,还没出五服,为了路打了几架。邵连宇也讹了他们的钱。村里和派出所处理了几次,都处理不好。邵连宇后面的一户人家说:"正好你们城里领导来了,你们看着,俺们好把这路上的树砍掉。"邵连宇大声叫道:"谁砍我的树我跟谁拼!砍我一棵,赔我十棵!"那几户人家拉着调查组人的手,说:"你们领导来一趟不容易,得把路给俺们弄通啊!"女干部向头发稀少干部耳语,头发稀少干部对那几户人家说:"我们回到镇里,让镇里派人来处理。"

调查组转身返回,身后是"你们别走啊,把路的事给俺们处理好啊"的呼喊声。

3

邵锋来到村部。村书记张振华通知,今天上午开全体村干部会,迎接市计划生育检查。刘明士在收拾会议室,孙海棠在整理资料柜,其他村干部还没到。他们与邵锋闲聊几句,就各自忙手头上的事务。尤其是孙海棠,更要把村里计划生育的台账整理好,把各项数据指标核实好。邵锋在村部门口溜达,他看到薛良久骑着自行车向村部奔来。今天是村干部会,不涉及新农村建设,他来干什么?邵锋想着,薛良久很快到了眼前。邵锋上前问:"大哥,你也来开会?"薛良久停好自行车,上来拉住邵锋的手说:"我想找你说几句话。"

薛良久把邵锋拉到村部东墙外,像有极大的秘密不可外泄一样。太阳照在东墙头,虽有寒风,但觉暖意融融。薛良久非常郑重地对邵锋说:"邵锋,对不起啊!是我给你添了麻烦。"

邵锋诧异:"大哥,咋说出这样的话?"

"如果不是我让你回来,你就不会让人告。现在倒好,你花费了时间精力,还投了钱,不但有人告,上面还来人查,新农村建设还被停止。这一来一回,算算账,可能耽误你挣上千万的钱。"

"大哥,不能这样说。你当初让我回来干什么?不就是想让我带领父老乡亲过上好日子吗?现在再难,也没有我当初打工难,那叫两眼瞎黑,不知

113

道往哪儿去,不知道干什么。饿着肚子干活,干活要不到钱,还找不到人申冤。那么艰难的日子都过来了,你说眼前这点破事我能怕什么?"

"我就怕你撑不住。你家我叔婶子,他们会说你。不过他们老了,估计你只是给他们一只耳朵。可是你家媳妇李芳,还有你姐和你弟他们肯定抱怨你、责怪你。"

"放心吧,大哥!他们该说说,我该听听,该做做。做什么事情都有风险,都需要投入,关键是看这件事情符不符合历史趋势,合不合自己的心愿。一个人来到世上不留点东西下来,不是白来一趟吗?"

"只是你这投进去几百万,连个水响都没听到啊!"

"大哥,这几百万不伤筋动骨。你不是说钱是身外之物吗?我们因钱活着,而不是为钱活着。人过留名,雁过留声。不是你劝我回来,我能想起回乡这事?当初外出时身无分文,现在有些钱了,回来不投一点钱进去,父老乡亲怎么看我?肯定会说我为富不仁。"

"你能这样想,我就放心了。新农村建设的事,我想这样,以静制动,静观其变。"

"大哥,你说得对。欲速则不达,有些事情急不得,须踏步等待。现在新农村建设先停下来,不一定是坏事。"

"嗯,祸福相依。只是不知道调查组啥时候下结论。"

"管他呢。我只当投进去的钱捐款了。"

"我怕你受处理,影响你的名声和城里的生意。"

"不会的。我回头向一些领导打探一下消息,问问情况。"

"我也相信不会有大事,毕竟我们出发点是好的。"

刘明士在村部门口喊邵锋开会。邵锋和薛良久从暖和的东墙头外走过来。刘明士让薛良久到会议室里坐坐,薛良久借故离开。

邵锋走进会议室。所谓会议室就是两间党员活动室,也是学习室兼村民代表议事室。前面一排桌子上铺着紫色绒布,后面几排桌子裸露着,连座的木椅子心甘情愿地陪衬着。墙上是一些政策法规和学习内容方面的栏板。张振华一人坐在紫色绒布桌前,面对着所有的村干部。邵锋向桌椅走过去,张振华招手,喊邵锋坐在前面。他摆摆手,谦卑地坐在与张振华相对的第一排。

张振华在会上提出让邵锋陪即将到来的市计划生育年终检查组。第二天上午八点多,市计划生育检查组开到了邵庙村。检查组组长叫王玉,四十多岁,是计生委副主任。他把人员分成几组,安排进村入户调查,他在村部坐镇指挥。与王玉一起留下察看计生台账的是个女的,三十多岁,叫张珍,是计生委流动办主任。宋明诚带着镇村干部与王玉、张珍一一见面后,他让张振华和邵锋悉心陪好王玉主任,便和镇长孙东海一起离开村部,坐镇镇政府。

王玉没想到邵锋回到邵庙村当村主任,那么一个知名的企业家,还是市政协委员,经常在电视上露面,又是市领导的座上客。可以说,他见市领导都没有邵锋见市领导容易。为了城市发展经济腾飞,市里给企业家们出台了很多优惠政策。对于企业家们来说,城里遍地是黄金,农村不过是块盐碱地,长不出什么东西来。他邵锋居然回家当村主任,真是匪夷所思!

邵锋非常谦恭地叫着王主任,说自己忙于企业,没有跟王主任多交流,请王主任多多包涵,在以后的工作中请王主任多多指教。为表示诚意,他请王主任检查工作结束后,带着检查组的全体人员,下午到仁和房地产公司和尚步鞋厂参观指导。王主任客气地说,有机会去学习。

张珍和孙海棠在讨论着核对着阳性检出率、二女户结扎率等计生指标。邵锋像听天书一样,云里雾里。王玉和张珍也不考问他这些概念。还是张振华老到,只让他陪着检查组领导说话。

检查组两人一组,共分五组,到各村入户检查。太阳已经偏西,他们还在村中。邵锋开车到街上买了几十个烧饼,分给检查组人员,让他们先垫垫肚子。又过了大约一顿饭的时间,进村入户的检查人员陆陆续续回到村部。他们责问村书记,见面率太低,不是关门就是不在家,跑半天问不到一个人。张振华堆着一脸的笑,说都在外地打工,还没回来。检查组人员到齐后一起到镇里。镇政府安排他们在邵亮酒家简单地吃了午饭。饭后,他们来到镇计划生育办公室,核对并检验各种数据。张振华坐上邵锋的车,跟到镇计生办。

太阳已经由刺眼的白变成温柔的红。邵锋陪同检查组一行奔回皖阳城。

4

在国际大酒店,邵锋参加一年一度的市政协会议。他准备提交一个提案,建议政府解决新农村建设的土地问题。一方面是市农委新农村建设办公室催促各乡镇建设社会主义新农村,并进行考核通报。另一方面是市土地局严守耕地保护红线,加大了耕地占用处罚力度。新农村建设如果只是在建设混乱的旧村庄基础上修修补补,就成不了社会主义新农村,最好的办法就是占用新耕地复垦旧宅基。在新耕地上规划建设,不仅节省水、电、绿化、娱乐场所等公共设施的投入,还可以节约土地。但这需要十年的更替周期。如果土地局不给政策支持,新农村建设就会成为画饼。在提案没有成文前,邵锋觉得还是多请教一下土地局王郡局长。

王郡局长由科员、科长、副局长到局长,在土地局工作了二十多年,是土地政策专家。邵锋的工厂建设、房地产开发,哪一项都经过了王郡局长的审批,他因此与王局长建立了深厚的友谊。王局长也是市政协委员,邵锋因此不必郑重其事地到王局长办公室,只在会议的间隙或休息时,便可与王局长若无其事地轻松地聊事。

这天下午,在会议的休息室,邵锋逮住了忙得焦头烂额的土地局局长王郡。几句寒暄之后,王局长就开门堵嘴:"邵董事长,我们土地局去查,是依法办事,不是跟你过不去。"

邵锋笑着说:"王局长,你这是哪里的话？这叫爱护我。我知道王局长一直关心、爱护我,所以我还是想请您指点,怎样依法依规建设新农村。"

王局长严肃起来,像批评犯了错的小学生:"阳河湾小区建设就够你搞的了,你怎么跑到农村里去瞎折腾,搞什么新农村建设？"

"这不是中央提出的嘛!"

王局长深吸一口烟,缓缓吐出烟雾,面前朦胧一片:"中央提出的是大政方针,具体实施起来就会碰到各种实际问题,比如土地问题,新农村建设用地只能是农村的集体土地。如果是国有土地,我们就得通过国家征收的法律途径。而一旦土地性质变更,那就不一定用于新农村建设,因为征收的成本很高,还有用地指标的限制。农村土地的性质属于集体。虽说属于集体,分到各家过户的土地,农户自认为就是自己的。其实他们分不清使用权和所有权,把使用权当作所有权,所以村集体想把土地收回来集体使用,就会遇到农户的阻挠。再比如农户上访,他的承包土地不同意给村集体建设使用,村集体如果强行收回使用,就违反《土地法》中关于承包权长期不变的规定。他一上访,村集体就违法,我们就得查处。"

"照这样说来,新农村建设只是说说而已?"

"不能这么说,事在人为。"

邵锋惊喜地盯着王局长:"那就是说还有办法。局长老兄,请指点迷津。"

王局长把烟摁灭在烟灰缸里,不解地问邵锋:"我不明白你怎么迷上了新农村建设,既不挣钱又麻烦。"

邵锋摇摇头,微笑,深吐一口气,说:"没办法,那是我的老家。"

"是你的老家,农户的思想工作应该好做啊,怎么还出现上访告状的?"

"有一户,需要占用他家三亩地,他要二十万,外加一套房子,要价高得离谱。其他农户都气得不让他出门,还给他起了个外号,叫无巧不占的'占三边'。"

"哦,这种情况我们在征地时经常碰到。不过总是有解决的办法。"

"所以请局长您指点啊!"

王局长笑着说:"邵锋呀,那还得你运用自己的智慧去解决。工作中肯定会遇到这样那样的问题,你得自己想办法一个个地解决。"

邵锋说不了什么,只能握着王局长的手以表达谢意。

5

临近春节,外出打工的人背着小包扛着大包,三三两两往家赶,农村一夜间欢声笑语飘荡。

民政部门开展扶贫济困送温暖活动,给邵庙村分配了五十袋面粉和二十桶油。邵庙村就把这些东西分发到特别贫困的人家。邵锋跟张振华谈了自己的想法。张振华认为,就是邵锋自己买东西村民也会认为是上级发的东西,不如就从上级下发的面粉和食用油中直接拿。现在村民认为吃上级下发的东西是一种荣耀。邵锋认为张振华有经验,就听从他的安排,可他另外又买了一箱苹果和一篮鸡蛋,表示自己的心意。他们俩邀上薛良久,一行三人来到邵连宇家。

邵连宇和老婆两人坐在门口晒太阳,儿子在屋里看电视。张振华手里提着一袋日月星牌面粉,薛良久手里拎着鲁花牌食用大豆油,邵锋的右手拎着一箱苹果,左手拎着一篮鸡蛋。他们一进院门,张振华就亮开了他那喇叭似的声音:"邵连宇,还不起来接着?邵锋和良久老师看你来了。"

邵连宇犹犹豫豫站起身,一脸狐疑地问:"书记,你这唱的哪出戏?太阳从西边出来了?"

"我说你这个人,连话也不会说。快过年了,村里和邵锋,还有良久老师来看望你的。"

他们到了邵连宇家的堂屋门口。邵连宇两口子连忙把他们三个人手里的东西接下来,并让他们屋里坐。

屋里黑暗,邵连宇的儿子自顾自地看着电视,门外的人仿佛跟他没关系。薛良久见机说:"就坐外面,暖和。"

邵连宇搬出三个凳子,五个人在堂屋门口坐下。

邵连宇咧了咧嘴:"你们三个肯定是为了地的事,不然大风刮不来,村里的面和油也轮不到我。"

张振华揶揄道:"谁能精过你?这些东西都是邵锋出钱买的。"

薛良久和风细语地说:"你的要求有道理,只是全村都像你这样,新农村建设就搞不成。你也知道邵锋在城里发大财,是我把他请回来的,所以他回来不是想赚老少爷们儿的钱,而是帮着把咱们村建设得像城里一样漂亮。咱们村一出名,你们一家也跟着沾光。"

邵连宇反驳道:"你说的比唱的还好听!眼下最吃亏的就是我,我吃着亏叫大家光鲜，搁在你身上你也不会同意。"

邵锋急忙说："叔，咱先不谈这些。你想不想让我小弟娶上媳妇？"

"做梦都想！"

"这样吧，你到我工地上看门，每个月一千五，让小弟到工地上干活，多劳多得。"

张振华和薛良久跟着说："这是邵锋特意帮你，你们爷儿俩到工地上干活一年几万块，几年就富起来，到时候女的就会主动找上门。"

邵连宇沉默，一丝笑意像一股风在脸上刮过。

薛良久盯着邵连宇，急切地说："你担心邵锋不给你钱？我来担保，退休存折放你这里。"

邵连宇无奈地说："这孩子啥都不会干啊？"他老婆也说："这孩子懒得很，油瓶倒了都不扶。"

邵锋笑笑，胸有成竹地说："你们让他干他肯定不干，换个人让他干，他肯定干得欢。"

邵连宇两口子睁大了眼，抬头看着邵锋："谁？你要是逼着他压着他，他更不干。"

"我想好了。鞋厂里女的多，以小弟的条件找个三十岁离婚的女人完全可以，但是让他趴在家里，肯定没有女人愿意。"

邵连宇两口子一起瞄向屋里。邵连宇喊道："怀士，你出来！"

邵连宇老婆起身进屋，把儿子拉出来。邵连宇向儿子说出了邵锋的安排。邵怀士拧了几下腰，摸了几下头，说自己没干过瓦工活。

邵锋盯着邵怀士躲闪的眼神说："年后到工地上班，先干小工，或从学徒开始。上班时是工作服，下班后弄两套像样的衣服穿，头发理理，把自己弄精神一点。我让我姐从厂里挑选那些漂亮、温柔、懂礼、善良的女人跟你相面，保证你见了面连觉都睡不着。先说好，只要有女的看中你，你就要好好跟人家过，不准这山望着那山高。"

邵怀士咧嘴笑笑："哪能呢？"

邵连宇的老婆急忙接话："人家能看中咱就谢天谢地了。"转眼看着儿子,"怀士,到你哥那里好好干,不要给他丢脸。"

邵锋拿出经常给公司里人员开会时的气魄:"那好,年后,叔到我工地上看门,弟到工地上干活,争取明年娶上媳妇。"

邵连宇一家三口互相看着,咧嘴笑。

邵锋起身,张振华和薛良久跟着起身。他们要走。邵连宇上前一步,抓住邵锋的手:"不能走！侄子,在这吃饭,现在就叫你婶子做饭。"

邵锋以村里还有事、年底事多为由,拒绝了邵连宇的挽留。

下午,在村部会议室,邵庙村召开了新农村建设领导小组成员会,大家你一言我一语后,达成以下共识:新农村建设以农民自建为主,每六户一栋,自发协商组成一个建设单位,与建筑公司或施工队签订协议,按照规划建成一栋;建筑材料由邵锋低于市场价统一供应,保质保量;公共设施费用,争取上级支持,不足部分每户均摊;现在是打工人员返乡的日子,大家统一口径,广泛宣传;邵连宇的要求,按村原议定方案执行。

邵锋驱车回城。他坐在车里,仍觉身上有寒气。他决定先洗个桑拿浴,驱除身上的寒气,再浑身清爽地回家。

6

春节放假的前一天,三水镇接到了市纪委关于邵庙村新农村建设问题的处理意见:对三水镇在新农村建设中政策把握不准、宣传工作不透、工作指导不力致使农民上访等存在的问题,在全市通报批评,对在新农村建设中存在的简单粗暴行为,造成社会不稳定的邵庙村党支部书记张振华,给予党内警告处分。

宋明诚拿着市纪委的处理文件,到镇长孙东海的办公室给他看。孙东海扫了一眼文件,问:"还开会宣布吗？"

"你说呢？"

"过年了。"

"嗯,过年了。"

第九章

1

薛良好和李娟坐火车、乘汽车、打的,一路狂奔往家赶。薛良好心中的疑团在回家的路上不停翻滚,越滚越大:"女儿咋会丢呢?母亲咋能糊涂到喝药呢?"电话中,他问村书记张振华,母亲喝药后的情况。张振华只告诉他,到家就知道了。

天蒙蒙亮,薛良好的母亲就做好饭,把男男叫起来,让她快点吃饭,她们好一块下地。男男还小,一个小孩子在家她不放心,所以她下地干活时,不是带着男男就是把男男放在有人的邻居家里。这天,左邻右舍不是走亲戚就是有其他事,他们没有时间给她看孩子。西地的红芋要翻秧,北地的豆子要打药,东地的玉米要追肥,哪一块地的庄稼都要用心侍弄。庄稼和人一样,你不搭理它就乱长,你不用心它就少出粮。西地的红芋昨天才翻的秧,东地的玉米前几天才施的肥,北地的豆子已经长到了腿弯,开始生豆虫了。今天她要到北地打药。

男男磨磨蹭蹭地吃饭,半天喝不下一口稀饭,咽不下一口馍。薛良好的母亲催着吵着,甚至在她头上拍了几下,男男依然吃饭很慢。薛良好的母亲不管男男了,自己先吃好饭,把架子车弄好,把打药桶和水盆放在架子车上,把用绳吊着的农药瓶挂在车把上,又找出两个草帽子,等到太阳出来的时候,一个她戴,一个给男男戴。她把薛良好给男男买的跳跳棋和气响娃娃放在车上,好让男男在路上一个人待时自己玩,免得乱跑和闹人。她又把一张破旧的蒲席放在架子车上,如果男男困了,可以把蒲席铺在地上,让男男在蒲席上睡觉。一切准备停当后,男男也吃好了饭。她把男男抱在架子车上,拉着车出了门。

北地豆子有二亩多,在乡道时仁路的西侧,离路半截地。时仁路两侧立着碗口粗或桶口粗的白杨树,白杨树的叶子在微风中啪啪作响,像小孩子的掌声。两侧的白杨树几乎手牵手,叠加的手臂遮挡着似火的烈日,让人享受着树下的阴凉。

薛良好的母亲把架子车放在地头路与时仁路交叉口的白杨树下,拿下蒲席铺在路边一块平整的地上,把跳跳棋和气响娃娃放在蒲席上,嘱咐男男一个人在蒲席上好好玩,哪儿也不要跑。男男早就习惯了奶奶干活把她一个人放在路边和地头。她对奶奶的嘱咐说着好,点着头,然后坐在蒲席上,或趴在蒲席上,一个人进入了自己的快乐世界。

薛良好的母亲戴着草帽,背着喷雾器,右手拿着盆,左手提着药瓶,往豆地里走去。豆地西边有一方小水塘,可以舀里面的水稀释农药。她来到水塘边,舀了两盆水,几乎装满了喷雾器的筒子,滴了几滴农药进去。她拧好喷雾器筒子上的盖子,提起喷雾器,挎上肩,走向自己的豆地。到了自己的豆地,她左手攥着加压杆向下加压,右手拿着喷雾管,喷雾头喷出了伞状的散发着农药气味的水雾。

太阳虽然才爬到树顶上,可它的威力让裸露的肌肤有了针刺的感觉,而这个时候正是喷洒农药的最好时刻。二亩多地需要四个来回,四桶药,打完后太阳也该快到头顶了。薛良好的母亲背着药桶,从地的东边开始,由南向北,左手加着压,右手的喷雾管在胸前左右扫荡,一步一步地一棵豆秧不落地往前喷洒农药。

太阳越来越毒,即使戴着草帽也感到热辣辣的。还差一趟就能打完,但薛良好的母亲此时已经感到心慌头晕。她怀疑是不是天热出汗多农药中毒,便决定停下来,剩下的豆子第二天再打。

薛良好的母亲背着喷雾器,拿着盆,拎着药瓶,汗流浃背地走向时仁路。放眼望去,庄稼地已经没有几个人在地里劳作,有的跑到时仁路上乘凉,有的回家休息。天空中一点云彩也没有,有点风,却带着火。薛良好的母亲感觉到脖子和手面像流淌着辣椒水一样,火辣辣地疼。她的心不再那么慌了,但头还是有点晕。

薛良好的母亲走到架子车旁,发现男男不见了。她急忙扔下盆,放下药瓶和打药桶,摘下草帽,到附近地里、凹坑里去找,并大声呼叫着男男。没有。她沿着大路南北来回找。也没有。路上一个乘凉的人说,大约一袋烟工夫,从一辆面包车上下来一个妇女,把男男抱上车走了,男男可能睡着了,车一直往北开。薛良好的母亲一听,就如一摊烂泥倒在地上,号啕大哭:"男男啊,你要跑丢了,我咋活呀?老天爷呀,你咋不睁眼啊!专害我老婆子啊,你还让我活不活了?"

听到薛良好母亲惊天动地的哭声,地里干活的和路上乘凉的都赶了过来。他们听说情况后都劝薛良好母亲不能急着哭,赶快到派出所报警去,说不定男男被老拐子拐跑了。

薛良好的母亲刹住哭声,把东西收拾一下就直接拉到村书记张振华家,让他帮忙找自己的孙女儿男男。张振华安慰她几句,就带着她到派出所报案。派出所的民警问她,抱走男男的妇女长什么模样,穿什么衣服,面包车是什么颜色的,车牌号多少,她一概不知。

派出所下午找到目击人了解情况,目击人说那个女的三四十岁,蓝裤子,花褂子,短头发,车子是紫色的,没有车牌,司机可能是男的,其他的就不知道了。派出所把这些情况记录在案,初步判断男男被拐走了。

很快,全村人都知道男男被拐走的消息,这种消息比风刮得还快。人们都在议论,传业被炸死了,传业爷爷死了没两年,现在男男又被拐走了,薛良好真够倒霉的。这要是让薛良好的媳妇李娟知道,薛良好的娘还有活路吗?

第二天上午,薛曼丽的婆婆拎着几个甜瓜和几十个鸡蛋到薛寨看望亲家母——薛良好的母亲。进到院内,她闻到了农药味。她喊了几声亲家,没有应声。再看半敞着的堂屋门,薛良好的母亲蜷缩在堂屋的地上。她忙放下篮子,喊着"老嫂子,你咋想不开呀",跨步上前,一边挽扶亲家母,一边喊着"快来人啊!良好的娘喝药了"!

薛良好的母亲躺在乡卫生院的病床上。她感觉自己在一个深深的黑洞里手脚并用地向前爬啊爬啊，总是爬不到有光亮的洞口。她喊着男男，却听不到声音。她在黑洞里，爬啊，走啊，不知过了多少日月，忽然听到耳边有"妈！妈！"的声音。她像推开山门一样努力睁开眼皮，看见了儿子和女儿在弯腰喊着她，旁边站着李娟。薛曼丽的婆婆拉着薛良好母亲的手，高兴地说："嫂子，你终于醒了！孩子们都回来看你了。"薛良好的母亲眨眨眼，动动头，看到了站在床边的薛良好。那么多的人在她床边，她眼里涌出了泪水。

2

刚打下来的豆子还要晒几天太阳，挤干里面的水分才不致霉变。薛怀贵的父亲把豆子摊铺在院子里的蒲席上，让薛怀贵的母亲坐在院子里，手拿着细细的长棍看着，避免鸡鸭啄食。豆子粒粒饱满，阳光下反着灿烂的光，像金子。今年豆子丰收，一亩地打了三百斤，一百斤交提留款，还能剩下二百斤。剩余的豆子可以榨油，挤蛋白肉，卖钱。薛怀贵的父母难得高兴。他们觉得可以有油吃，有菜吃，有零花钱了。

薛怀贵的母亲早已丢掉了拐棍，现在走路跟腿没摔断的时候差不多，只不过碰到阴雨天，会觉得刀口处有些痒和疼。要不是薛怀贵把她及时送到医院做手术，她现在还得躺在床上。她觉得二儿子薛怀贵比大儿子薛怀金强。大儿子就知道听老婆的话，到现在住院的钱还都是老二出的。老大真是娶了媳妇忘了娘。

兰兰这几天总是不想吃东西，问她是不是受凉了，她说不是。这孩子看来不是上学的料。老师来家访一次，说她不好好学习，缺课逃课，半天不见她在校。兰兰老大不小了，个子像大人一样，咋还不懂事呢？每天吃了早饭，永利就喊她去上学，两人不到学校能到哪呢？家里活不干，学堂不进，长大后能干什么？薛怀贵的母亲让薛怀贵的父亲好好管管兰兰。薛怀贵的父亲说："咋管？打又打不得，说又不管用。这孩子一大，翅膀一硬，你就拿她没办法。"

薛怀贵的母亲说:"她不进学堂,是不是在街上玩?是不是看录像?"

薛怀贵父亲说:"她长着腿,你能知道她跑哪儿?你就是跟在后面也撵不上她。这花花上下学还得接送,哪有工夫管她?"

"这几天兰兰不好好吃饭,是不是生病了?"

"小孩能有啥病?头不疼不痒,又没有发烧,过几天就好了。"

"你拿点卖豆子的钱,到街上割点肉,给两个孩子解解馋。"

薛怀贵的父亲从三水街上割了一斤肉,又买了几个萝卜。薛怀贵的母亲烧了一大碗萝卜炒肉,又炒了一大碗萝卜条豆腐。花花就像一个饿了半天的小猪一样能吃,而兰兰只是吃了一些豆腐,肉只吃了一块。爷爷奶奶夹进兰兰碗里的肉,兰兰又夹给了花花。爷爷奶奶问她:"有人欺负你了?老师批评你了?"她只是摇摇头说就是不想吃饭。

兰兰感觉自己的身体像是充气娃娃一样在迅速膨胀,还摸到了肚子里有一个疙瘩。她惶恐地问奶奶每个人长大是不是都这样子。晚上睡觉时,兰兰穿着内衣,奶奶看到兰兰的胸脯上有两块肉已经鼓起来。她摸了摸兰兰的肚子,感觉是有一个小疙瘩,问兰兰疼不疼。兰兰说不疼。她用力挤了一下那个小疙瘩,兰兰仍说不疼。这么小的孩子,能长瘤子吗?公瘤子还好说,割掉不再发,要是母瘤子就麻烦,像韭菜一样割了还发。她让兰兰好好睡觉,第二天带她去医院看看。

这天是星期天,学生不上学。薛怀贵的父亲吃了早饭,从床底下旧布鞋里掏出一个小塑料卷,一层层解开,捏出两张二十的,一张十块的,稍后,又犹犹豫豫拈出一张五十的,把四张票子卷在一起塞入夹袄左侧兜里。薛怀贵的父亲带着兰兰步行到乡医院。

胡医生在乡医院工作了二十多年,不要说全乡老百姓都找他看病,就是方圆十里之外的人也找他看病。薛怀贵的父亲认识胡医生,胡医生好像也认识他。他找到胡医生,胡医生正在诊疗室给一个五十多岁的妇女看病。他跟胡医生打招过呼后,便跟兰兰坐在墙角的长条椅上等待。

胡医生开始给兰兰看病。兰兰坐在胡医生右侧桌头的一张方凳上。胡医生边询问病情,边把听诊器放在兰兰的胸脯上。他在听兰兰的心音。听了心音后,他又给兰兰把了一会儿脉,把了脉之后又让兰兰躺在布帘后的一张床上,用手按压在兰兰的腹部,问她疼不疼。兰兰说不疼。他又让兰兰抬起腿,再次按压腹部。兰兰仍说不疼。检查完毕,薛怀贵的父亲问胡医生,兰兰是不是肚子里长了瘤子。胡医生不置可否,让他带着孩子到城里医院找妇科医生检查。

到了市医院一检查,发现是肌肉瘤。薛怀贵的父亲惊呆了:恁小的孩子咋会得这病呢?医生说,可能垃圾食品吃多了。

接到父亲的电话,薛怀贵和邵美英停掉手头上的废品收购生意,连夜往家赶。他们要陪着孩子做手术和康复。一路上,他们也在嘀咕:现在的病真古怪!

3

薛长富不想让家乡的人看到自己断了一只手,所以他不是迫不得已不会回家,但这一次,他跟宋春香必须立即回去。儿子永利正在市医院骨科等着动手术,妹妹薛长英和父亲在医院照顾着永利,母亲在家里看管铁蛋。

上午,课间休息,永利和几个同学在二楼走廊里说起了《射雕英雄传》。他们讨论着东邪、西毒、南帝、北丐谁最厉害,崇拜着郭靖恩怨分明,比对着班里的女生谁像黄蓉。有的说,黄路像,名字就差一个字。有的说,兰兰像,长得漂亮。永利不准说兰兰。其他同学便起哄,说永利喜欢上了兰兰,都不让人说。几个同学在二楼闹哄起来。不知谁推了一把,永利从楼梯口摔了下去,摔得不能站立行走。薛长英和父亲把永利送到了市人民医院,医生检查后,说右小腿粉碎性骨折,必须做手术。薛长英把从家里带来的钱和父亲身上的钱都一股脑地交给了医院。

薛长富和宋春香赶到医院,永利正在手术室。薛长富的父亲和妹妹发现了问题:薛长富袖筒中的右手怎么像一个棍棒?手掌哪里去了?父女俩从永利的伤痛中转移到对薛长富的吃惊中。薛长富三言两语说了自己断掌的经过,宋春香急着问永利的腿怎么样,咋会摔断了腿。

永利被推出手术室。他像是睡着了,睡得很沉,几个人把他架到病床上,他都没睁眼。他的右腿被打上了夹板,缠上了绷带,垫起一尺多高。

四个大人轮流看护着永利,他身上的吊水滴了一夜。四个大人的心像在流着血。

第二天,太阳还没有爬出来,永利睁开眼睛,看到妈妈趴在床边,爸爸坐在床头,他们好像一夜没睡。

薛长富和宋春香发觉儿子清醒过来,一人拉着儿子的一只手,问永利饿不饿,想吃什么。永利摇摇头,然后跟薛长富说他要尿尿。

薛长富用左手拿着尿盆,宋春香正要掀起被子,永利喊道:"妈,你出去。"

"熊孩子,我是你妈,怕啥?"

"不,你出去,叫我爸来弄。"

薛长富看着宋春香,笑笑,努努嘴。宋春香也笑笑,转身,出门。

薛长富用棍棒似的右胳膊撑起被子,左手把尿盆塞到被窝里。尿尿到盆里哗哗作响。

薛长富去倒尿,宋春香走进屋。宋春香问永利想吃什么。这时候,薛长英和父亲拎着饭盒进了病房,有包子、油条、稀饭、麻糊。

几个人吃了饭,永利看到爸爸的右胳膊光秃秃的像一个棒槌,就好奇地问:"爸,你的手呢?"

薛长富抖抖右边的袖子,露出圆圆的光滑的右小臂骨头:"机器碰的。爸在干活时胡思乱想,一不留神被机器切掉了。我问你,谁推倒的你?"

"闹着玩的。"薛永利闭上眼睛回答。

"咱们要找他赔偿。"

永利还在医院里,薛长富和宋春香就向学校讨说法。学校已查清参与打闹的几个学生。这几个学生的父母都在外地打工,让他们赔偿医药费,他们都说在学校里发生的事,不该他们问。学校不得已,承担了永利的全部医药费。

第十章

1

邵庙村的小楼房就像种在地上的蘑菇,一排排地长出来。给儿子定了亲的人家,急需给未来的儿媳妇盖新房子,他们便自愿结合,六家一栋起建。儿子满了十八岁急等着说媳妇的人家,更想把楼房盖好,作为说媳妇时的条件。那些儿子没满十八岁的人家,也想把楼房早早盖好,为儿子未来做打算。他们暂停外出打工的脚步,纷纷向村里递交申请,催促村里批准。他们建房的热情出乎邵锋的意料。

元宵节刚过,春寒料峭,邵庙村新农村建设领导小组的成员在村部开会。面对这厚厚一沓盖房申请,他们要赶快研究后给予答复,否则,耽误这些人外出打工挣钱就会挨骂。

邵锋说:"我不明白,很多人家的孩子还小着呢!怎么急着盖房子?不是说没钱盖吗?"

张振华瞥一眼邵锋,不屑地说:"这你就不知道了。房子是农民一生的大事。为了盖房子,特别是等着娶儿媳妇的,他们就是钻窟窿打洞也要把钱凑齐。所以,他们的七大姑八大姨,凡是沾亲带故的,钱都会被他们借光。"

"我认为,钱用在刀刃上,不是等着娶儿媳妇说儿媳妇的,盖好房子空着,是多方面的浪费。"

邵连民好像将邵锋一军:"房子长腿的怎么办?"

邵锋愣神儿,不知道房子怎么会长腿。

薛良久笑笑说:"房子长腿的当然可以盖。用檩条顶墙的,这样的房子如果碰上龙卷风或者大暴雨就容易倒塌,所以这类人家也应该先盖房子。"

邵锋看着薛良久,会心一笑。

孙海棠又提出了一个新问题:"俺们庄的人也想在邵庙新村盖,怎么办?"

邵锋说:"既然是一个大村了,我觉得可以。"

张振华反对:"虽然是一个大村,但土地不在一块儿。比方说,邵庙新农村规划用地都是邵庙村的土地,到时土地调整容易,就是把旧宅基地复垦为耕地再分配也容易,而其他村庄的土地就不好调整了。"

薛良久:"其他村庄的人可以用两倍或者更多的土地调换新农村的宅基地。"

文书刘明士说:"不愿调换的,可以折钱给他们。"

邵锋摇摇头:"这要传出去,说我们私自买卖土地,那就犯法了。"

邵连民说:"农村跟城市不能比。一个愿打一个愿挨,让他们自己买卖,这样新农村建设占地户还可以得到一大笔钱盖房子。"

邵锋语气坚定地说:"不行。这样一来,我们新农村规划的统一性就没有了。占地户都想卖钱,其他的户就难进了,旧宅基地复垦后谁还要地?"

邵连民的脸上挂满了霜,一口气把烟吸去了一半。

薛良久说:"我们要把好事办好,不能触犯法律。告邵锋的事才结束,我们不能再出岔子。我同意邵锋的意见,可以换地,但不准买卖。"

张振华也同意邵锋的意见,他不想再受处分。

经过一上午的讨论研究,他们达成了以下意见:第一,邵庙新农村建设,以原邵庙村占地户为主;第二,凡已婚未分户的可分户建设;第三,年满十六周岁的,父母有建设能力的,可与父母分户建设;第四,不满十六周岁,暂不分户建设;第五,新农村建设用地每亩每年按六百元补偿,待旧宅基地复垦后按1:1.2分配,宅基地不足部分,再从承包地中按1:1调配;第六,水、电、路、绿化等公共建设部分,除了政府支持的以外,不足部分由每户均摊。

趁人们中午吃饭在家,张振华扯开了他那老公鸭似的嗓子,在村喇叭里播出了邵庙村新农村建设的意见,他让各家各户对号入座。

邵锋一有时间就来到新农村建设场地溜达。他发现,各家各户不仅堆的料子乱,还浪费严重,不仅建设的速度慢还质量不达标。一户人家盖房子,只有七八个工人,而瓦工只有两三个。他们在砌墙时,不能随时把墙缝中溢出来的砂浆剐掉,这会在粉墙时造成凹凸不平的立面。有的剐掉后不能接住或拾起,这就造成砂浆的浪费。有的在立壳子板时不平整,缝隙衔接不严,造成在现浇楼面时鼓面和漏浆。有的抗震柱梁和楼面板的钢筋捆扎的数量不够,质量不合格。

邵锋搞不明白,他已经把建房的施工图纸印制了很多套分发给各户,为什么他们不按图纸上的要求施工。张振华告诉他,农民建房能省则省,只要把房子盖起来就大头着地了。他们自己盖的房子,质量孬好他们自己负责,别人操心没用。邵锋认为,农民盖房子不容易,一辈子能盖几次?如果质量太差,没过几年就裂缝走墙,不是自己害自己吗?他把这种担心告诉薛良久。薛良久也说,这事暂时不好管,有钱的人家料子用得足些好些,钱紧的人家质量就马马虎虎了。他让邵锋耐着性子,静观其变。

果然,更多的盖房户找到邵锋,让邵锋左右为难。他们算了一笔账,虽然从邵锋统一供料中购料,料子钱能省不少,但每一户盖房要搭配至少一个劳力。这个劳力要随时给建筑队买料,供应茶水,协调左右前后地边关系,还要在每层封顶时包红包、请吃饭,整个房子盖下来需要半年多时间。这半年多,一个劳力出外打工就可以挣一万多,而在家盖房子不但一分钱不挣,算算房子盖好却比邵锋统一盖的还费一万多。这一反一正就是两三万。有的人家是搭配两个劳力,这个亏更大了。所以,那些符合条件盖房子的,不再打算自己盖,而是包给邵锋盖。价格包死,质量包严,依照邵锋统一盖的第一批房子的价格和质量给他们盖好。他们不需要操心费力,年底打工回来就可以住上新房。

邵锋拒绝了。如果给他们统一盖房,他又会落下在邵庙村借助新农村建设搞房地产开发的嫌疑。事实上,其他乡镇的新农村建设,盖的也是三层小楼,大小面积跟邵庙村的差不多,对外出售要十五六万。想必农户比较了其他地方的新农村建设的房型和质量,也打听了他们对外出售的价格,每个人心里都有一本账。如果邵锋接手统一建设,一年内邵庙村就会成型,水、电、路全通,每户房屋需装修的自己装修,不想装修的可以直接搬进去住。这种规模建设,机械和人工快速施工,当然节省成本,保证质量。每套房子十万块钱,自己不赚钱但也不贴钱。对于每户农民来讲,如果一家有两个在外打工的,两年时间就可以把十万块钱挣到手,再不济三年时间。他们花费两三年的时间,不费一点心血住上新房子,的确是很划算的事。而对于邵锋来讲,就有用耕地建房触犯法律的风险。土地部门严守土地红线,严管土地用途。不能占用耕地。可一旦有人告状怎么办?邵连宇不告了,他的胃口通过另外一种方式填塞,但挡不住以后会有人跟他学。还是不能答应他们,要等一等,就像薛良久说的,要耐着性子,静观其变。

邵锋的静激起了更多盖房户的动。他们找村里,找镇里,围着村书记,围着镇土管所长,围着镇长书记,一次次地表达着他们的心愿。镇里干部让他们找邵锋,说这事只能找邵锋,他是搞建筑的。邵锋说,他也愿意帮老少爷们儿盖房子,但他怕人告状,怕犯法。盖房户都说,难缠头邵连宇被你弄服了,谁还告状。全村就一个无巧不占的"占三边"的奸人都跑你公司挣钱去了,谁还不知道挣钱?哪有闲心告状?邵锋向他们解释,保护耕地是国家的一项基本国策,他要大面积地在耕地上盖房子就犯法了。他们却说,现在在耕地上盖房子的多得是,也没见犯法。耕地上这盖一处那盖一处,像疮一样,也没见人查。咱们这是新农村建设,咋就违法呢?邵锋让他们再等等。但他们等不及,等着挣钱,等着盖房,等着邵锋给他们盖房省下一笔钱。

盖房的农户几乎踢破了镇党委书记和镇长的门槛,书记宋明诚和镇长孙东海开始觉得是村书记张振华老奸巨猾,把问题推给镇党委镇政府。邵锋被告了一次后也变得谨小慎微,现在,他们觉得要大力推动一下了。三水镇新农村建设工作在全市处于中游偏下位置,他们感受到了身上的责任和压力。就全镇来讲,除了邵庙村的新农村建设开始施工外,其他村的新农村建设还停留在规划阶段上。市里要在年底开展一次新农村建设大评比,三水镇要争取站在前列,现在正是借助邵锋的力量满足农民愿望、推进三水镇新农村建设大跨步前进的时候。

宋明诚和孙东海把张振华和邵锋、驻点干部杨永亮、土地管理所所长宋腾召集到镇政府小会议室,商议怎么满足盖房户的愿望,快速推进邵庙村的新农村建设。

张振华小心翼翼地说:"虽说新农村建设以村为主,土地调整也是由村里进行,但是俺们当不了家,一动就烫手,一干就犯法。土地部门没本事给俺们调整土地,却有本事叫俺们停工。上级批准的规划,俺去干时没人撑腰……"

邵锋觉得张振华今天说出了自己的心里话。他瞄了一眼土地管理所所长宋腾,发现他的脸红一块白一块的。

宋明诚打断张振华:"张书记,这话就不要说了。今天我们就是解决这个问题的。"

杨永亮说:"我有个建议,新农村建设以村为主体实施。凡是要求邵锋建房的,就向村里写个申请,写明由村里给他们统一建设。村里统计好,形成初步方案,比如说每户多少平方米,造价多少,预交多少钱,余款什么时候付清,质量怎么保证,都要写清楚。群众同意了,就让他们签字画押。整体方案报到镇里,镇里再报到市里。"

张振华笑着说:"还是杨委员点子鲜。你这是让俺们村里当出头鸟啊。"

杨永亮也笑着说:"你不是说以村为主吗?把权力都给你!"

张振华郑重地说:"没上面的批准,俺不敢干。"

孙东海严肃地说:"我觉得永亮说得对。以村为主体,委托人是村民,被委托人是邵庙村村委会,委托事项是建房。只是预交建房资金多少比较合适?"孙东海说着看向邵锋。

邵锋急忙回道:"五六万。听刚才几个领导说的,我受到了启发,就是让建房户与村委会签一份建房委托合同,合同里写清楚各种事项。"

孙东海看着邵锋说:"那就五万吧。预交金交不起的怎么办?"

张振华抢先说:"只要想盖,都能交起。他们会想办法借。"

"只是邵锋要垫付一大笔资金了。"孙东海满怀期待地说。

"孙镇长,垫付资金我不怕,只要有你们撑腰。"邵锋连忙说。

宋明诚总结强调:"那就这样。以村为主体,农民有要求盖房和统建的,把申请写给村委,村委归总形成方案报到镇土地管理所,我们再向市里报。邵锋,盖房子的事,你回去就着手准备吧。"

"放心吧,书记!如果盖房的多,我就多调些工程队来。凡是预交钱的,我保证三个月让他们住上新房。"

这就是变化的到来?就是薛良久讲的耐心等待静观其变?邵锋思索着。

2

"占三边"不愧为占三边,他在看门时,无论哪个工人想从工地上带点东西走,都逃不过他的火眼金睛。阳河湾工地因此再也不少东少西了。邵锋由此想到,人就是多棱镜,不同的面会呈现出不同的光彩,关键是要放对地方。

邵连宇给邵锋看守着阳河湾工地的大门,儿子在工地上扎钢筋,父子俩一个月的工资将近四千,钱按月打到他们名下的存折上。他们看折子上的数字变化,嘴总是咧着合不拢。

邵锋很久没到阳河湾工地了。这天天气晴好,暖风吹得人们只是穿件衬衣和外套,有的人甚至连外套都不穿。邵锋到阳河湾工地查看一下工程进度。尽管邵伟每天都跟他汇报工程进展的情况,但过一段时间他还是抽空到现场看一看,只有看一看才能加深印象,印证他的感觉。他让邵伟每天都要督察安全,安全知识必记,安全帽手套必戴,安全操作流程必遵守。

邵锋的车停在工地大门口。他从车的后备厢里拿出安全帽戴上,黄色的安全帽下是他深蓝色的夹克衫,夹克衫下是他黑色的西裤。他还没进大门口,邵连宇就迎了出来,脸笑得就像甜瓜一样,说:"大侄子咋有时间来了?"邵锋说是来看望他的,邵连宇听后脸更像熟透了的西瓜。

邵锋在工上转了一圈又回到大门口。邵连宇一直站在大门口,像是卫兵把岗站哨的,又像是在等待着邵锋。他脸上挂着笑,让邵锋喝杯茶,邵锋就站在门口跟他聊了起来。

"叔,想不想娶儿媳妇?"

"咋不想?做梦都想!"

"想娶儿媳妇,你和我小弟就要好好挣钱,挣了钱也不能太节省,该花的钱还是要花的。比如说,我小弟在跟人家女的相处时,人家都说他太抠。你说,人家女的跟你处对象,你不舍得花钱,人家会认为你看不上她,或者认为不知道疼人。光想着自己,这还咋处对象?"

邵连宇脸上的笑僵住了:"咋能这样呢?没听怀士说啊?"

邵怀士在工地上干了一个月,挣了将近两千块钱。虽然没有在家自由,有些劳累,但他从来没挣过这么多的钱,因此满心欢喜。邵锋让他买一套新内衣,一件花格子衬衫,一件烟灰色羊毛衫,一套深蓝色西服,一双黑色皮鞋,一身装束花去了工资的一半。邵怀士从来没花过这么多的钱,这像割他的肉一样让他心疼,拿了工资的欢喜也被疼痛替代了。如果不是邵锋安排的人逼着他,说跟女人见面必须打扮一番,打死他也不会花这么多钱买这么多的东西。邵连宇知道后,也是一句一个"乖乖哟""太贵了"的感叹。

一身新郎官打扮的邵怀士浑身不自在,哆哆嗦嗦地去见邵彩虹介绍的第一个女人。这个女的叫朱燕,眼睛大大的,身子圆圆的,三十多岁,离婚两年,一个女孩放在娘家。见了第一面,朱燕就问邵彩虹,邵怀士傻不傻。邵彩虹不满地说:"他傻啥?他是青瓜蛋子,还没结过婚呢。"朱燕就抽时间在一天晚上,与邵怀士又见一次面。两人在公园里溜达。朱燕靠近,邵怀士躲开。朱燕拉邵怀士的手,邵怀士的手像被火烧了一样急忙抽回。朱燕问他一句,他嗯一句。朱燕讲厂里的稀奇事,他像聋子一样无回声。第二天一上班,朱燕就告诉邵彩虹,邵怀士确实傻,傻得不透气,就像木疙瘩一样。邵彩虹嘻嘻笑道:"这说明他没碰过女人。你别看他这么大了,其实就是一个孩子,你不会教教他?"朱燕说:"这种事还要教,说明他傻到头了。"邵彩虹不再劝说,准备物色下一个。

第二个女的叫徐梅花,二十九岁,瘦,黑,丈夫因车祸去世,撇下一男一女两个孩子。见了三次面后,她就告诉邵彩虹,邵怀士太抠,像铁公鸡一样,不可处。坐公交车、买瓜子、吃夜宵都是徐梅花掏钱,他在一边像用人,又像等待伺候的老爷。这要是成了一家人,她两个孩子还不饿死?罢了,罢了,罢了。

那边,邵锋、邵伟给邵怀士指点着。这边邵彩虹再次给他物色着。

第三个女的叫于红影,三十二岁,个头中等,长相一般,右腿瘸。丈夫因又找了一个女的与她离婚,留下一个女儿跟随她。于红影对要找的男人要求是不愣不傻,只要对她好就行。两人处了几次后,邵彩虹问她怎么样。于红影说,人老实,可靠,不乱花钱,知道省钱,是个过日子的人。邵彩虹暗笑,还真是乌龟看绿豆——对上眼了。

于红影让邵怀士在城里买房子,这可吓得邵怀士一连串的"我我我"说不出话来。邵连宇一听也叫道:"我的乖哟!这不要人命吗?一套房子得二十多万,驴年马月才能买得起?"房子像一支箭吓得邵怀士像小鸟一样缩在窝里不敢露头。一连两个星期不见于红影,邵怀士心里长起了草。白天吃饭时想起于红影请他吃手撕面的情景,夜晚睡觉时想起于红影拉他的手挎他的胳膊依在他怀里的情景。于红影虽然有点瘸,却像一个花蝴蝶一样钻进了他的心里。但是,买房子不是做梦吗?家里的房子还没盖好,哪能指望在城里买房子?看来还是光棍自在。

邵连宇把邵怀士的事跟邵伟说了,邵伟又跟邵锋说了。邵锋觉得女人要买房子,说明她真心想跟邵怀士过日子。如果邵怀士和邵连宇继续干五年,房子也能买起,只是他们没花过这样的大钱,把他们吓着了,或者说他们不舍得。要转变他们的观念,让他们舍得。

这天,邵锋又到了工地。他让人把邵怀士叫到工地门岗室。他问邵怀士于红影人怎么样,邵怀士一个劲儿地嘿嘿笑。他问邵怀士想不想娶于红影,邵怀士还是一个劲儿地嘿嘿笑。

邵锋真想朝邵怀士屁股上踢两脚,看看能不能炸出两个屁来。他提高嗓门,像训斥员工:"不要光笑,说,想不想结婚?"

邵怀士吞吞吐吐地说:"想。可她要求买房子。"

邵连宇也叹气道："这彩礼要得太重了，家里东西磕磕打打也不够买一间房子啊。"

邵锋看到这一对父子垂头丧气的模样，一种悲哀油然而生。他们在农村只守着自己的一亩三分地，能吃能喝就行，既不跟人交往，又不知道外面的世界，久而久之，不被社会淘汰才怪呢。这要不是自己回去当村主任搞新农村建设，就凭他们父子与世隔绝的习性，恐怕这辈子只能老死在他们的老屋中。

邵锋盘算着怎样让他们父子走出封闭的心理牢笼，发挥出劳动的本能。一套七八十平方米的楼房给他们一个成本价，十五万就可以了。父子俩去掉生活开支，五六年的时间就可以把钱还清。另外，于红影在鞋厂一个月两千多，她的工资也可以保住他们的生活费。说实在的，这要不是姐姐出面给邵怀士介绍，不知道他什么时候能碰到于红影这样的女人呢。前面两个女人不怎么样，还看不上邵怀士。如果继续在邵庙村待着，邵怀士十有八九要变成老杆子。

邵锋扫了两遍邵连宇和邵怀士父子，说："这样吧，买个八十平方米的房子，首付交几万，剩下的钱通过银行贷款，我来给你们担保。"

邵怀士的脸上闪过丝丝亮光，而邵连宇仍然忧虑地说："这两手空空，你就是担保，这啥时能还起？"

邵锋解释："从银行贷款，是按月还。比如说贷十五万，十年还清，银行把本金和利息一起算，就算出每个月得还多少钱。这需要你们两个好好干，如果有一个月还不上，银行就会找你们的麻烦。"

"肯定好好干，不好好干还对得起你吗？"邵连宇立即表态。

邵锋会心地笑笑，继续说："八十平方米的房子，市场价要二十多万，从我这儿买，给你们一个成本价。回来让邵伟带你们到几个小区转转，打听打听，价格比较一下。"

"还打听啥？只要你小弟能娶上媳妇，我给你烧高香。"邵连宇满脸堆笑。

"一切手续都由邵伟帮着给你们办。争取10月1日结婚，明年生个孩子出来。"

"好！好！大侄子、二侄子,这咋感谢你们俩呢?"邵连宇上前拉住邵锋和邵伟的手。

邵怀士在一旁只顾咧着嘴笑。

邵锋说:"好好干活。"

邵锋和邵伟转身要走,而邵连宇拉着邵怀士的手,扑通跪在了他们面前。邵锋和邵伟说着咋能这样,忙把他们拉起来。他们看到邵连宇满是皱纹的脸上流着泪。

3

邵锋在市里参加一个民营企业发展座谈会。市工商联和市政府的领导要求,各民营企业家就如何大力发展民营经济提出自己的意见和建议。还没轮到邵锋发言,村书记张振华就把电话打过来,让他赶快回村,说村里出了一件大事。他问出了啥事,张振华说,乔光明家差点一下子死四口人,正在医院抢救,你赶快回来。邵锋向主持会议的领导请了假,就急忙赶往邵庙村。

麦穗出了,像仪仗兵一样挺立待阅,邵锋来不及也无心检阅。路边、地头、田野中一些白的红的黄的花,邵锋更是无心欣赏。他开着车驰往村部。

村干部都在村会议室七嘴八舌地说个不停,薛良久也在。薛良久提出,这样的事不能再发生了,要预防。

昨天下午放学,乔营、乔光明的母亲骑着三轮车带着一个孙女两个孙子回家,车子骑到杨沟桥时不知怎么回事,一车四个人全翻到了沟里。可能拐弯拐得太陡了,可能骑得太快了,也可能孩子坐偏了,乔光明的母亲控制不住车头,总之是三轮车翻到了沟里。杨沟里的水有两人深。前几年有三人深,沟有三丈宽,里面的鱼也有五六斤,天热时人们经常到杨沟洗澡。这几年水逐渐变少,变黑,也难见到鱼,更不见人们到水里洗澡,沟坎里却经常看到人们倒的垃圾。

祖孙四个翻到沟里后，正巧碰到乔汉勤从那里经过。乔汉勤喊了还在地里干活的几个人后，就扑通跳进沟里捞人。要不是救得及时，祖孙四个性命难保。

邵锋觉得这是不幸，不是事故，村里镇里应该没有什么责任。张振华和其他村干部也这么认为。

张振华说："农村这样的事情防不胜防，谁摊上谁倒霉。"

薛良久看着邵锋说："这就是农村的现状。家里都是老人和孩子。老人带孩子精力有限，但年轻的父母都把孩子丢给父母。孩子有个三长两短，不找自己的错反而觉得是父母的错。所以父母担不起，往往随孩子而去。"

邵锋环视一遍大家："我觉得我们可以做一些力所能及的事，比如这件事，我们可以在各个路头沟边打上水泥柱，装上栏杆。"

薛良久："这个想法不错，可以干。"

文书刘明士："关键是钱从哪里出？"

邵锋："用不了几个钱。"

张振华："把水泥桩换成木桩，刷上石灰和红漆，这样就省多了。费用从一事一议中出。"

其他的人都认为张振华说得切实可行。

他们决定下午就开始动手，各村干部带着各村的村民代表，把各村的路口沟边弄好，同时把乔光明家的事报告给镇政府。

其他的村干部散去，邵锋拉着薛良久的手说："大哥，这不是办法呀，哪地方出事补哪地方，这以后不知道还会出什么事！"

薛良久沉默片刻："农村就这情况。本来爷爷奶奶没有抚养孙子孙女的责任和义务，他们应该享受晚年。可他们的儿子儿媳一走就把孩子丢给老人，还怪老人照顾不到、教育不好。薛良好的母亲差点喝药死了，邵长庚的母亲差点跳河死了，乔光明的父亲又是上吊死的，他们不是万般无奈不会走这一步的。农村的老人，苦啊！"薛良久摇摇头。

"能不能把这些老人组织起来，给他们讲讲安全知识、卫生知识、怎样教育孩子、怎样互相体谅、怎样邻里互助？"

"这些老人又是种地,又是带孩子,哪有闲心听这些东西?"

邵锋脑子里有一种想法在翻腾。农村的老人太孤独,缺少安全防范知识,也不知道怎样教育孩子。如果初一和十五把他们组织起来,听听薛老师或者其他专家给他们讲讲课,让他们了解了解国家的方针政策和法律法规,不但有利于新农村建设,还让他们与时代和社会脱节得不是太严重。这应是一件受欢迎的事情。新农村建设,光盖房子不行,还应该把他们的思想引领好。可以把空置下来的大庙小学装修一下,作为讲堂。李启明老师退休在家,让他和薛良久两个人负责讲堂,他们会干好的。时间长了,规模大了,不限于老人,在家的年轻人都可以参加。讲堂可以叫邵庙村农民大讲堂,还可以请健康专家讲一讲健康知识,老年人怎么保健、怎么锻炼。太极拳就不错,五禽戏和八段锦也很适合老年人。这些不能成为城里老人的专享,也应让农村老人练一练。这样看来,就不能叫大讲堂,应该叫文化活动广场。不,广场是露天的,不符合,叫文化活动室又太小气了,干脆叫文化活动中心。

邵锋把自己的想法跟薛良久讨论清楚后,薛良久觉得可以试试,名称就叫"邵庙村农民文化活动中心"。薛良久决定自己先学会老年操,然后再教那些老人。约好等哪天有空他再和邵锋一块去请李启明老师。

邵锋感到心中升起了一轮太阳,不仅光芒万丈而且温暖似火。

4

李启明老师退休后在皖阳城给儿子带孩子。他知道邵锋是个大忙人,在报纸、电视上经常看到邵锋企业发展的报道,所以他很少联系邵锋。而邵锋即使再忙,也总在逢年过节时去看望他一下。邵锋经常回想起初中时李启明给他们上语文课的情景,听他的语文课就是一种享受。上下五千年,天文历史地理人物风情,只要与语文课内容有关联的,李启明老师就像是说大鼓书一样,让你听得津津有味。一篇课文,他激发着你的想象,用绘声绘色的语言描述出情境,让你仿佛置身其中。在他的课堂上,同学们不仅像干旱的树木吸收着他那像雨露一样的广博知识，还像一块生铁一样被他锻造成钢。无论考上还是没考上学的，同学们对未来都是充满着希望的，并向自己所选择的目标，不懈奋斗。李启明老师在每一个同学心中点燃了一盏灯，同学们因此在以后的风雨人生中没有偏离正道。所以，在鞋厂开工奠基仪式上，邵锋邀请了李启明与市领导一起站在典礼台上。现在，那些早年考上学的人，很多成了皖阳市各个部门的领导，他们逢年过节也去看望李启明老师，但李启明老师从来不给他们添麻烦，不去打扰他们。如今退休的李启明老师，如果让他再次回到三水镇，让他再次给人们种下希望，点亮心灯，相信他会欣然接受的。

　　李启明的儿子在一中教书，儿媳在二中，他们住在安居花园。安居花园的玉兰树，叶子肥厚而脆，香樟树吐露出丝丝缕缕的清香，那些四季玫就像幼儿园的孩子一样，绽放出各种各样的笑脸。邵锋右手拎着六种水果拼装的水果篮，左手拎着两盒一提的酸牛奶，后面跟着薛良久，敲开了李启明儿子家的门。

　　李启明让座，递烟，倒茶，端出瓜子、水果盘。邵锋和薛良久各自坐在单人沙发上，李启明坐在一侧的双人沙发上，三人像多年的老朋友，嗑着瓜子，吃着水果，喝着茶，开怀畅聊。

　　邵锋说出在邵庙村开办农民文化活动中心的想法。

　　李启明望着邵锋："有两个问题我要问你。第一个是你在城里发展得这么好，为什么又跑回到农村去了？市政协委员的政治荣誉已经很高了，还嫌不是官去当村主任？"

　　"李老师，我不想啊！"邵锋转身指着薛良久，"都是薛良久这个大哥呀！"

　　薛良久笑道："是我骗回去的。今天还要行骗。"

　　薛良久详细地道出了他请邵锋回去的初衷。李启明听了，不住地点头。

　　邵锋："上了薛老师的贼船下不来了。小时候只知道农村里苦，没想到农村里不但苦，很多事干起来还挺难的。"

　　李启明："难事有收获，越难收获越大。"

　　薛良久："今天，我这条贼船还要拉一个人上去。"

三个人哈哈大笑。

李启明继续问:"第二个问题,你在农村里能干多久?"

"原来想回去干一届,三年,现在看来三年太短,难出成效。"

"对啊!凡事预则立。农村的事要有长期打算,短期行为不会有大的改变,尤其是人们的思想风貌。"

薛良久望着李启明笑道:"所以今天就请你上贼船。"

三人又是哈哈一笑。

邵锋郑重地说:"关键是能推上正确的轨道。我们只要把路铺好,铁轨架好,火车开动,后面的事情就轻省了。"

李启明语重心长地说:"主要是培养梯队,就像邵伟和你姐邵彩虹,他们都能撑事,你就轻松。农村工作也一样。"

"我还没有想到,您倒提醒了我。不过,农村不像我公司,那些干部必须镇里村里同意才可以。"

"一切都在变化中。只要你做得好,你的意见就有分量,别人就会听你的。"

"所以请李老师助我一臂之力。"

"没问题。我正嫌城里憋闷,吵闹。农村是氧吧。到氧吧里吸吸氧,健健身,可以长寿。"

薛良久拉着豫剧唱腔:"李老师,请上贼船。"

三人再次哈哈大笑。

薛良久找人把大庙小学简单装修一番,配备好桌子和凳子,在大门口挂上了"邵庙村农民文化活动中心"白底黑字大牌子。大庙小学换上了新装。

四月十五,麦子青中泛黄,就像十五六岁的孩子,青涩中升腾着逐渐成熟的气息。西南风刮着,片片白云飘着,树叶哗哗地鼓着掌,年轻人穿着衬衫,年老人衬衫外套一个褂子。他们或步行,或骑三轮车,或骑电瓶车,三三两两地聚合在大庙小学。

邵庙村六十岁以上的老人有八百多,除了在外地坚持打工的以外,守在家里的还有五六百人。这五六百人如果有一半到场,就是两三百人。除了村书记张振华在村广播里通知外,其他村干部每人负责通知自己片区的老人。

两三百人的聚集,需要在院内的空地上进行。邵锋和几个村干部早已到场,还把村部的桌凳拉过来了。他们在院内摆桌子摆凳子,调试话筒和扩音器。只要进入大庙小学的大门,迎面就可以看到院子里整整齐齐地摆满了桌凳。前面是主席台,一排桌子上铺着紫绒布,台桌最左侧放着扩音器。台桌后面还拉着一条印着字的红色大横幅,"邵庙村农民文化活动中心大讲堂"这些金色大字在太阳的照射下闪闪发光。这第一次大讲堂的内容可是李启明和薛良久铆足了劲儿,花费了不知多少个日夜备下的。李启明的题目是《填饱孩子肚子,更要填饱孩子的大脑》,薛良久的题目是《掌握安全知识,避免悲剧发生》。他们想到,这两三百人的大场,一定要提足精气神,用农民喜欢的家常话、大白话讲深讲透。

大讲堂原定于九点钟,可等到了九点半,才等到了五十八人。人没有桌凳多,五十八个人分散地歪歪斜斜地坐着,像被桌凳淹没着,更像是罢园的瓜田漏下的瓜。

出乎意料,人太少。邵锋和薛良久都像是挨了闷棍,不知如何是好。李启明也像从山崖上跌到了山谷,不过他很快调整过来。时间不等人,再等也来不了几个人。李启明让邵锋带着村干部招呼来的人,往前面中间集中坐,多余的桌凳撤走,人少安静亲切。

李启明讲上半场,薛良久讲下半场,讲座要在十一点半结束。他们不得不压缩内容,挑出骨头。从在场人的神情来看,他们好像听懂了又好像没听懂,有的在交头接耳,甚至大声说话。讲座期间,张振华书记阻止了几次,几个村干部也走到他们身边阻止。李启明和薛良久都感到这是一堂失败的课,也许是他们离开课堂太久了,不知道如何讲;也许是内容和形式不对,农民不愿意听;也许是农民不习惯;也许……

中午吃饭时,邵锋问李明启:"李老师,以后怎么办?"

李启明铿锵有力地回答:"继续办!万事开头难,踢开头三脚,不怕没观众。"

"只是耽误您带孙子,师母不说什么,您家儿子儿媳不抱怨吗?"

"三水是我工作多年的地方,也算是我半个家乡。你这个大企业家都不怕抱怨回来了,我这个退休的老人还顾及什么!回头在活动中心,给我拾掇一间房子,我吃住在里面。城里农村来回跑,搞个城乡一体化,吃住一条龙。也像薛良久老师,退而不休,老有所为,老有所乐。"

薛良久对李启明笑着说:"没事时,我俩一块走村串户找老人唠唠。"

"就是。摸清敌情,有备而战。下次,绝不能出现这样的局面。"

薛良久和李启明哈哈大笑,邵锋跟着微笑。

第二天,邵锋还没有完全从大讲堂的挫败感中抽离,市里发文通报了三水镇乔光明母亲及孩子落水事件,同时肯定了邵庙村的埋桩绑护栏的警示防护措施,并要求各乡镇广泛学习推广。邵锋的挫败感,像是烟气遇到了一股劲风,顿时无影无踪。他的一点做法能够在全市推广,他感觉这个价值不小。

5

邵庙村的新农村建设像开出站的火车,沿着既定的轨道快速地往前跑。房子盖好了,他们后续的钱怎么补交?仅仅靠打工吗?那些在家里能够干活的老人,只能伸手向子女要钱花吗?他们在土地上能刨出多少钱?如果不让他们在自己的承包地里刨钱,他们到哪里弄钱?勤奋是他们的本分,有的人一直到七八十岁,老得不能动时才不到地里劳作。可是,他们劳作一年,抵不上子女在外一个月打工的收入。尽管如此,他们还是难以割舍与生俱来的与他们情感密切相连的土地,仿佛到了地里,他们的生命就可以吸收源源不断的营养和水分,让生命力不竭,让自己心安。大讲堂之所以去的人那么少,是因为很多人到地里干活去了。听课没有干活重要,教育没有收成重要。也难怪这些老人,他们也想手里有钱心里宽敞啊!怎样让这些老人手里有钱呢?

搞建筑是邵锋的擅长,但搞农业种植大棚蔬菜让邵锋一头雾水。孙东海镇长已督促邵锋多次,让他把大棚蔬菜搞起来,他都犹豫不定。不是他怕投钱折钱,而是他不懂,精力也不够。不错,大棚蔬菜可以让农村的留守老人在大棚里干活,让他们一个月收入几百元到上千元,但这不像新农村建设,不求赚钱,只求够本,一次投入很快见效,周期短、无风险。大棚蔬菜不但涉及技术、销售、市场,还受气候的影响。不能说搞了一年,砸了,第二年就不搞了。那样,对占地户和干活的老人都是一种伤害。

新农村建设已经顺风顺水,步入了快车道。邵锋不需要投入更多的时间和精力了。他现在考虑更多的是大棚蔬菜怎么搞,能不能让农民挣钱他也赚钱,能不能持久,土地部门找不找事。不擅长的事情应该请教专家啊!

邵锋接到通知到市政协参加一个招商引资促进会。他是市政协委员,市政协开会要求参加,他尽量不缺席。一是尊重领导,了解地方的政策规定;二是借此打个盹儿休息,调养精神。市政协每年都有招商引资任务,并把任务分解到各个委员会。每个政协领导和委员会主任经常拉他们这些企业家去招商引资,认为他们这些企业家交际广朋友多。所谓物以类聚,人以群分,企业家的朋友更多的是企业家,让企业家牵线搭桥,助力宣传,合力招商,是完成全年招商引资任务的省心省力的法宝。

邵锋到了市政协五楼小会议室。市政协主席、副主席及各工作委员会主任都到了,一些企业家政协委员也到了。李贺猛,这家伙也到了。邵锋脑中闪了一下,真是何须昼夜费思量,贵人就在我身旁。

李贺猛,方正的黑黑的脸上留着黑黑的短胡须,浓密的头发向额后整齐地趴着,宽阔饱满的额头闪闪发光,露出的两臂也跟他身上的黑色T恤浑然一体。他也是市政协委员,早年在上海打工,积蓄了一些钱回到老家江口镇创业,既可以伺候年长的父母,又可以陪伴教育孩子。这家伙在市政协会议发言中,经常冒出"立志为国、尽职为民"的豪言壮语。听说他的晴江农民专业合作社年产值超千万,他在农村也算首屈一指的人物了。

散了会,离中午饭还有一个多小时,邵锋就拉着李贺猛到了山泉人家酒店。六个人的小包间,就坐着他们两个人。邵锋想先点菜,再详叙。他让服务员过来点菜:"先点个辣子鸡。"

李贺猛立即阻止道："点那干啥？到我家吃土鸡。"

"那就点一个鲈鱼。"

"也不要点，到我塘里逮野生鱼。"

"鸡、鱼都不让点，你想吃什么？不会吃草吧？"

两人哈哈笑，服务员也抿嘴而笑。

最后，他们点了两盘凉菜：一盘大块牛肉，一盘洋葱拌荆芥；两盘热菜：一盘盐水河虾，一盘山药木耳；外加一坛鸽子菌菇汤。

邵锋说："我们按照干部下乡四菜一汤的标准吃，一切从简。"

李贺猛说："那我就当一次领导，到你们城里下乡来了。"

两人又是哈哈大笑。

邵锋让上一瓶白酒，李贺猛摆手，说："天热，啤酒足矣。不在喝酒，只在说话。"

服务员退出房间，两人深入长谈。

李贺猛在江口老家发展的是立体养殖。他现在转租的五百亩耕地种的是桑树，桑树林中养鸡，老桑叶喂羊，嫩桑叶养蚕，桑叶尖制茶。养出的土鸡，卖出了饲养场两倍的价格。蚕茧都是沿海丝绸厂订购的。桑茶叶也是销往沿海各地。饭店、厂家、经销商都跟他签订了购货合同，他的养殖基地也由原先的三百亩发展到了五百亩。基地挖有水塘，水塘里养鱼。水塘的土堆积成土山，土山上栽着松柏。李贺猛的立体养殖，每年产值超千万。他去年秋季又转租了二百亩地，种植有机绿色蔬菜。他把羊屎和豆饼发酵成有机肥料，作为绿色蔬菜的基肥，绝不使用化肥。菜地里有虫子就让农民用手逮，逮的虫子可以喂鱼喂鸡。

搞农业不像搞新农村建设，有几个人一告，土地部门就去查。农业不光是种庄稼、产粮食，还可以栽树种菜养鱼，只要不在上面盖房子，土地部门就不会过问。青壮年劳力都到沿海地区打工去了，剩下的年轻妇女和老人，种着那几亩地，一年出不了几个钱。但他们不种地干啥呢？人不能闲着，地不能荒着。有些人家嫌种地累不挣钱，就把地转给亲戚朋友了。一年转租费才两三百块钱。现在从他们手里包地，一亩地最多六百。如果给他七八百，他不挤破头送给你？包谁的地用谁的劳力。一户地至少用一个。这些留在家里的年轻妇女、老人，在合作社里一年也能挣几千块钱，能干的可以挣到一万块，比在外打工强多了。所以，搞种植养殖，土地好包，劳力好找，规模大了，政府还有补贴。但风险也有，主要是市场和天气。物以稀为贵，东西多了就便宜，碰到龙卷风暴风雪，就有意想不到的损失。

邵锋想到，他的鞋厂和房产公司每年就消耗上百万块钱的蔬菜，他可以先搞几十亩的大棚蔬菜，市场难销时，就由他的鞋厂和房产公司消化，不会菜卖不出去烂在地里。栽桑树养蚕养鸡养羊制茶，这需要跟李贺猛合作，让他指导，纳入他的合作社生产基地。不求赚钱，只求守在家乡的老人和年轻妇女有活干，有钱挣。规模大了，效益好了，自己再成立农业合作社不迟。以前听李贺猛简单介绍，没有深入了解，也没有跟李贺猛深入交往。李贺猛的基地号称年产值超千万，耳听为虚眼见为实，应该到他基地去看看，亲自感受一下。邵锋提出想法，李贺猛霍地站起身，上前抓住邵锋的手："走！现在就去。"

饭后，找了代驾，李贺猛的车在前，邵锋的车紧随其后。一个小时后，他们到了江口晴江农民专业合作社基地。邵锋看到，基地大门有六米宽、四米高，起脊挑檐红色琉璃瓦的门头上，金泥塑着"晴江农民专业合作社"。两边厚重的水泥门垛上，白底塑着黑字，左边是"走南闯北，难舍家乡人和地"，右边是"种植养殖，谱写农业新篇章"。大门两侧，用铁丝网拦着，许多大大小小的五颜六色的公鸡母鸡在铁丝网边站着，伸颈看向网外。进入大门，两侧的行道间杂着女贞树、玉兰树、桂花树、松树和柏树。这些行道树后面便是一人高的郁郁葱葱的桑树。桑树下，悠闲的鸡在漫不经心地觅食。闻不到鸡屎臭，却嗅到了阵阵的清香。感受不到七月天气的燥热，却享受着树丛中的清凉。邵锋跟着李贺猛往前走，仿佛走在一片森林中。到了基地的最北侧，一座土山矗立在邵锋的面前。山上长满了郁郁葱葱的树，开着五颜六色的花，山顶上耸立着一个亭子。李贺猛说，站在山顶，可以俯瞰他的基地。山的右侧，是一方形水塘，幽深清澈，几十只鸭子戏水其中。李贺猛说，水中有他放养多年的鱼，鱼肉的鲜美你在大饭店里也吃不到。山的前面，是三间砖瓦房。想必这是李贺猛或雇工看管基地时休息的地方。进到房内,果然有炊具、饭桌、床铺。两人在房内歇歇脚,喝喝茶。李贺猛给邵锋泡了一杯桑叶茶,邵锋啜了一小口,感觉有红茶的味道,又有绿茶的味道,还有一些滑爽的感觉和麦芽的清香。他没想到桑叶可以做茶,看来李贺猛真是个能人。喝了茶之后,李贺猛带着邵锋登土山。土山有三十多米高,登爬并不费劲。虽是炎热夏天,却有阵阵凉风拂面。到了山顶凉亭,更是四面透着凉风,让人神清气爽。站在凉亭,极目远眺,葱葱郁郁的桑树尽收眼底。这不仅是桑蚕立体养殖基地,还是夏天消暑的好去处。鱼塘,蚕桑,土山,低中高三个层次,可钓鱼,可逮鸡,可乘凉、观四方。李贺猛真不是一般的农民,一般的农民缺少这样的思维和认识,难怪他能成为市政协委员。他忽然想到,他和李贺猛都出身于农民,都是没考上大学出外打工的农民。他在城里立住了脚,干起了自己的事业,李贺猛回家创业也干出了一番天地。两人身上除了好学不甘平庸外,还有更多的相同的东西。凭着李贺猛的能干和聪明才智,他就是不回家乡,一直在城市拼搏,也会干出一番事业的。每个人都有可取之处啊!他现在成为种植养殖专家和真正的农民企业家了。

邵锋还有些疑惑,堆一座土山,挖出一片水塘,不说别人的耕地不让挖,就是挖塘堆山也是一大费用啊!干吗为了眺望蚕桑如此花费呢?搭建一个瞭望台不就行了吗?

李贺猛笑着说:"地是我和我弟的,所以挖塘堆山没人阻拦。至于为啥要堆山,你刚才往四周看了吧,看的时候那个感觉是不是特别不一样?还有,我是属虎的。"

"放虎归山!你还信这一套?!"邵锋笑道。

"图个心气儿高嘛!"

"对!心气儿高才能干成事,干大事!"

邵锋上前握住李贺猛的右手,李贺猛上前搂住邵锋的左肩,两个男人在土山上的凉亭中抱在了一起。

邵锋决定把桑蚕基地、蔬菜大棚建在大庙小学南边广阔的耕地里。这些耕地,都是刘营村的耕地。邵锋从公交旅游公司租了两辆大巴车,带着村干部和刘营村的占地户,先到江口镇参观李贺猛的蚕桑立体养殖基地和蔬菜大棚,再到山东寿光蔬菜生产基地观察学习。特别是寿光市,处处是塑料大棚,真是一片白色的海洋,不见青绿庄稼。他们了解到,大棚里一年四季都可以种植黄瓜、辣椒、番茄、芹菜、韭菜、茄子、丝瓜、豆角等蔬菜。一亩大棚,一年中黄瓜可种两茬,春季一茬可以收三万到四万斤,秋季一茬可以收两万到三万斤,全年可以收五万到七万斤,一年可以净赚五千元。村干部和那些村民听后一个劲儿地"乖乖哟、乖乖哟"。两处的参观学习都让他们开阔了眼界,让他们知道了怎么种地才能赚钱。当然,他们也知道,一家一户不行,必须大片连种,这就叫规模,规模大了才能形成市场,才有影响力。

邵锋给占地户开会,愿意以土地入股的,就成为合作社的股东,不愿意入股的,把地转包给合作社的,每年租金八百元,五年一签合同,每年一付租金。不论入股不入股,每家占地户都可以抽一人在合作社里干活,工资按劳取酬。合作社名字就叫"三水镇聚仁农业合作社"。割豆子之前,合同签好,租金付清。先建五十亩,豆子收完后就开建。

没人愿意入股,都愿意给地。每年净得八百元,比他们自己种地还多收入三四百元。他们每年在大棚里干活,干多多得,干少少得,干不动时不干,自由自在地挣些钱,多好的事。邵锋没想到的是,原定五十亩,结果大家都把土地给出来,一统计,一百二十多亩。

多就多吧,即使赔钱也不会太多。邵锋想。

第十一章

1

薛良好的母亲康复后,大脑却时常陷入混沌状态。一旦进入这种状态,她便告诉薛良好,男男没有丢,就在某个地方,她听到了男男的喊叫声。有人说,薛良好的母亲得了癔症,但薛良好相信母亲的话,相信男男是走失了,不知被哪一家人收留了。他不相信被拐走,只有李娟相信。薛良好到仁庄找徐瞎子给男男算了一卦。徐瞎子说,失而复得,喜上加喜,你等着吧。薛良好半信半疑。世上哪有等来的好事?他决定让母亲守在家里,他和大肚子李娟外出寻找男男。

薛良好把母亲安顿好后,就带着大肚子李娟四处寻找女儿男男。

薛良好背着包袱,拉着像企鹅一样走路的李娟,拿着放大成书页纸大小的男男的照片,先在三水镇一个村庄一个村庄地寻找。他们见人就问,见着小孩就拉住仔细查看。头上的草帽遮住了头发,遮不住阳光,他们多年在城市打工捂白的皮肤晒成了黧黑色。薛良好黑色的汗衫上,泛出了道道白碱,像不小心擦上了白漆。李娟白底蓝碎花的衬衫上,积聚着点点污渍,头发凌乱得像一团麻。两人都穿着黑涤纶裤子,裤脚皱巴巴地卷在脚腕处。薛良好的一双黑色牛皮鞋破了,骨筋暴露的两只脚,在这双牛皮鞋里磨出了老茧。李娟小巧的脚上穿着一双肉色袜子,一双黑色布鞋的前掌和脚后跟被磨得像纸一样薄,让李娟觉得每走一步就像走在砾石上一样硌脚。他们走不多远,李娟就感到脚胀腿胀,薛良好就把包袱往地上一放,让李娟坐在上面休息。汗臭实在太难以忍受,碰到水还算干净的小沟,沟边再长有小树,薛良好就让李娟坐在树下,自己下沟洗洗澡,然后水边、岸上来回跑,用湿毛巾给李娟擦洗身子。吃饭时,赶不上商店或集市,他们就在村中人家讨要。在马庄一户人家,主人把炒的菜给他们俩扒了一半,又给他们俩一人盛一碗稀饭拿一个馍,还给他们搬了板凳,让他们坐在桌子旁边吃。吃了饭,主人提醒他们,孩子被拐走,不可能卖到附近,也不可能卖到农村,往往都是卖到城里不生孩子的人家,有的卖到马戏团。更可恨的是把孩子打残,让孩子在街上要钱。薛良好和李娟一听这话,像是在黑夜里走路看到了星星,看到了冲出云彩的月亮,看到了快要爬出地面的太阳。薛良好观察这家主人,发现主人满脸红光,目光炯炯,衣着干净,再看家里的摆放,也是井井有条。他猜想这家主人可能是城里的退休人员,天热回家居住。薛良好向主人深深地鞠了一躬,说:"谢谢大叔!感恩您指路!"

薛良好拉着李娟,一步一步地向城里进发。他们来到皖阳城,在大街小巷中慢慢地挪动着脚步,两眼像是猎鹰的眼睛一样,快速敏锐地搜寻着。他们搜寻到了很多和男男身高发型相似却不是男男的孩子,这让他们一次次惊喜,又一次次失望。在幸福家园小区,他们发现一个非常漂亮的女人,长发披肩,穿着无袖连衣裙、高跟鞋,打着太阳伞,手里牵着跟男男高矮胖瘦、头发长短都差不多的孩子。他们一阵激动,心快提到嗓子眼儿了。薛良好丢下李娟,几个箭步跑到前面,蹲下来拦着盯看孩子,嘴里喊着"男男"。孩子愣怔了一下,看着眼前一个怪物似的人盯着她,吓得搂住那个女人的细腿哇哇哭。女人厉声喝道:"滚!哪里来的要饭的?"然后搂着孩子说"楠楠不哭"。薛良好挪到路边,看着女人和孩子的背影,听着女人留下一路"神经病"的骂声。

在人民路解放大商场门口,薛良好和李娟看到一个比男男大不了多少的女孩子,头低着跪在地上。女孩前面铺着一张牛皮纸,牛皮纸上写着求救的话语。一个掉了几块瓷的大瓷缸压在牛皮纸的右上角。薛良好想道,男男是不是也被人拐走到街上要钱?这个孩子是不是知道男男的下落?说不定男男会加入他们的队伍,就像打工的人都爱成群结队找活一样。薛良好走上前,蹲下身子,看到瓷缸里有一些一块的硬币,还有几张五块的纸币。他问女孩:"你叫什么名字?"

女孩低着头,不回答。

"你家哪里的?"

女孩仍然低着头,不回答,但薛良好感觉到女孩的眼光射到了他的脚上。

"纸上写着你父母出车祸了,啥时候出的车祸?在哪出的?"

女孩歪头看一眼薛良好,又低下了头,不说话。

"你父母叫啥?"

女孩仍然低头不语。

"你知不知道有一个叫男男的小女孩?"

女孩摇摇头。

薛良好还想问些话,身后响起重锤击鼓的声音:"你是不是想拿孩子的钱?你不给她钱还挡着她要钱?"

薛良好回身抬头一看,一个健壮的三十多岁的男子,戴着墨镜,站在他的身后。那墨镜下的两只眼睛像两个深不见底的黑洞,想把他吞噬进去。

李娟歪着身子,拉起薛良好往东走去,并告诫薛良好,不要回头看。

走了几十米,人群熙熙攘攘,薛良好回头看不到那个戴墨镜的男子,便对李娟说:"这个人肯定不是路人,也不是这个女孩的亲人,说不定是个拐子。"

"十有八九是的。女孩只知道摇头,说明女孩不聋不哑,肯定被那个人吓得不敢说话。"

"男男是不是也被吓得不敢说话?"

"我疼了。"

"你疼我也疼呀!咱们的孩子到底被拐到哪里去了呀?"

"都怪你娘!哎哟,我肚子疼。"

"你肚子疼我还心疼呢。"

"你个死鬼!我要生了。"

"啊?!"薛良好立即由悲痛变欢喜,忙从街边拦一辆出租车,带李娟到市妇幼保健院。

薛良好在妇幼保健院旁边的银行里取出两千块钱,交了押金,办好住院手续,又跑到商场买了一捆卫生纸、两条毛巾、两袋红糖、一套女士内衣、一双女士拖鞋。他要把李娟伺候好。孩子生下后,李娟就在家带孩子,哪地方都不去,更不要出去打工。他一人打工,加班多挣些钱,自己少花点,再也不能丢了家。

薛良好在规划着未来的生活。头几年,孩子小,他就陪着李娟和孩子在家种种地。地少,就把苗金英家的要过来。农闲时他就在街上找个活干,或者到窑厂里干活,或者给盖房的打下手。再不然,就开个菜园卖菜去,一年也能挣个万儿八千的。不论自己在家里干还是出去打工,就是不能让李娟离开孩子,孩子离开妈妈。

薛良好细心温柔地陪伴着伺候着待产的李娟,李娟说他变成了一只猫。他这只猫此时把男男丢失的事忘到爪哇国去了,要么扶着阵痛的李娟在走廊里来回走动,要么用他那粗糙的手轻柔地抚摸着李娟像西瓜一样的肚子。

李娟被推进手术室,薛良好在门外焦躁不安地等着。一顿饭的时间过去了,仍听不到孩子的哭声,更不见李娟被推出来。他的心悬着。外面的知了在唧唧地叫着,一些病人的家属扇着扇子,他却感觉到冷,甚至哆嗦起来。

门被推开,蓝帽白衣的医生问:"李娟家属呢?"

薛良好凑上前。

医生说:"是个男孩。快去准备红糖茶。"

薛良好喜极而泣,噔噔噔地跑出去,给李娟准备红糖茶。

2

树叶耷拉下来,像在忍受着烈日的训斥。知了在撕破嗓子吼叫着,不知是在喊受不了还是喊再热一些。狗趴在树荫下,张着嘴伸出舌头,即使踢它一脚它也懒得叫一声、动一寸。人们赤脚走在地面上,就像走在烙铁上。连续几天的高温天气,让很多人蜷缩在屋里,昼伏夜出。男人们大多在傍晚就冲出家门,跑到茨河里去洗澡。有些孩子像鸭子一样从早到晚泡在村前的沟塘里,把沟塘里本来还有些清澈的水搅成泥水。也有一些孩子跟着大人,或三五成群,到茨河里去。那水清啊!可以看见里面的鱼。那水宽啊!水性好的人也只能游一个单边。那水深啊!一猛子扎不到底。一些八九岁的男孩子,特别喜欢在茨河里玩水,一下子扑到茨河里,他们的身子变成了水,笑声变成了水,所有的暑假作业和爷爷奶奶的吵骂声都变成了水,就连那火烧的太阳也变成了水。会浮水的孩子,试探着往河中心游。有的游一丈远就折回来,有的快到中心了才折回来,没有几个孩子敢游到对岸去。孩子们浮水本领也各异。有的两只脚像踩着自行车踏板一样踩着水,两只手像鸭掌一样扒着水,露出水面的头就像才长了十多天的南瓜,跳动着,这叫踩水。有的头昂着,屁股撅着,两臂快速向前划拉,两腿上下拍打着水,激起很多水花,这叫打嘭嘭,类似城里的蛙泳。有的脸朝上,肚脐眼露出水面,两臂向下拍着水,两脚用力往后蹬水,这叫晒肚皮,类似城里的仰泳。有的长憋一口气钻进水里,从很远的地方再冒出来,这叫扎猛子,类似城里的潜水。会浮水的孩子,在水里可以玩老鹰抓小鸡的游戏,也可以玩捉泥鳅的游戏,更可以比赛谁游得快,谁猛子扎得远。而那些不会浮水的孩子,除了为会浮水孩子的比赛加油助威外,就是趴在水边,两手触地,漂起身子,两腿扑腾扑腾打着水。胆大的孩子,不满足于趴在水边打水,会试探着往深水里面去。一步、两步、三步,水淹到嘴唇赶快手脚并用回到岸边。有的一慌张就会踩到深坎里,便觉得被淹了,张嘴喊救命,却喝了一肚子水。他们像掉进沟里的一条狗,手乱扒,脚乱蹬,一番扑腾,居然回到岸边。由此,便跟伙伴炫耀自己会游泳了。于是,在水里泡了一个夏天的孩子,不会浮水的会浮水了,会浮水的花样更多了,游得更远了。当然,隔不了几年,就有孩子被淹死的噩耗。

邵长庚的母亲到做晚饭时还不见孙子邵海龙回来,就到处找,村头村尾,喊破了嗓子也不见海龙的影子。她想,海龙不可能像男男那样被拐走的,他都十一岁了,懂事了。她见人就问看到海龙没有。有人说好像看见海龙在茨河里洗澡了。天都黑透了,还趴在水里吗?这孩子是水精托生的,见了水就上不来了。邵长庚的母亲急忙向茨河跑去。

星星开始眨眼,深蓝的天空被白天的热浪蒸腾得高高在上,非常遥远。邵长庚的母亲跑到茨河坝上,隐约可见水里还有人在洗澡。她在岸上用尽浑身的气力喊叫海龙。水中的人跑到深水里,说:"你别过来,俺们洗澡呢。"

"叫海龙上来。我找海龙。"

"没有海龙,就几个大人。"

邵长庚的母亲趁他们的身体都淹在水里,便跑到水边,一个个查看,并喊着海龙。确实没有。这熊孩子跑哪去了?"麻烦你们给我找找,有人说这孩子洗澡了。"

"不相信你下来看看。"有人跟她开玩笑。

"看你个头!不知道你长个烂东西?!"

水里的人嘿嘿地笑。

"你不下来就上去。你不上去俺们咋上去?"

水里的人哈哈地笑。

邵长庚母亲的腮帮子气得一鼓一鼓的。"看不到我在着急吗?还在胡扯!上什么上!快给我找海龙。"她厉声吼道,而后,转身上岸。

水里的几个人急忙跳出水,穿上大裤头。他们陪着邵长庚的母亲,从南找到北,从东找到西,根本没有海龙的影子。

也许海龙在哪地方玩累了,睡着了,现在醒了回家了,说不定海龙在家正等着她呢。邵长庚的母亲急忙赶回家,依然不见海龙。既然有人见他洗澡,就不会被拐走,不被拐走就不会有事,可能在哪个地方睡着呢,就等等吧,她想。

凉快的黑夜,照样像白天一样烤着邵长庚的母亲。她村前村后、院外院内不知走了多少趟。被烧烤了一天的人们,都在酣酣地睡觉,而她却像梦游人一样跑来跑去。

天蒙蒙亮,睡在村口的人,卷着蒲席往家走。太阳虽然还没露头,但它喷出的热气已经到了,让人感到新的一天又是蒸人的一天。

邵长庚的母亲把村前村后所有的草垛都查看了一遍,把见到的人都问过了,除了得到昨晚看到海龙到茨河洗澡的讯息,再也没有其他的消息。是不是在茨河边的草窝里睡着了?她又跑到茨河边,先到人们经常洗澡的地方寻找,没有,再往南找。没走多远,在一个小草窝里,她发现海龙的凉鞋压在短裤上。她的心猛然收缩成一块死面饼。她拾起凉鞋和短裤,没错,就是海龙的。鞋在,短裤在,人呢?她不敢想,一屁股坐在草地上。

所有被搁置的渔船、渔网、抓钩全部出动,清澈的茨河水被搅成浑浊的泥水,从太阳爬起到当头直晒,人们戴着帽子或顶着湿巾,在与发现海龙凉鞋和裤头的地方相对的水域及上下游依次排阵打捞。茨河两岸都站满了人,那阵势好像在看露天电影。邵长庚的母亲已经晕过去几次。村书记张振华盼咐计生专干孙海棠和几个老年妇女给邵长庚的母亲打着伞,用湿毛巾擦拭着额头、脸颊,灌一些凉开水。在有些人回去吃中午饭的时候,在海龙的凉鞋、短裤所在位置的下游,一把抓钩钩住海龙的脖颈和头,把他打捞上来。

没错,海龙淹死了。

邵长庚和薛曼丽奔到家,看到冰棺中的海龙,一个像泥塑的菩萨一样一言不发,一个像待宰的羔羊一样嗷嗷直叫,拍打着冰棺。几个人上前拉着架着薛曼丽,他们的劝说像蚊子的叫声一样微弱。直到薛曼丽体力不支,像要瘫下去,几个人才把她架开。

院内的凉棚下,几个老年妇女围着不进茶水的邵长庚的母亲,劝她想开点:"事已至此,不吃不喝有用吗?"邵长庚的母亲喃喃自语:"是我害了海龙,我跟海龙一块去。"大家劝说:"这不是傻话吗?人已经不在了,活着的还要好好地过啊。"

被几个人架着的薛曼丽,看到凉棚下坐着的婆婆,像下山的猛虎一样冲过去撕打婆婆。劝说邵长庚母亲的人护着、拦着。邵长庚的母亲坐在那里一动不动。站在院内的邵长庚像木桩一样,既不拉也不拦,跟看客一样,仿佛与自己无关。几个老人让邵长庚赶快去拦住薛曼丽:"一个是你娘,一个是你媳妇,不能打,打坏了都是你的事。"邵长庚却像掉了魂一样无动于衷。

几个人拉开了薛曼丽,薛曼丽仍然对邵长庚的母亲大声嚷道:"连个小孩都看不好,你有啥用?!"

"我没用。"声音像苍蝇叫,又像自语。

"你个吃闲饭的,我在外面辛辛苦苦挣钱,你在家却不好好看孩子,你干啥去了?我儿子不是你孙子吗?你咋恁狠心啊?你咋不死?死了省心……"

村书记张振华看不下去了,走到邵长庚的面前说:"长庚,那是你娘,劝劝曼丽,不能让她这样骂你娘。"

邵长庚摇摇头,脸上像笑,又像哭。

张振华又走到薛曼丽的身边说:"这样的事,谁都不想出,得认命。谁也不怪。你婆婆早就没魂了,你和长庚得准备一下孩子的事。"

张振华又走到邵长庚的母亲身边,劝说道:"老嫂子,一切都是命。媳妇气,说几句难听话,不要往心里去,你该吃饭还是要吃饭。你和她们几个到东院里歇歇,这边长庚两口子回来了,我来跟他们俩商量着把事办了。你去歇息吧。"张振华让劝说邵长庚母亲的人把她拉走。她们明白,这是让邵长庚的母亲躲开,不再受薛曼丽的辱骂。

邵长庚的母亲对劝说、安慰她的人说,她要去解手。是啊,半天只见她傻坐没见她上厕所。她们认为,只要邵长庚的母亲能吃饭能上厕所,就说明她想开了,解手就不需要人陪了,就让她去吧。

一袋烟的时间过去了,总是不见邵长庚母亲的身影。劝说、安慰她的人,先到邵长庚家厕所里找,又到四邻家厕所里找,而邵长庚的母亲却像早晨的露水一样蒸发了。长庚的母亲不见了!几个人在邵长庚家院子里像喊救火一样喊着。张振华让继续找找,是不是太累在哪睡着了。薛曼丽说:"没有正好,眼不见心不烦。"邵长庚坐在薛曼丽的身边,看护着薛曼丽,不见的母亲仿佛不是他的母亲。

仍然不见邵长庚母亲的身影。张振华热昏的脑袋忽然间像浇了一瓢凉水,一股凉意从脑袋贯穿全身。他拍了一下脑袋说:"坏了,坏了。"他带着邵连民几个人冲出了院子。

果然,邵长庚的母亲已经走到茨河坎底。张振华和几个人把邵长庚的母亲连拉带劝弄回了家。

听说婆婆要跳河自杀,薛曼丽停止了数落。

3

油香在寒风中飘荡。人们开始炸馓子、炸麻叶、炸丸子、炸鱼,让浓郁的油香迎接新年的到来。孩子们放假了,手里拿着馓子,嘴里嘎嘣嘎嘣嚼着,站在家门口,眼盯着通向村外的路,翘首盼着未归的父母。也有些孩子拿着纸叠的摔卡,在村头边摔纸卡边等父母。村里的老人和孩子盼着外出打工的亲人早早回家给他们带来惊喜,外出打工的人也盼着早早到家,看看家中的老人和孩子是否安好。

一辆黑色的大轿车穿过村前路,扬起了眯眼的尘土。在村头摔纸卡的孩子没见过这样的大轿车,他们在扬起的尘土中,追赶着这辆轿车。轿车在村东头停了下来。从车上下来了一个女子。这女子穿着米色的毛绒大衣,披着长长的金色头发,雪白的脸上镶嵌着一双乌黑的眼睛,嘴唇上像是血,耳朵上挂着闪闪发光的坠子,一双高跟鞋好似高跷,让她走起路来像在风中飘摇。有个孩子喊妖怪。女子回头一望,几个孩子吓得哇一声四处逃窜。

孩子们边跑边喊:"妖怪!妖怪来了!"

大白天的哪会有妖怪?大人们认为这是孩子们的恶作剧。但眼见那女人进了苗金英家,人们议论纷纷。难道是苗金英回来了?有好奇心重的,便想去看个究竟。

薛良好一直惦记着苗金英欠他的钱。他领着在家的宋春香和几个老人向破旧的苗金英家楼房走去。

院门前停着轿车,水泥地边零乱地长着杂草。一个穿着一身黑的三十多岁的男人整理着屋内的杂物。那个浓妆艳抹的女人左看看,右看看,打量着屋内的一切。薛良好领着人进到院内。

"是苗金英吧?"

女人和男人一齐往外看,嗯,领头的就是讨债人。

宋春香紧跟在薛良好身后,说:"这女的打扮得真像个妖怪啊!"

这不是薛梅吗?她咋回来了?还这样一身打扮,开个车,带个男人回来。还走吗?肯定留不住。父债子还,她要还上父母欠的债。

"你是薛梅吧?"薛良好领着人站在了门口。

"我妈呢?"薛梅闪动着玻璃球似的眼珠问。

几个人纷纷说,几年没见她妈了,她妈到外地打工去了,逢年过节也不见她妈的影儿。

薛梅盯着薛良好和宋春香:"是不是你们逼的?你们还有没有良心?"

"不凭良心,天打五雷轰!"薛良好气愤地说,"我们被你们家害得够惨的了,该的钱到现在还没给。你现在回来,竟然说我们没良心!你家有良心吗?"

"叔,对不起!我这次回来就是还你们钱的。可是,我妈怎么不见了?"

"你问我,我问谁?"

有人说问问村书记。有人说村书记也不知道,他要知道能让村干部收割她家的麦子种她家的地?有人反驳说,他不知道会让村干部种她家的地吗?有人说把村书记找来不就行了吗?

薛梅用毛巾擦擦屋里的几条凳子、几把椅子,让来人坐。她是需要见一见村书记,不光是要问问自己的母亲去哪了,还要通过村书记把四户人家的债还了。她现在有的是钱,四户人家的钱对她来说是毛毛雨,但这毛毛雨不给他们,他们会骂她家一辈子的。第一年年三十,半夜里他们还敲门要钱。年初一天没亮,她就揣着妈妈在窑厂干活挣的三百多块钱,踏着积雪,深一脚浅一脚地走了。此后,他们能不逼妈妈要钱吗?妈妈哪有钱呢?有钱自己就不会辍学了,就应该考大学了,考上大学那就是另外一种人生了。嗨,也好,怎么不是活着?考上大学也不一定比现在有钱。

张振华来了,看到薛梅,他的眼里放射出奇异的目光。落座后,他笑问:"侄女儿,在哪里发财呀?"

"南方。"

"很挣钱吧?"

"比打工强。"

"哦!"张振华不知道问什么好,也不知道说什么好,好像薛梅是外星人,他一点看不懂薛梅。

薛梅问张振华她妈的下落。张振华说,她妈把地给了村里,到外地边打工边找她,经常换地方。他现在不知道她妈换在哪地方去了。等她妈打电话回来,他就告诉她妈,薛梅已经回来了。

薛梅从一个紫色包里拿出一捆捆崭新的百元大钞,总共十五捆,摞在桌子上。在座的人一个个眼珠子都快蹦出来了。薛梅斜眼看了一遍在座的人,轻柔而有力地对张振华说:"大爹,您是村书记,这些钱就交给您分配给他们四家,算当初对他们四家的赔偿。"她又从包里掏出两千块钱递给张振华,"这两千块钱给您,既是谢意,也算给您拜年了。"

薛梅拉上包链,挎上包,要走。

张振华说:"侄女儿别走,到我家吃饭去。"

宋春香说:"我现在回家做饭,吃了饭再走。"

薛良好也急忙说:"对,吃了饭再走。"

薛梅一一谢绝,要下张振华的电话,说她要找她的妈去,会隔段时间给张振华打电话询问。她甩下了屋里的人、桌上的钱、破旧的楼房,坐上黑色轿车,绝尘而去。

村里自此热议着薛梅,编织着她的传说。

第十二章

1

薛良久带着李启明到各村各户串门,天热的时候就趁凉快去,农忙的时候就趁闲去。两个人一人拎一个包,包里放着笔记本和笔,在跟老人唠家常时突发奇想的东西,随时记到本子上。

几个月下来,李启明黑了,瘦了。老伴儿见着他心疼,不让他往乡下跑。他索性住在乡下。儿子儿媳责怪他乱跑,如果有个三长两短,让他们怎么办。他说自己不但不是乱跑,反而觉得自己干了一件大事,不但精神头好,身体也更加硬朗了,血压也降低了,他觉得在农村里要比在城里多活十年。他老伴儿和儿子儿媳都说他是鬼迷心窍,而他却说:"我情愿鬼迷心窍,这不但是我的福气,还是你们的福报,我健健康康、快快乐乐,难道你们不希望我这样?"老伴儿和儿子儿媳被他说得无言以对,也就随他去了。而他回到家就会把农村发生的一些事说给他们听,老伴儿像听故事,儿子有时插问,儿媳无声无息。他有时也把农村的事说给孙子听,孙子总问他,后来呢,后来呢。

薛良久和李启明把各户的情况、各个老人的想法,各自记了密密麻麻的一本子。他们把自己的想法跟邵锋讲了后,邵锋激动地握着他们的手,感谢他们热心周到。李启明笑着说:"我应该感谢你呢。你让我老树生花,枯木逢春。"

九月九日,天高云淡,风清气爽,在邵庙村农民文化活动中心,一场大讲堂又开始了。上午九点,活动中心大门外,三三两两的三轮车扎成堆,院内一个个大圆桌旁围满了老人、年轻妇女和孩子。张振华拿起话筒,大声宣布:"邵庙村第二场农民大讲堂现在开始!现在先请邵锋讲话。"

邵锋几步跨上讲台,向台下的老人、年轻妇女和孩子深深地鞠了一躬,说:"我没啥讲的,只要父老乡亲健健康康、快快乐乐,我就心满意足了!所以今天,在重阳节这个令人高兴的日子里,我祝愿老人们健康长寿!孩子们学习进步!妇女们越来越年轻漂亮!下面还是请李启明老师给我们讲课。大家欢迎!"

掌声似鞭炮,更似雷声。

李启明走上讲台,也向台下的老人、年轻妇女和孩子鞠了一躬。他站在讲台上,目光与台下的老人、年轻妇女和孩子交流着。他花白的头发,在阳光下闪闪发光。他微笑的面容,似阳光般温暖着每一个老人、妇女和孩子。他虽然七十多岁,但站在台上的他,身板挺直,目光炯炯。台下的老人们纷纷说,还是李老师活得年轻。

李启明老师今天讲课的题目是《手拉手,不孤独》。他先让每一桌的老人、年轻妇女和孩子手拉手起身,并跟着他大声齐说:"我们手拉手,亲如一家人。一家有事大家帮,办起事来心不慌。出门跟人多问好,谁家有难早知道。留在家中讲平安,打工亲人省挂念……"老人、年轻妇女和孩子手拉手,学着李启明教给他们的话,嘻嘻哈哈中真像一家人做起了游戏,无论老人、年轻妇女和孩子,他们的脸都像绽放的花朵般灿烂。

李启明让老人、年轻妇女和孩子围着桌子坐下来,开始讲老人的心理需求问题,老人承担着不该承担的责任和义务问题,老人怎样在儿子儿媳外出打工时照顾好自己和孩子的问题,说的都是老人的心里话,因此博得了听众的阵阵掌声。一个小时的大讲堂在不知不觉中过去了,等到李启明老师走下讲台,有些老人才发觉讲课结束了。休息期间,一些老人交流看法,说李老师真会讲,听得过瘾。

下半场是邵锋从市戏剧团请的戏曲演出节目。有老人多年没听到的梆子戏,有年轻妇女们爱看的小品,更有孩子们总想揭秘的魔术表演。这些节目,让孩子们笑得前俯后仰,让妇女们笑得像报喜的喜鹊,让老人们乐得忘却了年纪。

戏曲表演结束,张振华让在场的年轻妇女都到东面屋里去煮水饺,老人和孩子就坐在桌边,等待吃水饺。有的老人问张振华:"村里咋有钱买水饺了?这么多的人得多少钱?"张振华跨上演出台,手拿着话筒大声说:"乡亲们,这次水饺,是邵锋为老人过重阳节买的。既然来这么多人,妇女孩子都来了,就人人有份。先每人十个饺子。邵锋正安排公司里的人源源不断地往这送着呢。没吃饱的,再来第二轮,每人五个。"张振华话音刚落,下面掌声四起。有的孩子叫着一蹦三尺高,被身边的老人拉住说,坐好,不要乱动。

邵锋走上讲台,拿着话筒,看着下面嬉笑着交谈不止的老人和孩子,吹了一下话筒,说:"父老乡亲,我在这里跟大家商量一下,由于没想到人这么多,一开始水饺准备得少了,第一轮就不够。所以我提议,先请老人吃,这是敬老;再给孩子吃,这是爱幼。请放心,到最后每个人都能吃到十五个饺子。"

台下有人喊道,能吃到饺子就不错了,哪还在乎多少。这是破天荒第一次在这样的一个大场合吃饺子,没有邵锋上哪吃去?也有的说邵锋这样做得对,先老的后小的,没有老的哪有小的?现在是顾小不顾老了。也有的说,孩子肯饿,大人能忍,还是先尽着孩子吃。

饺子上来了。先给每桌的老人一人一碗。老人还没动筷子,身边的孩子头勾着,眼盯着。有些老人准备把饺子舀给孩子吃,而这时薛良久在话筒里喊开了:"各位老人,第一个饺子给自己,祝自己重阳节快乐;第二个饺子吃到肚里,两腿走路更精神;第三个饺子……"有些老人已经不听薛良久的讲话,开始把饺子舀给身边的孙子和孙女吃。他们吃饺子,让孩子眼盯着、嘴张着,不忍心啊!

老人吃了饺子,满脸幸福地骑着三轮车回去了。孩子吃了饺子,也不坐爷爷奶奶的三轮车,一蹦一跳地跑回家。一部分年轻妇女在收拾碗筷桌凳,打扫卫生。邵锋和李启明、薛良久都觉得这次的大讲堂就像一次喜宴,来的人热情,听的人用心,走的人满意。他们心中洋溢着满足感。

但是,仍有不尽人意的地方。人多,秩序有些混乱,饺子不能及时供应,煮饺子的人手忙脚乱,老人和孩子不能同时吃饺子,小点的孩子会哭闹。能不能把老人和小孩分开?还有,怎样让小孩知道大人的辛苦和对自己的疼爱呢?怎样让小孩懂规矩知礼节呢?

下午,邵锋、薛良久、李启明,还有村书记张振华,在活动中心一个小教室里总结上午的重阳节大讲堂活动。李启明问邵锋这次买饺子花了多少钱。

"花不了多少,我能负担得起。主要是措手不及,有些乱。"邵锋大致算了一下,这些速冻水饺一袋就够一人吃的,几百人就是几百袋,一次活动也就几千块钱,加上戏曲表演,一万块钱足矣。这些钱,也就是他在皖阳市大酒店里两三次的请客费。

"通过今天的活动,我有个想法。"李启明停顿一下,又看了看薛良久和张振华,薛良久和张振华都把目光集中在李启明的脸上,"以后,我们初一和十五都办这样的活动,每次活动都让老人吃上饺子,叫敬老宴。"

"那得多少钱?邵锋的钱也不是大风刮来的啊!"张振华说。

"书记,只要能把老人聚起来请李老师讲课,这个钱没问题。"

"邵锋,不能总让你出钱。"李启明看了一眼邵锋,"我们可以这样办:自己买肉买菜买面,把村里的妇女组织起来,让她们动手包饺子,煮饺子。初一和十五,全村老人、妇女、孩子聚在一起,就像一个大家庭,和和乐乐。同时,对他们进行文化教育。如果自己人动手包饺子,一场敬老宴也用不了几个钱。我想好了,我每个月从退休金中拿出两千块钱支持敬老宴活动。光让邵锋掏钱办这些活动,我这个老师心里也难受。"

"我掏一千。李老师说得对。我劝邵锋回来,耽误城里的事不说,总让他在村里掏钱,我心里也不好受,也应该表示表示。"薛良久深有感触地说。

"我掏五百,虽没有多少,但也是心意。"张振华说。

"我掏五千吧。不够再补。"邵锋说。

"用不了,你可以兜底。我们不请市里的演出队了,成立自己的演出队。可以请人教妇女扭秧歌、教老人跳健身操、打太极拳、打快板,让老人们唱唱老歌,让孩子们朗诵诗,只有全村老少都动起来,咱们的文化活动中心才热闹,才能发挥作用。"

"耽误他们干活,他们不一定肯干啊!"张振华提出自己的顾虑。

"振华书记,你让孙海棠不要报酬,带头包饺子、扭秧歌、打快板,会有人跟着干的。"薛良久提出建议。

"那就从村干部和村民代表开始,动员一些人,成立各种队伍,做饭的做饭,打拳的打拳,唱歌的唱歌。"

"对嘛!你振华书记就成了三军总司令了。"薛良久笑说。

"我还有一个提议,咱们捐出去的钱就交给薛良久和孙海棠保管。一人管钱,一人管账,每个月公布一次账目。钱上明明白白,事业才能顺顺溜溜。"

张振华和邵锋都表示赞同。

薛良久说:"我也有一个提议,就让李启明老师当咱们的文化活动中心主任。李老师,请专家来教太贵,你来教大家。现在电视上这类节目多得很,电脑上也有。"

"你是赶鸭子上架啊!那就让老夫聊发少年狂,也疯一次。我回去在电视电脑上学学,边学边卖。你也不能闲着,你就教打快板、跳老年健身操。"

邵锋笑着给两位退休老师鼓掌后,说:"农村孩子缺少家庭教育,两位老师这一块还要多想办法。"

"是啊!爷爷奶奶大了,没有能力管教孩子,也没有知识教育孩子。这一点我要和李老师好好谋划谋划。"

"这样吧,让李老师当活动中心主任,良久老师当副主任,邵锋你看行不行?"

"一百个同意!只是两位老师既出钱又出人的,真让我过意不去。"

李启明笑说:"我愿意!"

薛良久也笑说:"邵锋,别跟我说这话,我更愿意!"

2

在邵锋忙着建大棚的时候,杨永亮到地头找到邵锋,让他写入党申请书。邵锋说:"太突然,我没有准备呢。"

"实际上你的思想和行为已经入了党。"

薛良久在劝邵锋回乡当村干部时,邵锋就告诉他自己不是党员。薛良久因此而惋惜,说如果是党员就直接当村书记。说实话,他不想当村书记,不要让张振华认为自己抢他的位子。他当初答应薛良久回来当村主任,只是想抽出点时间和精力为家乡父老乡亲做点事,况且村主任角色可进可退。可是,自从当上村主任他就身不由己了,仿佛有一种力量裹挟着他往前走。虽然曲曲折折,但父老乡亲一见到他很远就打招呼,说一大筐掏心窝的话,这让他很受用,也更有心劲。他把更多的时间和精力投入村里工作,惹得李芳见到他时温存没有抱怨多。投到村里的钱也越来越多,这更增加了李芳的抱怨,也让姐姐和邵伟站到反对的行列。好在父母当初反对现在开始支持了,他们要等新农村建设好后回村住呢。他们说,农村有他们熟悉的人、习惯的空气和土地。他相信,要不了几年,邵庙村就会像一个小集镇一样漂亮,住得干净,走得方便,吃得健康,空气新鲜。他投的钱会连本带息地收回。他看好大棚蔬菜,看好农业种植。民以食为天,这个食不光是粮食,还有蔬菜和肉品。李贺猛就是做农业的,不是很赚钱吗?当他把李贺猛的事说给李芳还有姐姐和弟弟听时,他感到他们的反对不是那么强烈了。这片土地是养育自己的土地,更是发展自己企业的土地。自己回乡做事,说是回报乡亲,事实上这片土地和亲人可能会更多地回报自己的企业。所以,他现在把更多的时间和精力投入村里工作。但入党的事他从没想过,他不想让村书记张振华产生戒备心。

杨永亮是组织委员,发展新党员、加强农村基层组织建设是他的主要任务。杨永亮知道,现在农村基层组织缺少新鲜血液,一些老书记发展新党员的积极性不高,唯恐新党员成长起来,抢占他们的位置。有的村是"近亲繁殖",发展自己的儿子、侄子和其他亲戚为新党员。长此以往,农村基层组织建设堪忧。所以,现在上级对发展新党员有任务,邵锋已经回村工作一年多,所干的事非常得民心,村里老党员也非常拥护。但邵锋从来没提入党的事,这说明他回来是干事的,不是像张振华所担心的那样是来捞政治资本的。一年多了,张振华该看出邵锋的心迹了。就像宋明诚书记说的,像邵锋这样的人,不发展他入党是我们的失职。党的队伍中,这样的人越多,党的力量就越大。但是必须先征求邵锋本人的意见。如果邵锋本人愿意,接下来就是张振华这一关。至于村里的党员,他敢打包票,百分之一百同意。

杨永亮盯着邵锋的眼,郑重地说:"邵锋,我只问你一句,你愿意不愿意入党?"

"愿意!咋不愿意?"

"那好。你写份申请书。"

杨永亮说完便走了,邵锋依然在地头看工人们搭建大棚。

张振华和杨永亮在村部喝着茶,聊着天。对发展邵锋入党,他现在一点意见也没有。他曾经怀疑过邵锋,那么大的企业,那么能挣钱,回到村里搅什么浑水?想顶他的村书记吗?他虽然干得不出色,但也不差劲。如果村书记被邵锋顶去,他的脸往哪里搁?他在村里还待不待?村书记挣不了几个钱,赶不上打工的一小半,但活的是一种脸面,特别是他当了一辈子村干部,脸比钱更金贵。所以对于邵锋当村主任,他心稍宽一些,但仍提防着。村主任选举被举报是谁干的呢?肯定不是他。他不能自己举报自己受贿。谁知道邵锋给他送了两瓶酒两盒茶叶?只有孙海棠。孙海棠是想当村主任,但她不合适。好在没有影响邵锋当村主任。邵锋当了村主任,对他比较尊重,啥事都征求他的意见。邵锋所干的事,也确实是为村里着想。就拿新农村建设来说吧,邵锋是垫钱给老百姓盖房子的。老百姓都不傻,算算自己盖房子比交给邵锋盖房子花得还多,所以都让邵锋盖了。先交五万,那五万搬进家再给。个别手头紧的只交了两万。这样的好事,老百姓上哪地方找去?也只有邵锋这样干,换个人也不会干的。不是邵锋有钱的问题,而是人的心肠问题。他作为一个老党员老干部,真的心中有愧。愧在一开始对邵锋的工作不是积极支持,口头上说得多,实际上做得少;愧在不想发展邵锋为党员,怕他夺取自己的位子;愧在邵锋真心实意想把邵庙村建设好、发展好,他却心胸狭隘地揣测。农业专业合作社成立了,邵锋让他当社主任,还要给他发工资,这不是打他脸吗?他现在一分工资也不能要。邵锋可以为村里做贡献,带领老百姓致富奔小康,他一个老党员不能让人看不起啊!他也可以有多大力出多大力。邵锋没提出入党,杨委员先提出来了,这也可能是镇党委的意思。他不能被动,应该主动找邵锋谈,让他写入党申请书。等邵锋转正后,就把村书记让给他。不光是让贤,自己年龄大了,也该休息了。

鉴于邵锋平时的表现,大家明确表示同意邵锋入党,经过一系列的程序,加上邵锋的努力及各方面的审核,邵锋终于成为一名中国共产党预备党员。他更加努力地为村民及新农村建设服务了。

3

市新农村建设办公室准备在年底召开一次全市新农村建设现场会。他们跑遍全市各乡镇,发现只有三水镇邵庙村的新农村建设成效突出,便决定现场会就在三水镇邵庙村召开。

三水镇计划生育工作属三类,招商引资工作倒数,综合治理工作居中,出彩的事不多。全市现场会,那是市领导、各乡镇党政主要领导、市直各单位一把手参加的盛会,这样的大事三水镇从来没碰到过。镇党委书记宋明诚和镇长孙东海既惊喜又恐慌,他们满脑子里装的都是如何搞好现场,如何迎接现场会的召开。

邵锋前脚跨进宋明诚的办公室,宋明诚立即就从椅子上站起来,走上前,一把握住邵锋的手,上下颠了三下,又左右摇了三下,笑容满面地让邵锋坐好,并给他泡茶。他知道邵锋不吸烟,但仍然把烟让给邵锋,邵锋摆手。邵锋跟坐在宋明诚办公桌一侧的椅子上的一个人点点头,那人笑笑,两人算打了招呼。这个人的眼睛一直跟随着宋明诚移动,待宋明诚又坐在椅子上时,眼巴巴地看着宋明诚。宋明诚一挥手:"你出去吧,回头再讲。"

那人笑着,再次向邵锋点头,弓着腰出去了。

"打扰宋书记了。"邵锋笑着说,目送那个人出门。

"谁也没有你重要。他们可以随叫随到,你可是大贵人,不能慢待。"

"宋书记忘了,我是村主任,你的下级。"

"我从没把你当下级,一直当贵人。"

"宋书记太客气了。今天什么事满面春风?要升官了?"

"升官不想。你往我脸上搽粉,我能不给你一个笑脸吗?"

"我可是粉盒粉饼啥都没有啊!"

"哎,老弟,你已经给我搽粉了。告诉你吧,全市新农村建设现场会决定在我们镇召开,邵庙村就是现场参观点。"

"需要我做什么?"

"加快进度,完善设施,让邵庙村可看可学,成为典范。需要支持的,你尽管讲一声。"

"明白了,宋书记。"

"老弟,全靠你了。"宋明诚说着,从办公桌左边的柜子里掏出一盒茶叶,"不要摆手,我知道你的好茶多。这是他们才给我的铁观音,送给你。"

"宋书记的茶,肯定是好茶。"

"别笑话我。没花钱买。送给你,喝不喝是我的心情。"

"我放在博物馆里珍藏起来。"

"作为我受贿的证据?"宋明诚笑起来。

"友谊的珍藏。"邵锋也笑起来。

邵锋从宋明诚办公室里出来,就急忙到新农村建设的现场。离现场会还有一个多月,除了房屋可住、道路可通,还应该路灯明亮,绿化完工。这几项工程可以同时施工。关于自来水,邵锋刚才跟宋明诚书记讲了,让他催水利局抓紧施工。水利局已经答应给新农村建一个水厂,但总是不见动静。趁这次召开现场会,水利局应该立即落实,抓紧施工。相信书记和镇长会轮番催促。邵锋知道,一个现场会的召开,会让很多部门协力相助。

邵庙新农村建设分成四大块。中间一条大路叫致富路,一直往南延伸,与三水镇大街相连,整个新农村的布局就是一个"由"字。新农村的最北端是原来的一条大沟,现在沟南岸修了水泥路,叫幸福路,岸边栽上了垂柳,沟北岸栽上了白杨树。沟坡上长的是结巴草。此草贴地蔓延,把地固牢,生长旺盛,能极好地防止水土流失。夏季茵茵像地毯,冬季枯暖像铺被。沟里的水虽然不多,但很清澈。以前的垃圾袋等杂物已被清理,现在没有人往里面乱扔杂物了。新农村的中间,挖了一条四米宽、东西向的小沟,沟两岸栽上了垂柳、女贞、松树、柏树、桂花树。树旁砌有水泥凳子水泥桌,供人们夏天乘凉时打牌下棋。沟里的水清澈见底,透明得像蓝天。沟的东西两头,分别向北延伸,与新农村最北端的大沟连通,雨季时可以排水。这条沟与中间的致富路大道,把新农村分割成四块。现在,东边两块和西北角一块都已建好成形,等待完善门前路和下水道。中间的致富路大道十五米宽,两侧各留一米宽的绿化带和一米宽的下水道,每隔五十米安装一盏路灯。大道与中间沟的交叉处建一座拱桥,拱桥两侧站立着青石雕刻栏杆。在桥的西南角,留一块二百多平方米的空地,等待建设村民活动场所。市体育局已经答应,给安装一套全民健身器材,有单双杠、步行机、梅花桩、按摩器。致富路大道入口处,两根水泥杆子撑着一块几米宽的广告牌,广告牌上便是邵庙村的新农村规划鸟瞰图。邵锋在工地上走了一圈,决定要在现场会举办前,把已建好的新农村部分整理得就像城里的别墅区一样。

12月中旬,新农村的各项建设接近尾声。绿树吐翠,路灯明亮,房屋整洁,道路通畅。虽然每家每户暂时用压水井,但水利局正在紧锣密鼓地打井,自来水可望在春节时通到各家各户。一百多户人家,放着鞭炮,搬进了新家。

宋明诚和孙东海隔三岔五就会到新农村建设工地转悠一圈,他们不是督促邵锋的房屋建设和道路的修筑,而是对只能由他们出面协调跟进的项目进行督战,比如自来水厂的建设。尽管邵锋是政协委员,是知名的企业家,尽管水利局有支持新农村建设的任务,但邵锋跟他们没有交集,水利局的工作必须由党委、政府协调跟进,这是行政体系。所以,当自来水厂的建设、健身器材的安装、电力的供应等方面进度缓慢或迟迟没进展时,他们就会在现场给这些部门的领导打电话沟通协调，催促施工。现在，他们看到一百多户人家搬进新居，大人小孩出出进进喜气洋洋，脸上心中便荡漾着对邵锋的敬意。

新农村的东边两块、西北一块区域，足够容纳申请盖房户。西南角一块，要等有申请盖房者才能施工，所以目前这块地先空着。薛寨的大棚黄瓜、芹菜，已经卖到城里边。邵锋由此想到，应该在这块空地处建一个超市，除了卖日用品外，还可以卖大棚里的新鲜蔬菜。邵锋把自己的想法说给宋明诚听。

宋明诚说："这是好事，就近解决农民的购物问题。"

"离三水街近，可能会冲击三水街的市场。"邵锋说出自己的顾虑。

"哪里有需求，哪里就有市场。不要管那么多。"

"这样一来就改变了原有的新农村规划，就涉及改变土地用途的法律问题了。"

"允许改革创新嘛！只要符合农民的意愿。新农村建设一开始不是也困难重重吗？现在怎么样？不是很顺吗？现场会的召开，就是对你的肯定。所以超市的问题，你能搞定。"

"宋书记高看我了。"

"我完全相信你！"

邵锋马不停蹄地召开了村干部会议，向大家讲述了建超市的设想。超市可以建成钢结构的，成本低。日用品可以通过"千乡万村"工程配送，卖掉货才给钱。蔬菜可以从大棚里直接运。超市就算村集体企业，每家每户都可以入股，成立股东大会，入股自愿，退股自由。如果开始入股的人少，股金不够，他可以兜底。后面再有入股的，他再慢慢退股。大家都说，这是好事，坐在家里也能挣钱，但折本了怎么办？邵锋知道，很多人穷，就因为守旧不敢冒险，世上哪有没风险的事呢？但为了让大家放心，他说："如果亏本，每个人的股金，我一分不少地退还。"

村干部回到各自然村里一宣传，入股的人就踏破了村部的门槛。刘明士当了一辈子文书，谨小慎微，周到细心，一辈子没犯过大错，邵锋便让他开票记账收股金。两天的时间,股金就收了三十多万。邵锋给超市起名"邵庙村合心超市"。他立即安排工程队,在新农村西南角的空地上,开建合心超市。

12月28日,皖阳市新农村建设现场会在三水镇邵庙村如期举行。市领导和各乡镇及市直各单位领导二百多人,浩浩荡荡地沿着邵庙新农村致富大道由南向北走来。镇党委书记宋明诚举着扬声器,口吐莲花地介绍着邵庙新农村建设的规划、布局、建设和成效。参观队伍看到了正在施工的邵庙村合心超市,走在纵横交错安有路灯的整洁的水泥路上,探访了住在起脊楼顶贴着紫色琉璃瓦的三层洋楼的农户,欣赏了清水沟两岸郁郁葱葱的绿树,不禁感叹:"还是这里好啊!强过城里的别墅区。"有的说:"别墅区的空气哪有这里新鲜?"有的说:"以后退休时也到农村来,住在这里肯定长寿。"

参观人员参观完邵庙新农村的角角落落、沟沟坎坎,陆续向停在路口的参观车走去。有些乡镇的领导说:"听着激动,看着感动,回去没法动。有几个乡镇能有邵锋这样的企业家?"有的应和道:"是啊,各乡镇的老板多得是,像邵锋这样有情怀的人却难找。"有的说:"我们要跟明诚书记学,他给邵锋安个村主任,我们回去给那些老板安个村书记。"有的反驳说:"那得看他们乐意不乐意。野地里烤火,一面热不行。"

不知宋明诚跟带队的市长说了一句什么,坐在大巴车的人等待原路返回市政府会议厅时,却发现市长的车跑错了方向,而带错路的车就是三水镇党委书记宋明诚的车。但不管方向和时间,只要跟着市长的车就不会犯错。

他们来到了薛寨村的大棚蔬菜基地。市长下车,参观人员也从大巴车里下来。几百亩的白色大棚,像白色海洋展现在他们面前。宋明诚、孙东海、邵锋在市长身边说着什么。由于不是原先预定的参观点,市长没有停留多长时间就上车了。车队跟着市长的车,像奔向前线的队伍,赶往市政府会议厅。

宋明诚和孙东海坐上镇政府的普桑,紧跟在车队后面。宋明诚闭目回味着市长的话:"新农村建设不光是盖房子,还要有配套产业。邵锋啊,你真是我们市有担当有眼光的企业家。"这话是说给邵锋的,是赞许邵锋的,但好像又是说给他宋明诚的。这话里透露出市长的什么心思呢?

声势浩大的现场会震醒了薛寨村的村民。他们争着写申请,要求邵锋像给邵庙村建房一样,也给他们建设新农村。其中就有一开始提出要无偿给他建两套房子的薛长富。薛长富几乎要给邵锋下跪,说他的地全部交给村里,咋盖都可以,他只有一个请求,让他和儿子薛永利也到邵锋工地上干活,就像邵连宇爷儿俩一样。邵怀士已经娶上媳妇,薛永利已经二十多岁了,还没有说着媳妇,家里的楼房还没盖,薛长富又断了一只手。这样的家一打听,很难说着媳妇。邵锋听说了永利的劣行,有些迟疑。不见邵锋吐口,薛长富就要下跪,被邵锋拦住。邵锋严肃地说:"你们爷儿俩去可以,但要听从管理。"

薛长富忙大声表态:"肯定的。不好好干,不得好死。"

"不要赌咒。只要服从管理,有错即改就行。"

"你是俺们家的恩人哪!"

"说重了,是父老乡亲。年后你们爷儿俩去上班。"

薛长富屁颠屁颠地跑回家,把喜讯告诉了宋春香,并说楼房不愁了,儿媳妇也不愁了。宋春香咧开了嘴,觉得断了右手的薛长富还是有些能耐的。

4

大棚蔬菜东侧是一百多亩的桑树土鸡立体种植养殖基地。按照李贺猛的建议,先把土地翻耕、晒墒、冻酥,明年的春天,他再把桑树苗移栽过来。第一年,苗小叶少,桑叶要少采,桑蚕要少养,可以在地里多养一些土鸡。土鸡既可以当捕虫能手,又可以造粪壮地。第二年,苗壮叶茂,各个枝杈上发出的新芽和嫩叶,可掐取制成桑叶茶,再过二十多天长出的新叶,便可采摘用来养蚕。愿意养蚕的农户无偿提供蚕卵,无偿采摘桑叶,按技术指导养蚕,所结蚕茧全部由李贺猛的晴江农民专业合作社收购。养多的人家,一季可收入三四千。养少的人家,也可以收入一千多。土鸡养大后,邵锋可以直接往外出售,也可以由李贺猛代售。这一百多亩地的占地户,在邵锋和李贺猛的托底下,怎么算他们的收入都能超过种粮食的收入。

西边二百多亩的大棚蔬菜,黄瓜、笋瓜、芹菜、辣椒,一茬接一茬地上市。这些菜被送往邵锋的工地、工厂和皖阳城的菜市、饭店。邵锋当初担心销路问题,可眼下这些水灵灵的绿莹莹的不含农药和化肥的蔬菜,很受市场的青睐,价格也高出同类品种。老人和年轻妇女在大棚里摘菜、拔菜、择菜,让这些菜大小均匀地干干净净地钻入透明的白色塑料袋中,然后轻拿轻放地装车。每个人根据一天的劳动量,多的可以挣到两百多,少的可以挣几十上百。挣了钱的老人和年轻妇女开始大方起来,他们上街给孩子买吃的穿的,手不再哆嗦,更不需要打电话向在外打工的亲人要钱。他们在一起聊家常时,总说自己挣的钱花得随意,花得开心。

邵锋初步核算大棚蔬菜的收益。不计大棚建设的投入,只算土地转租费、人工费、蔬菜生产成本费,一亩地赚钱寥寥。如果加上大棚建设的投入,每亩地在亏损啊!到山东考察时都知道大棚蔬菜能赚钱,如果说出去不赚钱,大家能信吗?而这种情况又不能跟村里讲。是不是农民的工钱定太高了?有些人十多天就挣了三千多块钱,但他们从早干到黑,很勤快也很辛苦。张振华书记的工资定到两千六,比上级给他的村书记工作补贴还多出一千块钱。他很知足,也很用心。这些人的工钱,只能上不能下,再不赚钱也不能降他们的工资。怎样提高收益呢?只能从销售上找突破。

邵锋请教李贺猛。李贺猛说:"想要多赚钱,就得再投钱。"

邵锋若有所悟:"再扩大规模,增加品种?"

"不需要。可以在地头建一个蔬菜简单加工厂。比如芹菜,洗净后,茎洗净后切段,用菜盒包装,或者再配上洗净的辣椒,这样饭店里就可直接上锅炒,城里人买了后也省得择菜、洗菜、切菜那么麻烦,可以拆开上锅,让他们省时省事省力。菜的价格也能涨上去,至少是现在的两倍。芹菜根儿芹菜叶子也可以清洗包装卖出去。芹菜根用醋泡,再拌上花生,能降血压,是很好的下酒凉菜。芹菜叶子可以拌面做蒸菜,大小饭店都有。既然农民的工钱不能降,就要在源头上多开挖,在销售上多提升。这就是电视上报纸上经常讲的增加附加值。"

"哎呀,你老弟懂得很多啊!向你请教对了。"

"各有所长。在开发房地产和办工厂方面,我当你一个小学生都不够格。"

"客气了!我还要感谢你为敬老宴捐款呢。你真的让我很敬佩。"

邵锋在邵庙村农民文化活动中心,举办的初一和十五的敬老宴,参加的老人越来越多,甚至不是邵庙村的老人也过来了。除了李启明、薛良久、张振华的捐款外,不够的钱都由邵锋垫底。李贺猛知道后,一下子向敬老宴捐款五万块钱。这事感动了所有的村干部,他们也一百两百地捐。

李贺猛笑着说:"跟着好人学好人呗。"

邵锋上前握住李贺猛的手,随即抱在一起,然后两人又哈哈地笑起来。

外出打工的人扛着包顶着呼啸的北风,陆陆续续地回到家乡。他们看到像别墅群一样的邵庙新农村,看到像白色海洋一样的薛寨蔬菜大棚,感觉像是到了别人的家乡。他们吃惊于一年来家乡的巨变,更感叹于在家老人和年轻妇女的收入。薛寨自然村,又有几十户人家申请新农村建设,更多的人愿意把土地交给村里建蔬菜大棚。不仅如此,刘营、巩营等几个自然村也纷纷提出申请,要求建新农村,建大棚。

自从邵锋被批准为预备党员,张振华当上专业合作社主任后,村里很多工作都交给了邵锋。张振华觉得自己应该松手了,到邵锋预备党员转正后,他就彻底地撒手。所以现在村干部会主要由邵锋主持召开。邵锋在村干部会上说,村民的愿望是好的,热情是高的,但不能贪大求多,要等待时机,一个村一个村来。如果有更多的人返乡创业,村里可以扶持,在村里统一规划部署下,让各自然村庄自己建设,自我发展。各自然村可以一村一品,比如说,一个村庄种西瓜,一个村庄种草莓,没必要都要种黄瓜、辣椒。有些小村可以合并成一个大村庄,变成邵庙村的中心村。这些工作需要我们慢慢谋划。目前邵庙村的新农村建设已经成型,也摸索出了一套好办法,这个办法可以在薛寨新农村建设中套用。但大棚蔬菜急不得,我们还没有摸索出经验,技术人员也没培养出来。李贺猛可以给我们指导,但他不能老是给我们干,得培养我们的技术人员。在薛寨村的大棚蔬菜走出一条大路前,其他村的大棚蔬菜就不能动。邵锋征求大家的意见,都说邵锋说得在理,不能冒进。邵锋又嘱咐大家,回到各村庄,要做好宣传解释工作,不要让村民有误解。张振华最后表态说,大家要严格按照邵锋说的去办。

腊月二十八,呼啸的北风狂叫着,气温骤降,连那鹅毛大雪也从空中纷纷地跌落到地上。一顿饭的时间,大地就白茫茫失去了本色。所有归家的路人就像在雪地上滚动的大熊猫。蜷缩在家的人,没有抱怨春节即将来临时的出行不便,而是感叹明年的好收成,因为"瑞雪兆丰年"。

腊月二十九,天放晴,太阳好像被雪洗白了一样,没有一点红色,也好像被雪洗凉了一样,没有一点温暖。路上被踩踏的雪像钢铁,硬邦邦的。而田野里没被踩的雪,也不再像棉花,而是像白色的泡沫板,踩上去咻咻地响。

二百亩地的大棚被雪压塌了一大半,压塌的大棚里的蔬菜全部被冻坏,没压塌的也被冻伤了。这些菜正是春节期间的紧俏货,价格更是平时的两三倍,可眼下几乎全毁了。张振华带着村民清扫积雪,清点着毁坏的大棚,估算着损失。他一算吓了一跳,要损失几十万啊!这下,邵锋又赔了一大笔钱啊!

第十三章

1

薛长富急于到厂里上班,留下宋春香在家照顾儿子永利。门岗的工作不好找,风吹不着,日晒不着,盯着工人进进出出,似乎就比他们高贵一等,况且工资不比一般工人拿的少。这要不是他受伤,宋春香带着几个人闹,厂长绝不会让他当门岗的。所以,家里发生大事,可以跟厂长请假,跟岗友调班,但时间不能太长,更不能超假,他必须早早回厂里。

永利躺急的时候,就两手撑着上半身坐起来。他看到院内的几只鸡在慢悠悠地抬脚走着,时不时地在地上啄一下。他嗾了一声,几只鸡好像聋子,依然慢悠悠地迈着脚步。他又大声嗾了一声,几只鸡依然如故,而奶奶却从院门外拉着铁蛋走进来问他叫什么。他说他要尿尿。奶奶拿来一个塑料盒放在他的大腿间,他自己撑着身子尿。奶奶把尿盆端走后,弟弟铁蛋站在他床边。他拉着铁蛋的手,铁蛋听他学狗叫、牛叫、羊叫、老虎叫、狮子叫。他的叫声让弟弟铁蛋咯咯笑个不停。铁蛋明年就要上一年级了,但他连数都不识。他掰着手指头教弟弟数数。铁蛋数到三十就数不下去了。他骂弟弟是猪,铁蛋听哥哥说他是猪,昂着头,咧着嘴,翻转着身子,又是咯咯笑个不停。

奶奶把尿倒了,回到屋里开始给永利按摩双腿。医生说,小腿的石膏要两个月后才能打开,在这期间两条大腿和脚指头要经常按摩,不然的话血流不畅小腿容易坏死,不坏死也容易瘸。除了奶奶爷爷妈妈给他按摩,永利自己也要不停地勾动脚指头。在按摩中,他最享受妈妈的按摩。妈妈的手像是在给他挠痒,而奶奶爷爷的按摩像在擀面,在他腿上擀、捣。

宋春香白天到窑厂干活,两个儿子和家里地里的活都交给了孩子的爷爷奶奶。窑厂的活虽然累些,没有箱包厂的活轻松能挣钱,但在家里也只有跑到窑厂才能挣到钱,或者给农村的建房队拎泥兜子,干点零活。不能在家守着,指望着薛长富一个人挣钱。

窑厂就建在杨沟东岸。窑主叫李金奎,四十多岁,平头,黑脸,大鼻子,宽嘴巴,一双眼睛像狼眼一样灼人。累疼了腰挺直身子站一会儿的人,只要被他的一双眼灼到,立即又弯下腰。双手装卸着砖坯子、嘴里却在唠家常的妇女,只要看到他的一双狼眼,立即哑口无言。几个比宋春香干得久的妇女都说李金奎就是一只狼。不管狼不狼,你想挣钱,就要被狼盯着。

宋春香从一开始的挤砖坯子,到往窑里运砖坯子,再到从窑厂里出砖,每样活干一天都让她累得腰酸背痛,回到家整个身体就像木板一块。每样活的调换,李金奎都跑到宋春香的身边,口水都弄到了她的脸上,问:"累吗?"宋春香总会说习惯就好了,紧接着继续干活。

这一天,宋春香被叫到窑厂的办公室。说是办公室,其实就是两间小屋。一间铺着一张床铺,供看窑厂的人睡觉。一间放着一张桌子,几把椅子,两条长凳。不到结账的日子,宋春香不知李金奎叫她到办公室干什么。宋春香进了办公室,李金奎正坐在办公桌后边,嘴里叼着一根烟,眼睛眯缝着。

宋春香站在门里,眼盯着吞云吐雾的李金奎:"啥事?"

"会记账吗?"

"大账记不好,小账谁不会?"

"你给我记账。你过来。"

宋春香走到桌子对面,李金奎站起身让宋春香把手伸出来。宋春香迟疑地抬起自己的手。李金奎上前,一下子攥住宋春香的手。宋春香急忙回抽自己的手,她感到自己的手被两把铁钳子钳住了。一阵疼痛之后,钳子松口,她抽回手。

"手不错,是记账的手。明天开始,你给我记账,窑厂往外出砖,谁拉的,拉多少,啥时候拉的,干活的人谁干多少工,都给我记清楚。工资是制坯运坯的两倍。给,这是笔和本子。"

宋春香本想拒绝,但李金奎已经把笔和本子塞到了她手里。他的手又抓握了她的手。

宋春香记账一个月,一对账,没出一点差错。她的工资拿到了两千多。那些干活的人,三五成堆地挤眉弄眼地说个不停,而如果她走近他们,他们便闭口不语,成了哑巴。

第二天晚上,干活的人早走光了,只有一个烧窑的师傅在看着窑火。宋春香不知道李金奎让她晚走一会儿要干什么。宋春香心里突突跳,犹犹豫豫地来到李金奎的办公室。办公室里烧着蜂窝煤炉子,比外面暖和很多。李金奎热情地招呼着宋春香进屋,随即把门关上。宋春香愣神间,李金奎上前一步,张开两个铁臂,抱住了宋春香。宋春香使出浑身的力量挣扎,无奈李金奎的铁臂像钢钳一样被扣住,使她动弹不得。李金奎把宋春香放倒在床上,两条腿压住宋春香的腿,左手扣住宋春香的两只手,右手脱宋春香的衣服。宋春香从来没有感受到这样大的力量,她已经累得浑身冒汗,招架不住。但她想到了薛长富的断手,想到了永利,想到了永利过几年就要说媳妇,想到了一家人的名声,想到了一家人几十年都要生活在这里,她便手脚并用,大声喊叫起来……

"你走吧!"李金奎气愤地说。一只到嘴里的兔子,没咬上一口就跑掉了,这让他非常懊恼。

宋春香不再到窑厂干活,而是跟着时庄瓦工队干零活。

永利两个月后拆掉了小腿上的石膏,但他还不能让小腿儿用力,要拄着单拐慢慢活动右腿。半年后,永利丢掉了单拐可以正常行走了,但还不能负重。永利不愿意在家待了,他跟家里人闹,说他要出门,要打工挣钱。宋春香被他闹得心烦意乱,不光吵永利,还吵爷爷奶奶,说爷爷奶奶太惯着他了,惯出一身毛病。永利不管妈妈的吵骂,只要妈妈干活不在家,他便跑到三水街看录像。爷爷奶奶,除了唉声叹气外,也不愿让宋春香知道太多。

宋春香给薛长富打电话,让永利到厂里当学徒,同时还可以管着他。永利的腿虽然好了,但还不能吃重,建筑工地的活不能干。

薛长富跟鞋厂老板千求万求,老板终于同意薛永利不拿工资,以学徒的身份进厂。薛长富让永利拜自己原来车间的好朋友老黄为师傅,并在厂附近一个叫"一家人"的小饭店里,花了一百多块钱请黄师傅吃了顿饭。这算是给永利举办的拜师宴。

一个月不拿工资,两个月不拿工资,半年还不拿工资,薛永利很奇怪。他问爸爸咋回事。薛长富告诉他,他现在是学徒,还不是正式工,等一年后,他十八岁了,就可以拿工资了。永利气得要跑,不想在厂里干了。薛长富劝他,不满十八岁,出了这个厂就会被警察抓起来。永利一听说要被警察抓,就不敢乱动了。

两年多了,永利没挣着一分钱,买吃买穿,需要跟爸爸要钱。想上街溜达溜达,见见世面,或者看看录像,他一分钱也要不到。他怄气,不理爸爸。在休息的时候,他要么睡大觉,要么在租住的房屋周围转悠,就像一只无家可归的猫或者狗。一次他溜到租住屋村西边的大路上,看到一个废品收购站。废品站堆积着很多的铁铜塑料等,很多铁铜都是新的机器零部件。铜是一块钱一斤,铁两毛钱一斤。他灵光一闪,挣钱的门路有了。

薛永利搜寻厂里的一些小的铜部件,在下班前到厕所里把铜部件绑在裤子里的大腿上,由第一次的几斤到后来的十多斤,他绑得越来越熟练,走起路来也越来越正常。废品站给他的钱,他可以买他想吃的东西,更可以看录像。那录像让他心里着了火,让他想起了兰兰,让他想把大街上的女人拉到录像里。

薛长富值夜班,永利在家可以好好睡一觉了,但他没有。永利把东西卖给废品收购站后就直接上街看录像去了。录像结束,走在回去的路上,永利的身子就像一只老虎一样,见着女的总想张开血盆大口去咬。在一个拐弯的僻静处,一个长发女人和一个短发女人肩并肩地在前面走着。永利实在控制不了那只老虎,就纵身一跃,扑向那个长头发女人。两个女人一边喊救命,一边与永利搏斗。警车鸣着笛呼啸而来,永利想逃跑,可两个女人死命拽住他……

永利以强奸未遂和偷盗罪,被判处三年有期徒刑。薛长富也因儿子偷盗厂里的财物而被开除。

薛长富回到家,宋春香一听说儿子永利的事就火冒三丈。她骂丈夫窝囊、废物,连儿子都管不住。薛长富内心的窝囊开始发酵,急剧产生沼气,等待爆炸。孩子管不住怪他窝囊,她偷男人怪他废物。他太好欺负了,太不像男人了。他要像一次男人!不再做窝囊废!嘣的一拳,女人趔趄;再嘣的一拳,女人倒地。他骑在女人身上,左手啪啪啪,打着那一张骂不停口的嘴。薛长富的父亲母亲一只手拍打着薛长富的头,一只手拉着儿子。邻居们也都跑来,帮着把薛长富和宋春香拉开。

宋春香一气回娘家去了。

薛长英也回到了娘家,责问哥哥咋把春香打那么狠。薛长富告诉妹妹,永利出了一次又一次的事,他作为父亲心里够难受的了,可是作为母亲宋春香不找自己的错,反而找他的错,骂他废物,如果不是宋春香干的好事,他的手掌能会断?如果不是宋春香不好,永利能一次次出这样的事?这都是报应!

薛长英隐约感受到宋春香在南方厂里干了什么事,她也因而醒悟到自己应该断了与同学的念想,要对宋春光好,对宋春光的父母好。她回去劝宋春香消消气,过几天还是要回到这个家来。

宋春香一开始还硬气,总说薛长富没良心、打她,薛长富就是抬着八抬大轿来,她也不回去,她要跟薛长富离婚。可是,当薛长英说:"我哥说,要不是你在厂里干的好事,他的手掌就不会断,永利也不会做出这样的事。这咋说?"宋春香硬气的话立即被噎在肚里。她不理薛长英。薛长英也不再劝她。

第二天一早,宋春香回到了薛长富身边。很多天,宋春香噘着嘴不说话。薛长富视而不见,也不说话。

薛长富和宋春香不再出去打工,跟着时庄瓦工队在农村里干些零活,他们要严加管教第二个儿子铁蛋。铁蛋虽然学习成绩末等,但回到家能见到爸爸妈妈,开始变得乖巧听话。

挣钱不多,只够平时家用开支,人来客去红白喜事还能应付,要想盖楼房,那是做梦。恰巧邵锋要搞新农村建设,薛寨新农村规划占用薛长富的三亩多耕地。薛长富想发财的机会来了,他提出了无偿给他三套房子的要求。可是,要求提出后,薛寨新农村的规划建设没有影了,倒是邵庙新农村的建设风风火火地搞了起来。

薛长富的父亲和母亲劝薛长富不要太贪,为人厚道才能长久。宋春香也抱怨薛长富人心不足蛇吞象。

薛永利刑满释放后,薛长富和宋春香让他到三水街上跟人学习焊接防盗门窗。薛永利不情愿,他要只身到上海闯荡。宋春香哭着不让去,说只有永利在身边,她才安心。

薛长富听说"占三边"的邵连宇和他儿子都被邵锋安排到他的工地上挣钱去了。邵连宇除了在邵庙新农村有一套新房外,还在城里买了一套,眼看要寡汉的邵怀士都在城里娶上了媳妇,这让他看到了自己的希望。

薛长富与宋春香合计,新农村建设村里想用多少地就随便用吧,房子给多少就要多少,最大的愿望就是断了一只手的薛长富到邵锋工地上看大门,薛永利也到邵锋工地上上班。

邵锋答应了薛长富和薛永利到他工地上干活后,薛长富让宋春香炒了几个菜,自己买了一瓶白酒和一大瓶橙汁,一家六口人围着一张八仙桌庆祝。薛长富让父亲母亲,还有宋春香和铁蛋喝橙汁,他第一次给儿子永利倒上白酒。他端起酒杯说:"我和儿子明天就到邵锋公司里上班了,今天咱们一家人共同端杯,为明天干杯!"

一家人杯子碰在一起,屋子里充满了欢快的笑声。

2

邵美英留在家里照看兰兰和花花。兰兰病好后,无论怎么劝都不愿再去上学,非要去打工不可。这么小的孩子能打什么工,但邵美英拗不过兰兰，只得把兰兰送到薛怀贵身边，让兰兰帮着看管生意，她继续在老家看管花花。花花已经上一年级，虽然她还不大懂事，但"树要小时候矫，人要小时候管"。邵美英觉得指望老人管教孩子是靠不住的。兰兰被炮炸伤的时候，她就应该留在家里。如果她在家，也许兰兰会用心学习，将来考上大学，有一个好工作，嫁个好人家。

邵美英骑着三轮车接送花花上下学。路上，花花就像小燕子一样，叽叽喳喳叫个不停。她问太阳是从哪儿跑出来的，晚上又藏到哪儿去了，她问她是从哪儿来的，还问爸爸和姐姐咋不回家。邵美英就一一给她解答。回到家，邵美英看着花花写作业。写完作业后，花花就一个人在院里院外玩耍。

不用接送花花上下学的薛怀贵父母闲了下来。有活干心不急，没活干时，两位老人屋内屋外转过来转过去总是心不安，总觉得身体还硬朗却一点用都没有了。薛怀贵的父亲说要到窑厂干活，邵美英说他无事找事，万一累着伤着，不知哪里值。

农闲时，地里家里的活实在不多，三个大人总不能围着一个孩子一点钱不挣吧？窑厂里的活太累，邵美英不想去。跟着瓦工干零星的活也要一跑跑一天，邵美英更不想跑。在农村，邵美英实在找不到适合她挣钱的活。

邵美英在送花花上学回来的路上碰到了邵亮。邵亮跟邵美英是初中同学。自从薛怀贵把邵美英拐跑后，邵亮就见过一次邵美英。那还是薛怀贵和邵美英被乡计生工作队带到计生服务站，给他们结扎和上环的时候。那时候的邵美英虽然生了几个孩子，但依然脸蛋圆润，身材匀称。现在邵美英虽然脸上没有以前有光泽，身材也没有以前匀称，但依然富态可掬，像熟透的香瓜。两人聊了几句话后，邵亮就让邵美英到他饭店里帮忙。吃不要钱，早晨送孩子来，晚上接孩子走，中午让孩子在饭店吃饭写作业，每月工资一千五。农村集市上的饭店，不像城里每天中午晚上客流不断，只在逢集时中午人多，晚上和背集就寥寥无几了。邵美英盘算一下，接送孩子，看孩子，挣钱两不误。活不重不多，主要在逢集中午，帮着端菜，刷刷碗筷，还不误她每天晚上回家。她欣然答应了。

邵美英没想到邵亮是他初中时的追求者之一，更没想到她跟他居然发生了那事。初中时,邵亮给她写过几封信,但都没署名,她就没理。不要说没署名的信,就连写有名字的信,她后来也是连看都不看,一律扔在厕所里。她跟薛怀贵跑到山东金矿时,再也没有同学给她写信了,后来也没有同学跟她联系。邵亮说,他毕业后到合肥一家厨师学校学厨师,学成后借了几千块钱,在街上租了两间门面开饭店。他的菜味道好、价格低,因此生意越做越大。三年后饭店搬到了乡政府旁边,楼上楼下六间房子。开始时是老婆当帮手,再后来就是雇人发工资,老婆在家看孩子。邵亮已吃得肥头大耳,肚子腆得像孕妇,要不是他说是她初中同学,邵美英绝对不会将现在的邵亮和初中时那个成绩长相都不引人注目的男生联系到一起。

  那天中午,背集,两桌吃饭的人散去,花花也吃了饭去上学。这一点,她觉得邵亮心真好,会疼孩子。无论邵亮有多忙,他总是趁空给花花弄点吃的,让她吃饱后写作业。自从她到了饭店后,花花也跟街上的孩子玩成了一片,放学上学都一块。邵亮有时逗花花,让她叫爸,但花花就是不叫,邵亮依然变着花样给花花弄好吃的。这天中午,人都走了,轮到他们俩坐下来吃中午饭。这是习惯,也是规矩,必须等客人走了他们才能闲下来吃饭。邵亮炒了两个热菜,拼了两个凉菜,还拿出劲酒让她喝。她不喝,邵亮说,劲酒是美容的,少喝一点。他们面对面,吃着、喝着、说着。她说她喝多了,头晕。邵亮便扶着她到楼上一间卧室休息。

  第二天,邵美英送花花上学后直接回到了家,薛怀贵的父母问她饭店的人手多不多,她说她请了一天假,回家把花花的衣服洗洗。薛怀贵的母亲要洗,让她还是回饭店去,这点活她干得动。她一想,没给孩子说清楚,孩子一放学又该跑饭店去了。她便把衣服交给薛怀贵母亲,提前堵在学校门口,静等着接花花回家。

  离放学早着呢,就她一个家长等在学校门口。说实话,邵亮说他从初中时就一直想着她,总想给她炒一样可口的菜,陪她吃顿饭,给她买一样东西,这话让她心里发痒,而干那事她不是不想,主要是怕人知道。薛怀贵一走就是一年,她一个人躺在床上,身体有时会发出叫声,吵嚷得她翻来覆去,难以忍受。她用手捂住那叫声,可往往越捂越叫,在后来的夜里叫声更大。现在,邵亮可以不让她的身体叫,而让她的身体笑。但是,这要是让人知道了怎么办?街上人来人往的,眼睛就像手电筒,哪地方照不到?邵亮有一家子人,她也有一家人啊!

邵亮骑着电瓶车跑过来,他说他从她家里找到学校,说话间就上前要拉她的手。她怕被人看见,急忙骑着三轮车走在前面。邵亮跟在后面。

邵亮把邵美英的工资每个月加到两千,并且一换季节就给她买一套换季衣服。也不知是饭店的饭菜养人,还是邵亮的身体养人,邵美英眼见发福,那种光芒四射的富态相是农村留守妇女少有的。到饭店吃饭不认识她的人,会喊她老板娘。"老板娘"的喊声一开始让她脸红,再就是脸上开满笑容,到后来就是一脸的满足。

花花上了四年级。这几年,邵美英与花花真可是吃得好,穿得好。花花学习好,邵美英也浑身散发着喜气和福气。

兰兰帮爸爸记账。三年后,她觉得她大了,可以自己出去打工。她觉得收废品不但脏还像个要饭的,尽管比打工挣钱。她跟爸爸闹了很多次,最后干脆跑到一家电子厂上班,不再回废品收购站。

薛怀贵的父亲和母亲听到了邵美英的风言风语。公公不好劝,就鼓动着婆婆劝。无论真假,提个醒总是好的。薛怀贵的母亲小心翼翼地对邵美英说:"美英,咱不到饭店干了。兰兰能挣钱了,怀贵挣的钱也多,咱不缺那几个钱。"

邵美英生气地说:"还有嫌钱扎手的!闲着也是闲着,自己挣钱花着踏实。"

"我是说花花也不小了。你娘儿俩都到饭店里吃,嘴吃刁了,家里的饭就不香了。"

"晚上不是带菜回来了吗?我以后多买点菜放家里,留着你跟我爸吃。"

薛长富的母亲不再言语,她只能把话说到这里。

这年的春节有点怪。首先是年初一这一天,天暖得像仲春,年轻人不穿棉袄,只穿毛衣和外套。其次是薛怀贵的嫂子像是变了一个人,年初一早晨给薛怀贵的父母每人端碗饺子,还围在父母身边唠家常。薛怀贵的父母从来没感受到大儿媳这样孝顺、贴心,像是太阳从西边出来,让他们感觉很不适。不仅如此,薛怀贵的嫂子还把几年前她家应分担的薛怀贵母亲住院的钱还给了薛怀贵。这让薛怀贵奇怪,要时不给,不要时全给。他得另眼看嫂子了。

吃过午饭,薛怀贵便到哥哥家串门,同时算是给哥哥嫂子拜年。哥哥让烟,嫂子倒茶。嫂子又给他拿糕点,拿水果。嫂子的热情真让薛怀贵无所适从。

东拉西扯后,嫂子说:"怀贵,你也不能只顾在外挣钱,家里也要看一看。"

"家里有美英,还有咱爸咱妈,三个大人看一个孩子足够了。"

"是啊!美英天天往家里带菜,咱爸咱妈不说,可把她们娘儿俩喂肥了。你不管她们吃,有人管她们吃。"

"嫂子这话啥意思?美英给同学帮忙,既挣了钱又接送了孩子,顺便在饭店里吃饭不是应该的吗?"

"小心人跑了!"

"你说啥?"

"就你胡呛,乱咬舌头!"薛怀贵的哥哥训斥薛怀贵的嫂子。

"我这是为怀贵好。不说了,不说了。"

薛怀贵满腔怒火地离开哥哥家。他像一个着了火的燃气罐,带着呼呼的火苗大步流星地往家赶。赶到院门外,她看到花花拉着兰兰的手,跟着兰兰要钱买东西。他便让花花过来,说给她钱。花花跑过来,他让兰兰到村口商店里买一瓶酒回来。兰兰走了,他蹲下身来,掏出十块钱给花花,问花花:"妈妈在饭店里跟那个男的拉手没有?"

花花扑闪着大眼睛说:"没有。"

"睡一块没有?"

"没有。"

"好。到商店里买东西去吧。"

薛怀贵的燃气罐像烧尽了燃气,火苗渐渐熄灭。

屋里只有邵美英一个人在看电视,父母亲都串门去了。薛怀贵搬把椅子坐在邵美英身边,说:"跟我一块到苏州吧!"

邵美英瞪一眼薛怀贵:"花花学习才上路。跟你到苏州,花花咋办?兰兰没上成学,花花不能也一样啊!"

薛怀贵想把自己的疑虑和担心说出来,话到嘴边却变成:"不是想你嘛!"邵美英的脸唰地一下开满了红云:"你不会多回来几趟?!春节你多待些日子,暑假我带花花过去。兰兰耽误了,花花不能再耽误了。"

薛怀贵心中的疙瘩好像消失了,无奈地说:"听你的。"

3

薛良好给才生的儿子起名叫"新新",预示着生活有了新气象、新希望,也暗含着一切重新开始。让他喜出望外的是,新新满月时,男男被派出所的民警送回来了。据民警说,一家河南人,在汽车站碰到哭喊着找爸爸妈妈的男男。他们把男男交给了车站派出所。车站派出所根据男男的口音判定男男是皖阳人,就通过当地的公安局把男男转交到皖阳市公安局。真是喜上加喜。薛良好的母亲和李娟,把男男搂过来搂过去,亲过来亲过去。薛良好更是把男男抱起来打转。虽然几个月不见,男男跟奶奶、爸爸、妈妈不但不陌生,还亲近有加。薛良好决定不再出去打工,在家陪伴母亲和老婆孩子,在家挣钱。

薛良好在家里侍弄着几亩地。土地上的粮食瓜果蔬菜,足够他们一家人吃的。农闲时,他干些零活,贴补家用。

薛良好把薛梅给他的赔偿款,一把存在三水镇信用社。这些钱,留作孩子将来上学用。他不知道薛梅哪来那么多钱,如果她只靠卖劳力打工肯定没有那么多钱。

薛良好家的房子前后墙走形错位,山墙开裂。他用木棍顶上墙,用柴火填塞裂缝。他不舍得盖一间新房,邻居们说这房子不能住了,万一倒了咋办。村书记张振华也担心他的房子,如果倒了砸死人,村里就要被上级处理。张振华劝薛良好重新盖三间平房,并对原来的房子进行拍照,说以照为证,准备给他争取危房改造补贴。薛良好一听说有补贴,便同意盖新房。

海龙淹没后,妹妹薛曼丽疯疯癫癫,口里咕咕哝哝,不知在说什么。邵长庚在家看着她,如果外出有事就把她锁在家里。他把薛曼丽送到精神病院住了两次,可是钱没少花,病情却没见好。他有时萌生了把薛曼丽扔在大街上的想法,自己跑外地打工再找个女人。可是外地的女人也不好找啊!他希望时间能治愈薛曼丽的疯病。薛良好觉得妹妹的病因是孩子突然没有了,所以她是心病,不是脑子里的病,这种病就得用孩子来治。想当初传业被炸死,他和李娟想死的心都有,但慢慢挺过来了,因为还有个男男。所以他劝邵长庚,要想办法让妹妹曼丽怀上孩子。

两年后,薛曼丽真的怀上了孩子,她天天抚摸着自己的肚皮,喃喃自语。随着她的肚子一天天隆起,她的疯病也渐渐地好起来。

新新上学后,成绩在班里不是第一就是第二。薛良久见到接送新新的薛良好说:"良好老弟,新新这孩子你是点着灯造的吧?特别聪明,一点就通,一说就会,读书像喝书一样。一篇课文,别的孩子还没念熟,他就会背了。你要好好培养,将来肯定能考上北大清华,能干大事。"

薛良好咧嘴笑道:"良久大哥,还请你在学校多操心多培养。新新将来有出息了,也忘不了你这个大爹啊。"

"好苗子也要调理。你看紧点,千万别让新新长歪了。"薛良久嘱咐道。

薛良好千恩万谢,把薛良久的话牢记在心。

4

苗金英在南方多个城市边打工边寻找女儿,几乎三个月换一座城市,春节放假时也到处寻找,连薛寨也不回。但是,在南方潮汐般的人流中,薛梅像一滴水融入了大海,让她看不到、抓不着。但苗金英不死心,坚信总有一天能找到女儿。这年,腊月二十八,她用公用电话给村书记张振华打电话,询问家里的情况,探听女儿的音讯。当张振华告诉她薛梅已经回来时,她在电话里大哭起来。哭过后,她立马收拾东西,乘汽车、坐火车,一路跟飞的一样奔到家。她到了家,东西一放就直奔张振华家,从早到黑守在张振华家电话机旁,等待着女儿的来电。

正月初一那天,吃过早饭,人们刚开始走动拜年,苗金英接到了女儿薛梅的电话。电话中没说两句,苗金英就大哭起来。张振华和老婆劝都劝不住。那边薛梅无声无息,好像也在暗自流泪。张振华老婆便换个方式劝阻:"大过年的,你在我家哭啥?"苗金英抑制住哭声,那边女儿也在劝她高兴才是。薛梅要接她到广州去。她说,不用接,她自己坐车去。她记住了女儿的电话和地址。

薛梅嫁了一个广州郊区的拆迁户,在市区开了一家美容店。跟她回薛寨还钱的那个男人就是她的丈夫。丈夫很疼她,可以说对她百依百顺,宠爱有加。美容店主要是薛梅一个人经营管理,丈夫经常与朋友喝茶、聊天、玩牌。

虽然住得宽敞豪华,热闹缤纷,苗金英却感觉憋屈郁闷。她觉得还是老家好,敞亮、安静。一年时间不到,苗金英借故回家照顾薛梅姥姥,从广州回到了薛寨。

第十四章

1

每月初一和十五的敬老宴,除了下雨下雪外都会按时举行。春秋两季,让老人吃饺子;夏天,给老人熬绿豆汤、炸油条、煮鸭蛋;冬天,给老人包包子,打胡辣汤。不光是本村的老人,十里八里的外村老人也骑着三轮车参加。孙海棠带领的妇女义工队,一直在壮大,在家的妇女都很愿意加入义工队。她们要半夜起来准备饭。可以提前的工作就在头天做好,比如说煮鸭蛋、拌包子馅儿、和面等。

薛良久作难。这么多人吃饭,不说义工们从半夜里累到第二天中午,光开销都够他咂舌。他觉得这样下去难以支撑。他跟邵锋建议,要限制人数,限制外村人。邵锋说:"你瞧,老人在一块看看演出、扯扯家常,说说笑笑,多快乐。费用不够,我想办法。"

听说费用不够,李启明老师决定每月再捐一千,李贺猛也决定每月捐款五千,就连宋明诚和孙东海也决定每月捐五百,并且决定把民政局下拨的送温暖的面粉、油、大米拨付给邵庙村一部分。

邵庙村的敬老宴已经在人们口中传开。这引起了一些机构和企业的关注。皖阳市老年协会和爱心孝老协会经常带着恋上蜂、海歆电器等一些企业,前来参加敬老宴,并捐钱捐物。

几年之后,薛良久再也不为敬老宴难以为继发愁了。源源不断的社会各界人士和企业的捐赠,让他希望更远的老人都来参加敬老宴,看演出,知政策,乐晚年。薛良久把每次的捐赠款物都登记在册,并在活动中心大门外的宣传栏里公布。

演出的内容不断地推陈出新。范成毅的快板让人听了入耳入心。他左手抖着莲花落子,右手打着竹板,唱道:

> 竹板一打响起来,大家听我摆一摆。
> 打工挣钱虽说好,丢了家中老和小。
> 老人家中地里忙,哪顾家中小皇上?
> 孩子调皮管不住,出点差错儿媳怒。
> 老人身累又伤心,咽下眼泪只能忍。
> 自从开了敬老宴,坐在一起话不断。
> 东家长来西家短,谁家没有一点难?
> 你帮我助难过去,少让儿女多顾虑。
> 国家提倡新农村,小康路上往前奔。
> 大棚蔬菜鼓腰包,腰包鼓了要换脑。
> 老爱小来小敬老,互帮友爱是正道。
> ……

范成毅的快板博得了人们的阵阵掌声。他从三水中学一退休,就加入了敬老宴的演出队伍,为队友们编写家庭伦理剧、双口相声,每月还捐款两千元。邵锋很感动,他没想到越来越多的人加入敬老宴的活动。

演出活动增加了洗脚按摩的环节。这个环节采取自愿报名的方式,每次十组,每组一个家庭,主要在春、夏、秋三季举行。冬天冷的时候,就改为献围巾和按摩。

李娟坐在主席台带有扶手的圈椅中,看着新新吃力地端着一盆用中药泡的热水,心疼地捏成一小把。新新把水端到她脚下,给她脱掉袜子,把她的脚慢慢送入水中。温热合适的水浸泡着她的粗糙的脚。新新从胸前转到李娟身后,用他的小手给她按摩头部、颈部、肩部,用握成橡皮锤似的拳头给她捶着背,李娟禁不住簌簌地掉眼泪。这孩子太懂事了。她不知道这是不是活动中心开办的读经堂教育的结果。在众人瞩目下,新新端水、脱袜子、洗脚、按摩、捶背,每一步做得都很真诚、细心。

新新转到李娟胸前,发现李娟满脸泪珠,便说:"妈妈,你哭了?"

"没哭。我高兴的。"

新新用棉花似的小手给李娟擦眼泪,李娟这次真笑了,急忙伸手把新新搂在怀里:"哎哟,我的好孩子!"

台下不知谁先鼓的掌,随即是全场雷鸣般的掌声。

李娟和新新不知台下发生了什么事。李娟只顾沉浸在自己的享受中,新新从李娟怀里起身,蹲下,继续给李娟洗脚按摩。

台上还有花花给奶奶洗脚按摩,宋春香给薛长富的母亲洗脚按摩。

演出即将结束时,邵锋便上台宣读半个月来晚辈孝敬老人、邻里互相帮助、义工无私奉献等好人好事。这些好人好事除了由村里做好记录外,还要及时写在活动中心大门外的"好人榜"上,而对于那些父不慈子不孝骂人打架者,则填写在"警诫栏"里。但自从设立"好人榜"和"警诫栏"以来,"好人榜"不断增添更新内容,"警诫栏"却是空白一片。

中午的敬老宴结束后,愿意留下来参加读经的老人和孩子,就到读经堂里读经。

薛良久领读《三字经》:"人之初,性本善。性相近,习相远。苟不教,性乃迁。教之道,贵以专。昔孟母,择邻处。子不学,断机杼。窦燕山,有义方。教五子,名俱扬。养不教,父之过。教不严,师之惰。"

李启明老师领读《弟子规》:"见人善,即思齐,纵去远,以渐跻。见人恶,即内省,有则改,无加警。"

范成毅老师领读《孝经》:"身体发肤,受之父母,不敢毁伤,孝之始也。立身行道,扬名于后世,以显父母,孝之终也。夫孝,始于事亲,中于事君,终于立身。"

后来读经的内容由《三字经》《弟子规》《孝经》变成了"四书五经"。每周六全天把本村的孩子都集中在读经堂,从《大学》《论语》《中庸》开始读,中午孩子们就在活动中心吃饭。孩子读经时摇头晃脑，很是享受。大孩子带着小孩子读，会背的带着不会背的读。每一次的敬老宴演出活动，又增加了孩子读经展示。他们穿着黑色的汉服，顶冠长带，长衣宽袖，步履稳健，神态自若，口吐经典句子，身润圣人之气。

邵庙村的敬老宴和读经堂，在口碑相传中招来更多的人参观学习，也吸引了更多的爱心人士和企业参与其中，很多媒体更是争相报道。媒体总会用一些新词，把邵庙村称作"敬老村""孝道村""读经村"。这是邵锋始料不及的。他觉得薛良久、李启明、范成毅这些老师真不愧为老师，没有他们，邵庙村的大讲堂、敬老宴、读经堂、孝道村不会越走越顺，越走越亮堂的。他忽然想起了一个词："乡贤"。对，这些"乡贤"就是宝啊！他明天就把这些人的名字写入"好人榜"。

2

蔬菜大棚就像湿热天气中的平头菇一样，在邵庙村的几个自然村中迅速地冒出来。接受以前的教训，邵锋把大棚建得更加牢固，除了增加柱梁外，还把棚杆加粗加密，保证能够抵御八级台风和十厘米厚的积雪。菜的品种不但多，产量更是惊人。邵锋的鞋厂、房地产公司，城里菜市场、饭店，早就消化不了这么多的蔬菜，他因此在邵庙村建了几千平方米的三层蔬菜保鲜库。保鲜蔬菜分两类：一类是去泥，简单包装，供应皖阳城各大菜市场和批发市场；一类是洗净，做成半成品，用保鲜盒包装运往各大超市和更远的城市。

桑蚕立体养殖基地也扩大到了八百多亩。桑茶、蚕茧、土鸡，这些仍然交给李贺猛的晴江农民专业合作社销售。李贺猛跟邵锋说，他可以退出了，技术教会了，销路打通了，他没必要占据着邵庙村的利益。邵锋想到，如果没有李贺猛，邵庙村的桑蚕立体养殖基地搞不起来，也发展不了这么快。吃水不忘挖井人，他不能忘了李贺猛的带动和扶持，邵庙村也不能忘记李贺猛，所以他跟李贺猛商量后，就成立了晴江邵庙农民专业联合社。联合社采取股份制,农民以自己的土地或资金入股,年底分红。李贺猛任联合社董事长,邵锋任副董事长,张振华任监事长。每半年开一次股东大会,通报联合社运营收支情况,讨论研究重大事项。在地里干活的农民,真想不到他们既是打工的,又是老板,平时挣打工的钱,年底分股份的钱。他们这才明白,这就叫自己给自己打工,因此,他们干起活来更加细心用心。

邵锋的预备党员刚转正,宋明诚就被提拔为副市长,分管农业农村工作,联系三水镇。宋明诚后来多次到三水镇检查指导工作时对邵锋说:"我虽然走了,联系点还是三水镇。我跟你一样,这里也是我的根。"

孙东海被任命为三水镇党委书记,市委办公室副主任马鸣下派到三水镇任镇长。张振华怀揣着辞职报告,跟新任的书记孙东海、新到任的镇长马鸣表达自己辞职让邵锋担任村书记的愿望。他坦承了自己的心理路程:从戒心、不放心到相信、支持,再到佩服让贤。这消除了孙东海的疑虑和马鸣的诧异。他们觉得作为一个老党员、老村干部的张振华,能坦坦诚诚地说出自己的心里话,能真心实意地退让,是对邵锋的肯定,是对他们的信任,而不是甩挑子。

一个月后,邵锋就被镇党委任命为邵庙村党支部书记,待换届时再进行选举。

对于邵锋来讲,书记不书记,他该怎样干还是怎样干,该征求张振华的意见还是要征求。但是,镇里各项工作任务安排落实督察,都要找他。他不但忙于村里事务,还要经常参加镇里召开的各项工作会议。这让他忙得白天顾不得接听李芳的电话,晚上很晚才能到家,以至李芳抱怨他在家陪伴父母和孩子的时间越来越少,儿子不像儿子,父亲不像父亲。邵锋明白,李芳的抱怨是嫌陪她的时间少了。

市委组织部给邵庙村派来了一个女大学生,担任村第一书记。已经改任副书记的杨永亮把她送到邵庙村,与全体村干部见面。邵锋站在村部门口的大路上,迎接他们。

"您好!邵书记,我叫王灵灵。希望以后多多指导!"王灵灵伸出白白嫩嫩的右手。

邵锋一愣神,也伸出钢筋般的右手:"不客气。王书记来了,邵庙村更有奔头了。"

"邵书记,以后叫我灵灵就行了。没来之前,我就把你'研究'了一番,知道你是个有社会责任感的企业家,年轻有为。"王灵灵满脸花朵。

"惭愧!惭愧!"邵锋像被电击般一颤,急忙放手,让王灵灵和杨永亮进会议室。他觉得像喝了酒一样脸发热。

王灵灵身材高挑,鸭蛋脸白里透红,闪烁的丹凤眼十分动人,红嘟嘟的嘴唇像熟透了的草莓,乌黑的头发像抖动的丝绸,杏黄色的连衣裙下是一双白色的板鞋。

杨永亮向村干部介绍,王灵灵是安徽大学思想政治教育专业的优秀毕业生,是被省委组织部选拔来的,是作为未来国家重要干部培养的,大家要多支持。

主持会议的邵锋让王灵灵讲话。王灵灵站起身,向在座的村干部鞠一躬,声音像黄莺在鸣叫:"叔叔阿姨好!我到邵庙来,就是您身边的孩子,是接受您的教育的。希望您以后多支持我,多帮助我。"

邵锋带头鼓掌,可下面没几个人响应,因此邵锋的掌声就像几粒豆子撒在了铁皮上,回响不大。邵锋猜想这些干了多少年的村干部,对一个才出校门的黄毛丫头当村第一书记总是感到别扭,但这就是社会发展的趋势,要适应。

灵灵家是滁州的,离邵庙村几百里路,她不可能像邵锋一样上午到邵庙村晚上回城里,她必须住在邵庙村。灵灵要在村部收拾一间房住下来,但村部离村有一里多路,夜深人静时寂无一人,一个女孩子会孤单害怕,邵锋便让她住进张振华家。孙东海和杨永亮知道后,就在镇政府腾出了一间房,让王灵灵住在镇政府。镇政府每天夜里都有值班人员。

王灵灵骑着电瓶车,把邵庙村所有的村庄都跑了一遍,又到三水镇其他村转了一遍。她觉得邵庙村就像城市,其他村就像贫困村。同在一个乡镇,一个天上一个地下,发展悬殊,全是领头人问题。有了一个好的领头人,发展的思路和措施才能跟得上,农村才能富裕起来,实现小康。她觉得自己在农村真的可以大有作为，生长在城市里的她，从来没想到农村发展潜力这么大。

半个月后，王灵灵撰写了一份报告：《关于邵庙村农业规模化和品牌化发展的建议》。邵锋把建议看了几遍，忽然感觉上天派了一个天使在帮他，他没想到才出校门的王灵灵竟然有这么高远的视角，这么深邃的思索，这么清晰的思路。盖楼房、建工厂，是他的强项，干农业他一直是瞎子探路似的慢慢摸索前行。他把建议交到镇党委书记孙东海和镇长马鸣处，他们两个好像商量好似的，一致对邵锋说："你们干吧！"

邵庙村买来了电脑，拉上了网线。王灵灵把现有的大棚蔬菜都拍成鲜亮的照片，还有用保鲜盒包装的半成品蔬菜、精神抖擞羽毛光洁的桑树下的土鸡、光滑圆润的土鸡蛋，都发在了网上。一个星期后，网上订购量就猛增，货运车一辆一辆奔驰于皖阳市物流中心和邵庙村。

各个自然村根据地势和土壤的特点，种植不一样的蔬菜和水果。刘营种植了葡萄，巩营种植了草莓，乔营种植了芥菜，花寨种植了圣女果。

王灵灵申请注册了"邵庙"牌商标，在所有的包装袋上都印着这么一句话："来自孝道村的产品。"

规模的扩大、品种的增多、农民的忙碌、收入的提高，让不是邵庙村的村民们眼红心热。他们找到村干部，找到邵锋，要求加入邵庙村的农业种植大队伍中来。镇里支持邵庙村带动其他村发展规模种植。邵锋更忙了，如果没有王灵灵，他真的快把城里公司的事丢掉了。

这天下午，邵锋与王灵灵在村部商议如何招收和培训农民工问题。太阳悄然地从窗户钻进屋来，把雪白的墙壁涂成片片金黄，更让王灵灵凝脂的脸蛋闪闪发光。王灵灵有时叫邵锋邵书记，有时叫邵哥或锋哥。当她喊"锋哥"时，邵锋总是有一种要飞的感觉。当他回到城中家里，一听到王灵灵的"锋哥"声音时，他就把手机紧贴耳朵，走出卧室，走出客厅，来到院里，小心翼翼地听王灵灵絮叨村里的事。此时的他总是"嗯、嗯"地应着，多听少说，最后以"明天到村里再说"结束通话。在村里，王灵灵跟他谈宏大的发展规划、崇高的个人理想。他很欣赏王灵灵。他觉得农村很需要灵灵这样的人。

汽车什么时候到的不知道,李芳什么时候进的院子也不知道,直到李芳走进邵锋与王灵灵谈话的办公室,邵锋才惊恐地站起来迎接李芳,并向她介绍了王灵灵。

"李姐好!"

"叫我姨!"

"李姐这么年轻漂亮,就跟三十岁的人一样,这个姨喊不出口呀!"

"我和邵锋都是你父辈的人了,你喊我姨,喊邵锋叔,辈分不能错!"

王灵灵一脸的尴尬,求救似的瞟一眼邵锋。

邵锋像初次相亲的大姑娘,抿嘴笑笑。

"你叔城里乡里忙,别让他累坏了身体。你一个姑娘家多干点,大好前程在后面呢。"

王灵灵茫然,觉得莫名其妙。邵锋递了一个眼色,王灵灵立即说:"好的,李姨,你跟锋叔聊,我到大棚里看看去。"

王灵灵走了。邵锋忙半拉半拽地把李芳让到椅子上,笑说:"老婆大人驾到,有失远迎,失敬!失敬!"

"哼!锋哥不喊喊锋叔,变得怪快呢,终究还是露出尾巴!你都掉魂儿了,还知道迎接我?!"

"'纪检书记'来暗访,我正和人把事商。却道掉魂没远迎,你说冤枉不冤枉?"

"你还成了诗人了!小妖精教的?"

"神示!我的女神一到,这首诗就冒出来了。"

"别油嘴滑舌了!这小姑娘还真是妖。难怪你一到家就倒头大睡,一接她的电话就亢奋。"

"哎哟,我的女神哟,你不能冤枉好人呀!"

邵锋搂着李芳的脖颈子,按摩着她的肩膀。

"小鲜鱼儿在猫嘴边,猫能不动嘴?"

"有女神管着。要不然,你二十四小时待我身边?"

"人不待看的,鸟不待关的。你的心要正,不能歪。"

"是！女神！"

邵锋带着李芳观看了邵庙新农村、大棚蔬菜、桑蚕立体养殖基地、各村庄的一村一品，查看了蔬菜水果保鲜冷库、物流中心。一圈下来，李芳内心翻滚。她没想到邵锋在王灵灵的帮助下，搞得这么大这么快，看来王灵灵还真是个"人精"。

3

邵庙新农村就是一处"别墅群"，薛寨新农村也是一处"别墅群"，刘营、巩营、乔营、花寨的新农村建设都在紧锣密鼓地进行。邵庙新农村建设的模式和经验，自从现场会召开以后，就在全市推广。不光是皖阳市各乡镇，还有其他地市的乡镇，都带着镇、村干部参观学习。新农村建设让他们感叹，而大棚蔬菜和桑蚕立体养殖更让他们惊奇。皖阳市各乡镇的领导都知道，三水镇党委书记宋明诚因新农村建设和大棚蔬菜政绩突出，被提拔为副市长。他们羡慕宋明诚，参观学习一番后想撸起袖子大干一番，可又叹身边没有邵锋这样的企业家。所以，虽然参观的人如过江之鲫，而回到本地能干起来的干出成效的却是寥若晨星。

王灵灵的"精"让邵锋把钱当作水一样哗哗地投入。王灵灵给邵庙村起草了一个十年发展计划书。按照计划实施，邵庙村将发展为生态文化旅游村，邵庙村的老百姓将坐地生财，整个村庄也会更加和谐幸福。邵锋把计划书看了一遍又一遍，他觉得他的思想趋于保守了，对农村的发展和把握有些迟钝了，城市的工厂和房地产让他对这块生他养他的土地失去了灵感。他从初中开始就想逃离农村，逃离这片土地，多次复读无缘考上中专的他，也没能断了这个念头。他到温州、宁波、北京打工，一路跌跌撞撞地走来，终于逃离了农村，在城市立足。他在城市里创办了自己的企业，成了企业家、市政协委员。他的衣食住行早就是城市的味道。城市的灯红酒绿，白天的狂躁、夜间的叹息，早就磨蚀掉他身上泥土的痕迹。要不是老宅上的树木和房屋，先人的坟墓，他怕与这块土地丝丝缕缕的联系也将归于无。薛良好让他回来,出乎他的意料;村里这几年的发展出乎他的意料;而王灵灵的这个计划,更出乎他的意料。

邵锋把王灵灵的计划书拿到公司董事会讨论。论天时,国家要求城市反哺农村,新农村建设升格为美好乡村建设,大量的城市居民,尤其是退休的老人,更愿意到农村呼吸新鲜空气,享受着农村的静。论地利,三水镇三面环河,土地肥沃,多农业耕耘,无矿企污染,三座桥像三只手臂迎接着外方宾客;邵庙村的薛寨和花寨自然村又东临茨河,那里的五月仙桃、九月铃铛枣,个大饱满,色泽鲜亮,脆口香甜。论人和,邵庙本是邵锋的故乡,更是邵伟、邵彩虹、李芳的故乡;这几年邵锋在邵庙村是有口皆碑,他说干什么,镇里是一口支持的,村里是满口同意的,村民是老少欢喜的。

董事会讨论后决定,支持王灵灵的计划。

其他人都陆续走出会议室,而李芳却一屁股坐在邵锋所坐沙发的扶手上。

邵锋一把搂住李芳的腰,半拥着离开会议室。

薛寨和花寨连接茨河的土地,都种上了五月仙桃树和九月铃铛枣树。茨河岸两侧栽上了松树、柏树、桂花、玉兰等,岸顶铺上了地砖。城里游玩的人们可以在茨河里划船、捕鱼;可以把捕到的鲜鱼和桑树下的土鸡宰杀后,在新村农民的家里烧成具有乡土味的菜肴;可以到大棚里摘黄瓜、西红柿、草莓;可以到卧龙寺游玩一番;也可以参与到邵庙村孝道文化活动中来,与村民共欢。

卧龙寺的重建,来源于邵锋小时候听父母给他讲的卧龙寺的传说。

相传,很久很久以前,炎热的六月天把人们烤得钻到屋里不想出来,风也钻到山里不肯露脸,万里晴空长出几片云朵。人们趴在屋里,不知什么时候外面突然间暗下来,就像进入了地洞。人们还没跑出屋看个究竟,就听到天空中打了一个炸雷,紧接着又是一个,随即闪现一条巨大的黑影,又听到庄外一声巨响,像天石砸在地上。天空忽然间明亮,跟没出现炸雷前一样。人们跑出庄外,发现庄前落下了一条长长的巨龙。巨龙躺在那里,露出受伤的脊背,一动不动,像是死了。没下雨,只是天黑了一阵,打了两个炸雷,却掉下来一条巨龙。人们感到很蹊跷。人们远远地观看，不敢靠近。第二天，数不清的苍蝇叮满了龙的全身，在龙身上盘旋的苍蝇更是黑压压一团。头人认为这可能是神龙，不知犯了什么天条被打了下来，就带领着全村老少挑水的挑水，泼水的泼水，驱赶着嗡嗡叫的苍蝇。两天后，龙的尾巴动了动，人们更起劲地泼水。第七天的时候，巨龙周围起雾，头昂起来，尾巴摆起来。全村老少一看，赶忙跪成一片，祷告着让它上天。这时，狂风大作，天黑一片，骤雨像倾倒的一样。不大一会儿，风不刮了，雨也停了，人们睁眼一看，龙没有了，只留下一条长长的大沟。后来，庄里的人就在沟的南边盖了一座庙，称为龙王庙，每年初一、十五还到庙里上香。新中国成立前还有和尚护庙，新中国成立后庙被拆除，改建为学校，叫大庙小学。大庙小学后来与邵庙小学合并，空了的大庙小学就成了现在的邵庙村农民文化活动中心。

邵锋跟王灵灵讲起邵庙村农民文化活动中心的前身是大庙小学时，就顺便提起了村人救龙的传说。这个传说，遍及几十里，跨越上千年。王灵灵当时听了就建议在活动中心北面龙沟位置重建大庙，叫卧龙寺。卧龙寺建好后，可以与活动中心一体作为旅游观光景点。

王灵灵起草了重建卧龙寺的报告，镇里在报告上签了同意建设的意见，邵锋拿着报告找到了市民宗局。民宗局的领导在三水镇党委书记、镇长的陪同下，查看了实地，走访了民众，最后给出的答复：同意建，自筹资金。邵锋拿着批复暗笑，本来就没跟你们要钱，邵庙村老百姓听说重建卧龙寺，兴致高着呢，都等着掏钱呢。

卧龙寺高九米，东西长十二米，南北宽六米。大殿正中塑有六米高金身释迦牟尼像，佛像左侧是普度众生的观世音菩萨，右侧是顺应时势的大势至菩萨，四周是形态各异的罗汉。

卧龙寺院中，一个三脚的大铁鼎岿然立着，欣喜地接受着人们手中燃烧的香火。那些外地的游客，把香在蜡烛上燃着，然后双手把着香炷，闭上眼睛，四面虔诚地拜了拜后，就把香火插在鼎中。邵锋觉得，这些人拜的其实就是自己的一颗心。在家拜父母，父母是最大的佛。在外寻良心，良心即佛陀。人人本具佛心，只有被染污，才离佛越来越远。就像《三字经》里说的

"人之初,性本善。性相近,习相远"。其实,拜佛就是寻回自己一颗良心、善心、仁心的过程,是自我教育,而讲经堂是施教于别人,是他人的教育。一个讲经堂,一个卧龙寺,真是相呼相应。邵锋为自己的这个发现不禁得意,又忽然意识到自己回到邵庙村做事,不就是寻回自己的佛心的过程嘛。

卧龙寺北边,便是卧龙池。卧龙池长九米,宽六米,深三米。水池中卧着一尊石刻的六米长的青龙,龙嘴喷着水柱,像把玉液喷向人间。池里的水从两侧喷向龙身,龙浴玉液,更显龙威。水澄明如镜,人们投进去的硬币清晰可见。这些层层叠叠的硬币,就像燃香一样,都在表达着人们祈求幸福的心情。

邵庙村成了城市人和外地人观光旅游休闲的胜地。每天的大小车来来往往,流水般不断。如遇双休日或节假日,每个农民家里就住满了这些外地的客人。村民把二楼装修成客人住宿的地方,住宿费只是城里酒店的十分之一。这就是后来发展起来的民宿。村民们把住进来的客人当家人对待,陪他们玩,陪他们做饭,陪他们聊天,给他们讲述邵庙村的过去、现在和未来。

李芳也回到了邵庙村,担任邵庙村农业生态科技发展有限公司的总经理。她又让王灵灵改叫她"李姐"或"芳姐",她觉得自己没那么老,王灵灵也没那么小。现在,一老一小走在一块,宛如池塘里迎风摇动着的并蒂莲。

尾　声

　　邵锋把城里乡里的企业组合起来，发展成为皖阳市众合投资发展集团。他任董事长。他卸掉了政协委员，担任皖阳市人大代表，兼任着三水镇党委委员和邵庙村党支部书记。

　　邵锋意识到，这些光环和帽子越多，他的责任和压力就越大，接下来的路既要大胆开拓，又要谨慎前行。他现在必须站在三水镇的角度来谋划全镇的美好乡村建设。他根据三水镇土地肥沃、空气清新、水质纯净的自然条件，三水镇三面环水的地理环境，刘玲醉卧落凤坡的传说，朱元璋至此讨饭的故事，三水镇已有的农民暴动纪念馆，准备把三水镇建设为生态和谐文化传承的红色旅游特色小镇。

　　这个蓝图越来越清晰，越来越色彩纷呈……

后　　记

　　农村,是很多走出农村而成为城市居民的新城市人的牵挂,更是全面建成小康社会和社会主义现代化强国的不可或缺的板块,因此作为一个农村出生而又在农村工作多年的我,总想书写农村,总想表达对农村那种剪不断理还乱的情绪,总祈望农村像我国现代化发展快车上的一只车轮,与另一只车轮——城市并驾齐驱。

　　《农村我的根》动笔于2012年,写了几万字却中止多年。2019年,《农村我的根》入选了阜阳市重点文艺作品选题,这才得以续笔完稿。书稿经安徽文艺出版社审核做了较大删改后终以成书面市。在此,除了感谢关心支持该书创作、出版的阜阳市委市政府及各界人士外,还要感谢安徽文艺出版社的姚巍总编辑和汪爱武主任。

　　《农村我的根》与2016年出版的《城市我的梦想》可以说是姊妹篇,也构成了主人公邵锋不断求新、螺旋上升的人生轨迹。《城市我的梦想》是邵锋走出农村、立足城市、实现城市梦的奋斗经历,而《农村我的根》则是邵锋不忘乡土,回报乡梓的人生情怀。这样的人太多了,多如黑夜中灿烂的星星,我只摘取邵锋这一颗星来书写城市和乡村。只是本人才力疏浅,不尽其意,愿请教大家。

刘安文(安宇)
2021 年 3 月 14 日